Andreas Meilinger · Welle, Wasser, Wissenschaft

ANDREAS MEILINGER, Dr. med., Jahrgang 1965, ist Facharzt für Orthopädie und Unfallchirurgie, Kinderorthopädie und Sportmedizin. »Welle, Wasser, Wissenschaft« ist sein Prosa-Debüt. Andreas Meilinger arbeitet als niedergelassener Arzt und Gutachter in Sindelfingen.

Andreas Meilinger

WELLE, WASSER, WISSENSCHAFT

Roman

Die Figuren dieses Romans sind frei erfunden. Ähnlichkeiten mit
lebenden Personen sind rein zufällig und nicht beabsichtigt.

Bibliografische Information der Deutschen Bibliothek

Die Deutsche Bibliothek verzeichnet diese Publikation
in der Deutschen Nationalbibliografie;
etaillierte bibliografische Daten sind im Internet
über <http://dnb.d-nb.de> abrufbar.

Taschenbuchausgabe
Mai 2011

© 2008 Andreas Meilinger
Satz und Layout: Buch&media GmbH, München
Umschlaggestaltung: Kay Fretwurst, Freienbrink
Herstellung und Verlag: Books on Demand GmbH, Norderstedt
Printed in Germany
ISBN 978-3-8448-8191-2

S elbstverständlich, Frau Professor«, entgegnete Susanne der Chefin und reichte ihr das Kontaktglas. Die Kleine schrie noch lauter. Frau Professor Zunder wandte sich, während sie dem Kind das Glas ins Auge legte, den Gastärzten zu: »Das allerwichtigste, verehrte Kollegen, ist die konsequente klinische Diagnostik. *Persistance*, meine Damen und Herren, *persistance!*« Und schon im Gehen setzte sie noch hinzu: »Frau Suter, in Sarasota tragen Sie dann bitte vor.«

Susanne drückte, groß und schlank wie sie war, die bulgarischen Kollegen mit ihren breiten Schultern selbstbewusst zur Seite, um das Zimmer möglichst direkt hinter der Professorin zu verlassen. Ihre Chefin legte nicht nur Wert darauf, dass die Stationsärzte die Werte ihrer Patienten auswendig präsentierten. Mindestens so wichtig war ihr das flinke Anreichen der Untersuchungsinstrumente am Krankenbett.

»Die Linsen-OP von gestern. Visus 0,5«, soufflierte Susanne. »Die Netzhaut liegt wieder an.«

Einen Moment glaubte sie, zu weit gegangen zu sein. Die Chefin aber würdigte ihren indirekten Hinweis auf die Komplikation bei der OP von gestern. Dadurch wusste sie wieder, um wen es sich handelte.

»Das hat sich aber gelohnt bei Ihnen«, beugte sie sich zu dem Patienten vor. »Sie können von Glück reden. Das war gerade noch rechtzeitig.«

Ohne den Patienten noch weiter zu Wort kommen zu lassen, machte sie auf dem Absatz kehrt und rauschte wieder aus dem Zimmer. Die acht Begleitpersonen in Weiß folgten ihr. Susanne schloss die Tür als Letzte von außen. Ihre leichte Verbeugung signalisierte das Ende der Station. Ohne sie weiter zu beachten, hatte Frau Professor schon wieder den Dialog mit den osteuropäischen Gästen aufgenommen. Das größte Lob war schon kein Tadel. Susanne verharrte an der Tür, bis der Flur den letzten Weißkittel der Chefvisite verschluckt hatte. Einen Moment hielt sie inne, entfernte den Haargummi ihres Pferdeschwanzes und fuhr sich durch die hellen blonden Haare. Langsam löste sich ihre Anspannung.

Im Grunde genommen hatte sie fast damit gerechnet. Keiner wurde geschont. Jetzt sollte sie also den Vortrag von Weppler halten. Der hatte unter dem Namen der Alten einen Vortrag zur Jahresveranstaltung der operierenden Augenärzte in Florida angemeldet, jetzt aber eine Oberarztstelle in Berlin angenommen. Na ja, sie würde schon ein paar Zahlen zusammenkriegen. Der Laserscanner, den Hannes Weppler aus Drittmitteln der Pharmaindustrie organisiert hatte, war ihr vertraut. In den letzten fünf Jahren an dieser schwäbischen Universität hatte sie gelernt, Klippen zu umschiffen.

Ich schau mal besser nach der Kleinen, dachte sie. Da klingelte ihr Handy.

Ich darf nicht vergessen, nachzusehen, welche Ergebnisse Hannes für den Vortrag angemeldet hat!, memorierte sie auf ihrer Arbeitsliste im Hinterkopf.

Wegen der langen Anmeldefristen, der sogenannten Deadline, war es üblich geworden, die Ergebnisse der Arbeiten schon anzugeben, bevor die eigentliche Forschung begonnen hatte. Für die Zahlen sorgte man dann bei der Nachuntersuchung. Meist ließ es sich einrichten, dass sich die aufgestellten Thesen dann auch bestätigten.

»Wo steckst du gerade?«, wollte Pete über Funk wissen.

»Ich hab gerade die Visite fertig«, antwortete sie.

»Komm doch mal auf einen Kaffee runter ins Labor«, lud Pete sie ein.

»Okay, ich mach noch schnell eine OP-Aufklärung, dann bin ich da. Wirf schon mal die Maschine an.«

Neben der normalen Tagesarbeit mit Patientenaufnahmen, Diagnostik und Operationen hatten sie, wenn nicht wie jetzt gerade Semesterferien waren, die Studenten zu betreuen und auch noch zu forschen. Nichts galt an der Uni mehr als eine große Zahl von Veröffentlichungen. Dieser magische Wert, unabhängig von den Ergebnissen der Forschung, verbesserte den Ruf eines Lehrstuhlinhabers unter Kollegen weit mehr als beispielsweise seine klinischen Fähigkeiten im Operationssaal. Mit der Folge, dass schon die Vertragsverlängerung eines jeden Assistenzarztes vor allem von der Menge seiner Veröffentlichungen abhing. Der Einsatz einschlägiger Software schob diejenigen Kollegen, die schnell und effizient Zahlenmaterial in Text umwandelten, bisweilen sehr schnell die Karriereleiter hinauf. Das Internet generierte die Literaturanhänge und sortierte sie mittlerweile sogar. Die anderen Kollegen Operateure bangten um ihren Arbeitsplatz oder mussten sich bemühen, als Mitautoren von Ersteren zitiert zu werden. Gegenleistungen wie die Befreiung von Stationsarbeit oder die Übernahme von Feiertagsdiensten waren dabei oft stille Helfer. Susanne forschte an Zellkulturen. Genauer gesagt hatte sie bisher die Erbanlagen der Zellkraftwerke, der Mitochondrien, untersucht. In diesen liefen die wichtigen Stoffwechselvorgänge bei der Energiegewinnung über die Atmungskette ab. Wasserstoff und Sauerstoff reagierten hierbei schrittweise unter Freisetzung von Energie zu Wasser und Kohlendioxid. Die freigewordene Energie stand dann der Zelle beispielsweise für Muskelarbeit zur Verfügung.

Sie hatte bei der Aufzucht der Zellen und vor allem bei der Arbeit mit einem bestimmten Virus als Vektor und Überträger von Erbmaterial, dem Pfeil des Amor sozusagen, eine so gute Hand bewiesen, dass auch von anderen Fakultäten immer wieder Doktoranden bei ihr hospitierten. Zurzeit versuchte eine Botanikerin, mit ihrer Unterstützung undifferenzierte Ackerschmalwandzellen zur Herausbildung von Zellen mit Blattgrün tragenden Chloroplasten zu bewegen.

Susanne selbst hatte die Mitochondrien hinter sich gelassen und sich vollständig auf die Stammzellforschung an Hamsterzellen spezialisiert. Solche Grundlagenforschung interessierte ihre Chefin nicht wirklich, wenngleich sie Susannes Arbeit gegenüber anderen Fakultäten mit höherem naturwissenschaftlichem Anspruch immer gerne erwähnte. Im Detail verstand wohl aber weder die Alte noch kaum einer der Kollegen, was sie da nach Dienstschluss unten im Keller tat, wenn sie die hundertste Reagenzglasreihe mit sturem Gleichmut dem Protokoll folgend befüllte.

Petes Espressomaschine dampfte schon, als sie eintrat.

»Was ist dir denn über die Leber gelaufen?«, fragte er.

»Ach nichts, ich hatte nur einen furchtbaren Morgen im OP und jetzt noch Chefvisite. Ich brauche erst mal einen Schluck Wasser.« Sie trat über die Linie roten Klebebands, die den Raum wenigstens theoretisch in einen kontaminierten und in einen sauberen Bereich unterteilte, und füllte sich ein Glas mit Leitungswasser. Längst hatte sie aufgegeben, sich darüber Gedanken zu machen, wie diese ultrafeinen radioaktiven Elemente von einem Tape am Boden davon abgehalten werden sollten, sich entsprechend den Gesetzen der Entropie zu verteilen.

Mit Pete konnte sie reden. Er respektierte und schätzte sie. Er war der Einzige in der ganzen Uniklinik, mit dem sie über alles reden konnte. Dem sie von ihren Laborergebnissen und Frustrationen ebenso wie von ihren Beziehungen und ihren damit zusammenhängenden Enttäuschungen erzählt hatte. Der Einzige, der wusste, dass sie jetzt mit einer Frau zusammenlebte. Der Einzige auch, der ahnte, dass Susanne an dieser Klinik nicht alt werden würde.

»Hast du Ribbentrop assistiert?«

So nannte Pete seinen Oberarztkollegen Schneider. Schneider hielt Vorträge über alles. Vor jedem Gremium der Welt. Er war der Blender schlechthin, konnte aber nicht operieren.

»Ja, natürlich. Er konnte ja nicht zugeben, dass er diese neuen Linsen noch nie selbst eingesetzt hatte. Du, der hat halt mal das Auge aufgemacht und sich das Weitere von der OP-Schwester erklären lassen. Das Auge war anschließend richtig matschig. Ich bin sicher, dass er es war, der mich der Chefin als Ersatz für Weppler vorgeschlagen hat.« Sie trank das Glas in einem Zug leer.

Pete atmete tief durch. Sein Akzent bekam eine französische Sprachmelodie. »Das ist ja unglaublich. Und abends geht er meine Netzhautoperationen durch und erntet mit unserer Datenbank Anerkennung. Als ob er sie operiert hätte! Der verkauft auch bald noch eure Goldzähne!«

Weniger Missgunst als tiefe Abscheu vor der Unaufrichtigkeit trieb ihn zu solchen Wutausbrüchen. Pete war ein begnadeter Operateur. Wenn Schneider nicht mehr weiterkam, musste er ihn dazuholen. Und das kam nicht selten vor. Aber Pete war an der Durchsicht von Akten zu Vortragszwecken nicht interessiert. Er war zufrieden mit seiner Position als leitender Oberarzt an dieser schwäbischen Universität. Wenn er gewollt hätte, hätte er jederzeit auch eine Professur in seinem Heimatland bekommen können. Aber er operierte gerne und verabscheute die Administration.

»Was stört es einen Baum, wenn ein Schwein sich an ihm kratzt«, antwortete Susanne mit einer Mischung aus Gleichmut und Nachsicht.

»Was macht der Espresso?«

Pete nahm die beiden dickwandigen, kleinen Espressotassen von der Wärmeplatte, stellte sie auf die Chromleisten und verbeugte sich fast vor dem Porzellan, als er den Füllvorgang startete. Ein wunderbarer Duft nach kräftigem Arabica erfüllte den Raum.

»Mit Zucker, wie immer, et voilà«, mit diesen Worten vollendete er seinen Service. Er war ein Meister. Sie bewunderte seine Fähigkeit, Stimmungen nicht nur wahrzunehmen, sondern auch auszugleichen.

Eigentlich kenne ich keinen Mann, der das vermag, dachte sie.

»Wie geht es Evelyn?«, schien er ihre Gedanken zu lesen.

»Auch gut, danke. Sie will, dass wir unsere Wohnung kaufen. Was hältst du davon?«

»Unter wirtschaftlichen Gesichtspunkten sehr sinnvoll. Vorsorge für das Alter, günstige Zinsen, dazu hohe Quellensteuer, also ich kann das nur befürworten.«

»Du Idiot«, lachte sie ihn an, »so habe ich das nicht gemeint, das weißt du genau.«

»Eh bien, wenn es wirklich Liebe ist.« Er sah sie plötzlich direkt und sehr ernst an: »Ich denke, du bist zu oft von den Männern enttäuscht worden. Man sollte nicht aus rationalen Überlegungen eine solche Beziehung wählen.«

Susanne schluckte. Also auch so ein Macho. Sind doch alle gleich, die Männer, dachte sie. Statt einer Antwort drehte sie sich um und begann die Chloroplastenlösung in einer Fünfziger-Pipette aufzunehmen. Mit einem Knopfdruck befüllte sie die ganze Reihe Kunststoffhülsen gleichzeitig.

»Verdammte Scheiße!«, schrie sie plötzlich auf.

»Was ist denn los, so ernst habe ich es doch gar nicht gemeint. Komm mal her«, versuchte Pete sie zu trösten.

»Ach was! Jetzt habe ich die Chloroplasten in die Hamsterstammzellen gefüllt, und du bist schuld! Jetzt kann ich wieder einen Antrag nach Berlin schicken! Drei Monate Minimum, bis ich neue kriege!«

Pete war aufgestanden. »Jetzt beruhige dich mal. Ich eise dich auch von dem Weppler-Ding los. Komm mal her.«

»Ach lasst mich doch einfach alle in Ruhe!«

Die Tür knallte zu. Fast streichelnd umschloss Petes große Hand die kleine weiße Tasse. »Warum erträgt einfach niemand die Wahrheit?«, murmelte er.

Kochend vor Wut stieg Susanne die Treppen hinauf. Das geht den doch wirklich nichts an, dachte sie. So ist das, wenn man zu viel von sich selbst erzählt. Jedes Detail kann wieder gegen dich verwendet werden. Und dann meint der auch noch zu wissen, was richtig für einen ist. Und besitzt die Frechheit, es dir auch noch mitzuteilen.

»Frau Suter, die Mutter der kleinen Linda wartet noch auf Sie, die Aufklärung fehlt noch!« Die Stimme der Stationsschwester im Glaskasten der Anmeldung drang an ihr Ohr. »Und die 16-Uhr-Antibiotika müssen noch angehängt werden!«

Susanne hätte die kleine Linda bestimmt nicht vergessen. Nur brauchte diese so wie ihre Mutter keine Aufklärung, sondern Trost. So wie Susanne selbst jetzt Trost brauchte. Aber das war dann doch nicht vergleichbar. Natürlich wusste Lindas Mutter, dass sie hier waren, um das Auge mit dem Tumor entfernen zu lassen. Aber die Angst um das Leben ihrer kleinen Tochter ließ das ebenso Unfassbare, die bewusste Entfernung des befallenen Auges, dagegen klein erscheinen. Susanne hatte schon bei der Aufnahmeuntersuchung lange mit der Mutter gesprochen. Hatte versucht zu betonen, dass nur so das Leben ihrer Tochter mit der größten Wahrscheinlichkeit gerettet werden könnte. Hatte erzählt von den einäugigen Kindern, die sie betreute, und wie diese durch die kindliche Lernfähigkeit des Gehirns fast problemlos den Verlust eines Auges kompensierten. Sie hatte auch die Alternative einer Bestrahlung sowie einer Chemotherapie dargelegt. Auch die Komplikationen, die bis heute unverstandene Erblindung des nicht betroffenen Auges, ebenso wie die Gefahr der Metastasierung waren der Mutter bekannt. Aber wie sollte sie jetzt das Verhalten ihrer Chefin bei der Visite entschuldigen? Die Art und Weise, mit der diese den Netzhauttumor den Gastärzten gezeigt hatte, ohne die Mutter überhaupt zu begrüßen? War da eine Betreuung, die das Wort verdiente, überhaupt noch möglich?

Die kinderlose Alte hasst alle Kinder, dachte Susanne und klopfte an der Tür des Krankenzimmers.

»Guten Abend, Linda, guten Abend, Frau Gaetano«, begrüßte Susanne die erschöpfte Mutter und das im Gitterbettchen schlafende Kind.

»Also die Ultraschall-, die Kernspin- und die Blutuntersuchungen waren alle völlig in Ordnung«, versuchte sie zunächst die positiven Aspekte zu betonen. »Das Gute ist, dass der Tumor die Netzhaut nicht überschreitet, sondern nach innen ins Auge hineingewachsen ist. Das bedeutet, dass er höchstwahrscheinlich nicht gestreut hat. Auch in der Magnettomographie war das linke Auge völlig unauffällig.«

Noch heute morgen war sie sich da nicht so sicher gewesen. In über einem Drittel der Fälle waren beide Augen betroffen.

»Da bin ich aber froh«, seufzte die Mutter erleichtert. Die Haare hingen ihr in dichten Strähnen in das Gesicht. Sorgenvolle Stirnfalten kreuzten die zahllosen Liegefalten, die durch das Kissen, in welches sie ihren Kopf gepresst haben musste, entstanden waren.

»Mein Mann ist völlig fertig, ich habe ihn wieder heimgeschickt«, antwortete sie.

Aufs Neue war Susanne verwundert, wie gefasst, mit welchem Kampfesmut die meisten Mütter diese Situation angingen. So, als ob sie ihr Kind noch einmal zur Welt bringen müssten. Die Angst, die Zweifel, die Sorge erfassten den Menschen wohl immer erst richtig, wenn er alleine war. Sie war fest entschlossen, Linda und ihre Mutter bei ihrem persönlichen Kampf zu unterstützen. Dennoch musste sie ihr erklären, was alles passieren konnte, welche Begleitrisiken bestanden. Sie erwähnte die Infektion und die sogenannte sympathische Erblindung, den Verlust des Augenlichts auf der Gegenseite nach Entfernung des kranken Auges. Sie sprach über die möglichen Schwierigkeiten bei der Anpassung des Glasauges, sie erwähnte die Gefahr einer Metastasierung, der Streuung der Tumorzellen in den ganzen Körper. Am meisten Angst hatte sie vor der letzten Frage.

»Hat Linda noch Geschwister?«, hörte sie sich fragen.

»Ja, einen großen Bruder«, antwortete Frau Gaetano.

»Sie wissen also, dass die Gefahr, an einem solchen Tumor zu erkranken, bei den Geschwistern stark erhöht ist?«

»Ja. Als mir bei Linda der weiße Fleck im Auge aufgefallen ist, habe ich der Optometristin, die Lindas Schielen auf Empfehlung einer Bekannten hin mit Sehtraining und Prismenbrille behandelte, nicht mehr geglaubt und bin zu einer Augenärztin bei uns im Ort gegangen. Diesen Tag werde ich nie vergessen können. Schon als wir reinkamen wirkte die Ärztin erschrocken und durcheinander. Sie hat dann aber die Patienten im Wartezimmer alle nach Hause schicken lassen und sich sehr viel Zeit genommen. Ich war auch schon mit Martin, also meinem Sohn, Lindas Bruder, erst bei ihr und dann bei der Chromosomenuntersuchung. Bei Martin ist alles in Ordnung.«

Der Tumor der Netzhaut trat vor allem bei Kindern im Alter bis zu drei Jahren auf und war vererbbar. Susanne hoffte, nie damit konfrontiert zu werden, was Pete in seiner langen Zeit an dieser Universitätsklinik schon erlebt hatte: Dass zum Beispiel bei dem Sohn einer Schwangeren ein beidseitiger Netzhauttumor gefunden worden und der Gentest im Fruchtwasser der Schwangeren ebenfalls positiv war. Diese Mutter hatte sich damals nach langem Überlegen für ihr ungeborenes Kind entschieden. Das Mädchen war mittlerweile auf dem Gymnasium. Die sofortige engmaschige augenärztliche Kontrolle hatte den Tumor einige Monate nach ihrer Geburt rechtzeitig entdeckt, und das Auge war entfernt worden. Der große Bruder hatte, soviel sie wusste, auf dem bestrahlten, nicht entfernten Auge immerhin noch Lichtwahrnehmung. Susanne überlegte kurz, ob sie Frau Gaetano diese Geschichte erzählen sollte.

Wenn die Chromosomenuntersuchung in Ordnung ist, besteht in dem Alter eigentlich keine Gefahr mehr, überlegte sie und entschied sich dagegen.

»Linda hat allerbeste Chancen, vollständig geheilt zu werden. Aber Sie wissen um das Risiko einer ebensolchen Krankheit bei weiteren Kindern. Sie sollten sich gegebenenfalls humangenetisch beraten lassen.«

»Unsere Familienplanung ist abgeschlossen, da können Sie sicher sein«, entgegnete die Mutter gefasst.

»Gut.« Sie ergriff die Hand der Mutter. »Jetzt haben Sie es beide bald geschafft. Wenn ich helfen kann, wenn Sie Fragen haben oder ich sonst irgendetwas tun kann, rufen Sie mich an. Die Schwester hat meine Nummer. Alles Gute.«

Sie strich der schlafenden Linda noch einmal über die Haare und verließ das Zimmer. Die vertauschten und vermischten Zellreihen sollten ihr den Buckel runterrutschen. Alles auf einmal ging einfach nicht.

Das erste Mal, seit sie gestern die Wohnung verlassen hatte, dachte sie an Evelyn. Jetzt, da die Liste der noch zu erledigenden Dinge in ihrem Hinterkopf abgearbeitet war, konnte sie sich wieder mit dem beschäftigen, was ihr privat wichtig war. Susanne lebte zwar für ihren Beruf. So war sie gestern in die Klinik gekommen, hatte Visite gemacht, im OP assistiert, neue Patienten aufgenommen, andere entlassen, die Nacht über Dienst gehabt und am nächsten Tag die Chefvisite vorbereitet und hinter sich gebracht. Normalerweise wäre sie jetzt ins Labor gegangen. Aber erstens wollte sie Pete heute nicht mehr begegnen und zweitens war die Versuchsreihe sowieso im Eimer.

Evelyn hatte Verständnis für ihr Arbeitsleben, denn ihr ging es genauso. Sie war Internistin an der Medizinischen Klinik der Universität und zwei Jahre weiter als sie. Im Gegensatz zu Susanne, die aus einem einfachen Haus stammte und sich in die Welt der Akademiker vorgearbeitet hatte, war Evelyn, Tochter eines Lungenfacharztes, in diesen Kreisen einfach vertrauter. Susanne bewunderte ihre lockere Art im Umgang mit Professoren ebenso wie die Natürlichkeit, mit der sie sich zu ihrer Homosexualität bekannte. Evelyn hatte sich schon immer zu Frauen hingezogen gefühlt und letztlich war sie es gewesen, die Susanne das Bekenntnis, eine Frau zu lieben, entlockt hatte. Sie waren in der Staatsgalerie bei Otto Dix gestanden, schon ziemlich erschöpft vom Museumsbesuch. Aber Evelyn hatte genau gewusst, was sie wollte, als sie Susanne zum Großstadt-Triptychon führte und herausfordernd fragte: »An was erinnert dich der Fuchspelz?«

Und plötzlich hatte sich der Mantel der porträtierten Nymphe wie in einem Vexierbild zur Vulva gewandelt. Heiß und kalt war es Susanne den Rücken hinuntergelaufen. Evelyn hatte zwischen ihr und dem Bild gestanden. Sie hatte ein lila Top getragen, mit tiefem Dekolletée, und Susannes Irritation über die eigenen Gefühle war nicht stark genug gewesen, Evelyns Anziehungskraft zu widerstehen. Evelyn hatte sie bei der Hand genommen, und als sie später bei ihr auf der Couch saß, wusste Susanne, was sie von Evelyn wollte. An diesem Abend bekam sie zum ersten Mal genau das, was ihr in den vorausgegangenen kurzen Beziehungen mit Männern versagt geblieben war. Beziehungen, die in ihr jeweils nur das Gefühl zurückgelassen hatten, benutzt worden zu sein. Seither war es ihr leicht gefallen, ihr selbst ihre Homosexualität einzugestehen. Schwerer war das Außenstehenden gegenüber gewesen. Manches war angenehmer geworden seither, anderes hatte sich für immer geändert. Ihre Mutter zum Beispiel, die erst ein halbes Jahr und zahllose schlaflose Nächte später unterrichtet wurde, lebte seither im Dauerzwist mit Evelyn und ihr. Verständnis dafür zu entwickeln, dass ihre Tochter lesbisch sein sollte, war ihr nicht möglich. Susannes Zwillingsbruder, der verstand sie. Auch wenn der wie Pete meinte, Susanne sei nur aus enttäuschter Liebe lesbisch. Verständnis hätte auch ihr Vater gehabt, wenn er noch lebte, da war sie sich sicher.

Evelyn dagegen hatte ein völlig ungezwungenes Verhältnis zu ihren Eltern. Ihre Wohnung befand sich sogar im gleichen Wohnblock wie die ihrer Eltern. Dabei hätten diese wirklich allen Grund gehabt, an sich zu zweifeln. Evelyns Bruder nämlich war schwul.

Susanne warf abrupt die Haare zurück, dachte an Evelyns zarte Haut, an die Sprachmelodie ihrer Sätze, ihre kurzen dichten Haare und fühlte Wärme in ihrem Bauch aufsteigen: Freude darüber, erwartet zu werden, Freude darüber, beim Heimkommen auf ein offenes Ohr zählen zu können. Sie zog sich um, packte ihre Sachen in die Satteltasche und machte sich auf den Heimweg.

D er ausgebeulte VW-Bus rumpelte heftig, als Sven ihn über die Stahlplatten aus dem Bauch der Fähre lenkte. Vom Meer her zogen Nebelschwaden die grünen Hänge hinauf und verschluckten die kleinen gewundenen Straßen des Eilands. Am Hafen herrschte nur wenig Betrieb, und als er auf der Straße am Kai ausstieg, um nach der Karte zu suchen, schien ihm, der Boden schwanke weiter. Ein Kastell aus dem 16. Jahrhundert überragte die schmale Hafeneinfahrt. Im Becken der Hobbysegler vor ihm stieg die Treppe zur Mole steil hinan, sie war beweglich gelagert, um die extremen Gezeiten auszugleichen. Im Moment jedenfalls befanden sich die Mastspitzen auf Höhe der Hafenstraße. Das Klingen der rhythmisch gegen die Hightech-Masten schlagenden Leinen der schwankenden weißen Yachten versetzte ihn unwillkürlich in eine Jugendstimmung.

Er war an einem See groß geworden, und schon die Ferientage auf dem Boot seiner Eltern hatten den Grundstein seiner Leidenschaft für ein freies Leben am Wasser gelegt. Einem Leben am und auf dem Wasser, das ihn jetzt auf diese alte Schmugglerinsel verschlagen hatte.

Dieser alte Atlantikhafen hatte etwas Malerisches, etwas Magisches. Was machte diesen Zauber aus, hier im Norden? Waren es die alten moosbewachsenen Steine, das Fehlen kunststoffbewehrter Straßencafés, das Überschaubare dieses Hauptstadt-Hafens? Er überlegte eine Weile, bis es ihm auffiel: Hier waren keine Touristen unterwegs. Obwohl bereits Mitte Juni, schien jeder, der hier seinen Weg kreuzte, ein bestimmtes Ziel zu haben, und beachtete ihn kaum.

Sven, noch braungebrannt von der südfranzösischen Atlantikküste, war nach Norden gefahren, weil er sich dort eine bessere Welle erhofft hatte. Eine Welle ohne die Heerscharen von Anfängern, die in Missachtung und Unkenntnis aller Regeln just dort im Wasser paddelten, wo die Welle am schönsten brach.

Hier, auf dieser einsamen Insel vor Bretagne und Normandie, wo sich der Atlantik zu Ärmelkanal und Nordsee verengte, war nicht nur die Tide die zweithöchste der Welt. Über dem warmen Golfstrom fegten die Tiefausläufer in rascher Folge mit niedrigem Luftdruck die Wassermassen so vor sich her, dass sie als schwingender Teppich riesiger Wellen vor den Riffen und Buchten der Insel ankamen. Hierher verirrten sich allenfalls Engländer, und die auch nur in den Sommerferien. Ihre Bewohner lebten zwar nicht mehr vom Schmuggel, der Steuerunterschied zum Kontinent aber ernährte sie weiterhin. Zumeist im Finanzwesen beschäftigt oder als Rentner die fiskalischen Privilegien nutzend, waren sie heute, am Wochenende, auf ihren Schiffen zugange, reparierten und reinigten.

Mittlerweile war die dichte Wolkendecke aufgerissen, und zwei Damen in weißen Frotteemänteln musterten ihn vom Achterdeck eines Motorbootes aus. Wie sie ihn wohl wahrnahmen? Ein etwas abgerissener, aber gutaussehender Mittdreißiger, ausgeblichene Haare, schmale Hüften, kräftiger Rücken. Blaue Augen unter dunkelblonden Augenbrauen, einige silbrige Strähnen. Ein Hingucker. Nein, alles Träume. Wahrscheinlich genügten diesen beiden Damen seine alten, ausgetretenen portugiesischen Sandalen, der blaue Seemannspulli aus grob gestrickter Wolle, die nicht mehr ganz frische Jeans und sein altes Auto, um ein ihren Maßstäben entsprechendes Urteil zu fällen: kein Geld. Tatsächlich war ihm dieses nicht wichtig.

Schon kurz nach seiner Ausbildung zum technischen Zeichner hatte er die Firma seines Vaters verlassen und war nur noch episodisch zu Hause erschienen. Zumeist, weil er dort immer noch Arbeit bekam. Die Leitung des elterlichen Baubüros hatte mittlerweile sein älterer Bruder übernommen, was Sven aber nicht sonderlich ärgerte. Er selbst war genau das Gegenteil seines korrekten und fast zwanghaft exakten Bruders. Dennoch war er froh, dort immer einen sicheren Job zu haben, wenn er ihn benötigte. Auch wenn er nicht immer über die neuesten Entwicklungen der Branche auf dem Laufenden war. Sobald er aber wieder genug Geld beisammen hatte, und da reichten bei seinem Busleben drei bis vier Monate, brach er wieder zu neuen Zielen auf. Sven liebte das Gefühl, frei zu sein. Sobald er den Wind im Gesicht spürte, keinen Zwängen unterworfen war und in irgendeiner Form Sport treiben konnte, war er mit sich im Reinen. Ausbalanciert, wie er es nannte. Früher, beim Snowboarden in der Schweiz, wenn er mit hoher Geschwindigkeit durch den Neuschnee seine Kante zog, hatte er an besonders schönen Stellen den einen oder anderen Joint geraucht. Heute war er überzeugt, dass ihn das ebenso wie der Alkohol nur aus der Balance brachte.

So störten ihn die Blicke der Seglerinnen auch weniger, als dass er sie dafür bemitleidete, Stunden und Tage kostbarer Freizeit auf dem immer gleichen Bootsdeck im Hafen verbringen zu müssen und auf Männer und die Flut zu warten.

Er schlug die Karte auf, folgte der rot markierten Strecke zum vorläufigen Ziel seiner Reise, der berühmten Vazon Bay, prägte sich den Ortsnamen mit der entscheidenden Kreuzung ein und machte sich wieder auf den Weg. Reger Verkehr verhinderte rechtzeitig, dass er in die Verlegenheit kam, auf die falsche, die rechte Straßenseite zu fahren.

Der Bus war sein Zuhause. Weder ein Statussymbol noch ein Mittel zur Demonstration von Kraft per Fußpedal, war er schlicht seine Wohnung. Froschgrün, selbst ausgebaut mit Gasherd, Kühlschrank und Sperrholzschrank, bot er vor allem ein breites einladendes Bett. Auf hohen Beinen stehend lag die dicke, gute Matratze auf einem einfachen Holzgitter. Seine Surfboards wie alles weitere Sperrgut wurden daruntergeschoben.

Hohe Mauern, einige über und über mit üppigem Grün bedeckt, säumten die Straße, wie sie sich die Stadt hindurch den Berg hinaufzog. Einige Male streifte der Außenspiegel den dichten Bewuchs, als er dem Gegenverkehr ausweichen musste. Gehwege gab es keine. Wahrscheinlich war der Platz dafür zu kostbar, dachte er sich. Folgsam bildete sich auf der schmalen Fahrbahn eine lange Fahrzeugschlange, als eine junge Mutter völlig ungeachtet der Autos und Lastwagen ihren Kinderwagen bergauf schob. Nach einigen weiteren engen Kurven in der angrenzenden Ortschaft taten sich die Mauern überraschend auf, und vor ihm spiegelte sich die Sonne im windgekräuselten Wasser. Er hatte die andere Seite der Insel erreicht. Rötlich schimmernde Granitfelsen säumten eine Bucht mit weißem Sandstrand. Kleinere Boote lagen an Bojen vertäut. Einige Kinder spielten am Wasser, ihre Aufsicht hinter einem gestreiften Windschutz versteckt. Die klare Luft atmete eine helles Licht. Türkis schimmerte das Wasser, um nahtlos in ein erst helleres, dann zunehmend satteres und schließlich tiefblaues Meer überzugehen. Kein Wunder, dass dieser Ort schon die Impressionisten beeindruckt hatte. Renoir hatte hier Skizzen gemacht und ein berühmter Romantiker dort sein Exil gewählt. Aber leider, bei aller Schönheit, bis zum Horizont keine Welle.

Er hielt auf dem großen Parkplatz hinter einer flachen Mauer und zog seine Schuhe aus, setzte sich ans Wasser und blickte über das Meer, auf dem das spiegelnde Sonnenlicht langsam eine abendliche Färbung annahm. Das Ufer fiel relativ steil ab, und trotz der großen Gezeitenunterschiede gab es einen schmalen Strand, aber kein Watt. Plötzlich fühlte er sich beobachtet. Er drehte sich um. Auf der Mauer, die den Parkplatz vom Strand trennte, saßen zwei junge Frauen. Beide im Minirock, ließen sie ihre schlanken braunen Beine baumeln. Während die Dunklere sich jetzt, da er sich ihnen zuwandte, mit beiden Händen durch die Haare fuhr, den Kopf im Nacken warf, setzte die etwas kleinere Dunkelblonde ihre Sonnenbrille ab und musterte ihn weiter. Unwillkürlich musste er lächeln. Er drehte sich wieder dem Wasser zu, doch die Stimmung von vorhin war verflogen. Eine innere Spannung hatte ihn erfasst. Streng versuchte er, sich und seine Gefühle zu analysieren. Die Ursache der fehlenden Balance war dabei längst klar. Es gelang ihm nicht mehr, sich auf das Meer zu konzentrieren. Stattdessen blieb die Szene der so samten wirkenden braunen Beine, der begleitenden Kopfbewegung, der sommerlichen Kleidung in seinem Kopf.

Ohne festen Plan erhob er sich, ging im weiten Bogen über den Strand und nahm eine schmale Treppe, die die Strandmauer unterbrach. Ein Fahrradfahrer kreuzte seinen Weg. Sven wartete, bis er vorbeigeradelt war. Über ihm schrie eine Möwe. Sein Puls beschleunigte sich, er spürte ihn bis in die Handgelenke. Der Fußweg führte ihn jetzt an den beiden vorbei. Sie schienen sich zu unterhalten, was Sven wiederum lächeln ließ, so klar war es, dass in dieser Konstellation kaum ein vertieftes Gespräch stattfinden konnte.

Vielmehr war eine Standardsituation entstanden, aus der, ähnlich einer Eröffnung beim Schach, die verschiedensten Varianten möglich waren. Im Vorübergehen berührten seine Blicke die blauen Augen der Frau mit den kräftigen Schultern. Im Weitergehen verschränkte sich die Verbindung und der Blick dauerte einen

Augenblick länger, als der Zufall es erlaubt hätte. Ohne stehen zu bleiben, ging er weiter zum Bus, öffnete die Schiebetür und zog seinen klappbaren hölzernen Tuchliegestuhl heraus. Er legte die Beine auf das Fußbrett der geöffneten Tür, griff sich eine Surfzeitschrift und gab nun seinerseits Konzentration vor.

Die direkte Kontaktaufnahme, die belanglose Ansprache wäre eine Variante gewesen. Aber sie barg die Gefahr, plump zu wirken. Der Blickkontakt dagegen signalisierte viel eher ein wirkliches Interesse. Ob etwaige Sicherheitsschranken des emotionalen Eigenschutzes durch diesen wie von selbst aufsprangen oder aber nur archaische Reflexe abliefen, der verlängerte Blickkontakt traf ins Innere. Manche, wie die pubertierenden Mädchen, spielten damit, blickten jeden an, bis er den Kopf abwandte. Andere schauten noch als Erwachsene zwanghaft immer daneben. Ab einer gewissen Reife jedoch kommunizierte dieser Blick, der festhielt, ein aufrichtiges Gefallen am Gegenüber.

Einige Minuten später verließen die beiden Freundinnen ihren Platz und verschwanden aus seinem Gesichtsfeld. Ob sie sich wirklich über ihn unterhalten hatten, wie er es sich eingebildet hatte? Er verspürte jetzt richtig Hunger.

Sven zündete den Gaskocher an, gab eine halbe Tasse vom Basmatireis und eine ganze Tasse Wasser in einen Topf. Nachdem das Wasser sprudelte, drehte er das Gas ab und wartete, bis der Reis das Wasser vollständig aufgenommen hatte und gar war. Auf der Ablage des Armaturenbrettes lag zwischen Treibguthölzchen und getrockneten Blüten, Rosmarin und Pfefferminze noch eine schon etwas harte Limone. Mit einigen Spritzern von deren Saft und einem kleinen Löffel Butter rundete er sein Abendessen ab, ergänzt durch einige grob gewürfelte Ecken echten Emmentalers, auf dem bereits Fettaugen glänzten. Den Abwasch verschob er auf später, ließ den Teller in die Schüssel zu dem Besteck vom Frühstück gleiten, putzte sich mit etwas Wasser aus dem Tornister die Zähne und beschloss, sich hinzulegen.

Er erwachte noch vor Sonnenaufgang. Die beschlagenen Scheiben streuten das einfallende Licht, die Luft im Bus war kalt und feucht. Im Schlafsack liegend öffnete er von der Matratze aus die Heckklappe und überblickte Parkplatz, Straße und Strand. Zu seiner Freude befanden sich weiter hinten Sanitäranlagen, wo er bestimmt auch seine Wasservorräte auffüllen konnte. Für einen sichtgeschützten Platz oder gar ein WC musste man als Bus-Nomade sonst auch schon mal längere Suchwege in Kauf nehmen. Wie Jean Genet tat er das sonst auch sehr bewusst, wohl wissend, dass die Bindung an die eigene Toilette einer der Gründe für die Ablehnung seines Lebensstils durch die Sesshaften war. So distanzierte er sich seinerseits von den riesigen weißen Wohnmobilen, die sogar Duschen mit goldenen Wasserhähnen umherkutschierten. Deren Besitzer täglich stundenlang die zahllosen technischen Raffinessen ihres Heimes pflegten und in der integrierten Garage neben Fahrrädern und Stühlen aus Plastik sogar meist noch einen Generator für Notfälle mitführten.

Bei distanzierter Betrachtung offenbarte sich da ein Stück Soziologie, eine Schichtenteilung, die sogar am Zeltplatz galt. Dort, wo der frisch geduschte Wohnmobilist morgens unter den verächtlichen Blicken der zeltenden Radfahrer- und Klettergemeinde elektrisch die Ausstiegshilfe seiner Wohnung ausfuhr, um sich unter seiner Markise an den Frühstückstisch zu setzen, während diese aus dem Zelt robbten, um im Schneidersitz auf Isomatten sitzend, den blauen Gaskocher auf dem ausgetretenen Lehmboden anzuzünden.

Sven hasste Zeltplätze.

Auf dem Rückweg von der Toilette für die Strandbesucher registrierte er das auflaufende Wasser. Die Welle brach links, kippte aber noch schlagartig auf ganzer Länge. Der Wind hatte auf leicht ablandig gedreht. Dadurch fuhr er in die aufgebaute Wölbung des Wassers hinein und verzögerte das Brechen. Eine harmonisch konkave Höhlung entstand. Die ersten Surfer, am Dachgepäck sofort zu erkennen, parkten bereits ihre Autos an der Mole. Einige hatten die Bretter direkt aufs Dach geschnallt und mit einem durch die Fenster laufenden Gurt befestigt.

Es lohnte sich immer, an einem neuen Strand zunächst das Wasser und den ersten Surfer zu beobachten. So zeigten sich schnell die Stellen, wo das auflaufende Wasser als breitere Strömung ins offene Meer zurückfloss. Ebenso erkannte man besser den Punkt, von dem aus die Kulmination der einlaufenden Wasserschwingungen, der Wellen-Peak, begann. Gelang es dem Wellenreiter, ein bis zwei Meter seewärts davon mit einigen kräftigen Kraulzügen die Geschwindigkeit des Wassers aufzunehmen und ohne Verzögerung aufzuspringen, dann schnitt das Brett je nach Auftrieb etwa 50 Zentimeter in die Welle ein und wurde von der

Kehlung, die direkt vor und neben dem weißen Kamm entstand, nach vorne gezogen. Tief in der Hocke balanciert stellte dieser das Brett dann steil bergab, wobei sich der Berg mit nach vorne bewegte. Dadurch ergab sich bei schrägem Ansteuern der abwärts strömenden Front eine fortlaufende Bewegung zum Strand hin. Ideal war dabei das langsam fortlaufende Umkippen des Kamms mit der Längsachse der Welle. Das plötzliche schlagartige Umfallen der gesamten Front dagegen ließ keinen längeren Ritt zu. Die Welle schloss ihren Reiter dann einfach aus.

Ein Surfer im schwarzen Neoprenanzug joggte barfuss ans Ufer, das Brett unterm Arm. Vor der Wasserlinie bückte er sich noch einmal kurz und legte den Klettverschluss des elastischen Bandes, das ihn mit dem Brett verband, um den rechten Knöchel.

Diese Leine, die *leash*, erlaubte ihm, nach dem Sturz wieder schnell zu seinem Sportgerät zu kommen. Frei im Wasser wirbelnd fasste man an den Fuß, ergriff die Leine und zog das Brett wieder zu sich.

Der Surfer hatte sich die Stelle mit der stärksten Strömung zum Meer hin gesucht. Jetzt legte er sich auf sein Brett und wurde mit enormer Geschwindigkeit nach draußen gezogen. Durch das rückwärts zum Meer strömende Wasser brachen die Wellen hier nur flach und mit zweimaligem kurzem Untertauchen in einer Position tauchender Enten war der Surfer hinter dem Weißwasser.

Lange hatte Sven geglaubt, der Gezeitenstrom entstünde allein durch die Anziehungskraft des Mondes und die Eigendrehung der Erde. Tatsächlich aber versetzte die Anziehungskraft des Mondes, geringer auch die der Sonne, das Wasser auf der Erdkugel in riesige, langsame Schwingungen. Dabei spielte die Eigenrotation der Erde um sich selbst keine Rolle. Vielmehr drehten sich Erde und Mond in einem knappen Monat ebenfalls einmal umeinander. Wie das Seil zwischen Hammer und Hammerwerfer die Fliehkraft des Hammers, so neutralisierten die Anziehungskräfte der Massen von Mond und Erde deren Fliehkraft. Die Anziehungskraft des Mondes wirkte durch die Erde hindurch. Dadurch ergaben sich unterschiedlich starke Kräfte auf das Wasser der Erde und ein Flutberg auf beiden Erdhälften. Das Wasser wanderte also nicht nur mit dem Mond mit, sondern die Flut erschien fast überall auf der Erde, sogar zweimal am Tag. Diese im Vergleich zu den normalen windgepeitschten Wellen extrem langsamen Wellenbewegungen des Wassers schwappten im groben Acht-Stunden-

Rhythmus über die Erdkugel und wurden zwischen England und Frankreich in den Ärmelkanal gezwängt, wo sie sich zu einem Flutgipfel von 15 Metern über dem Niveau der Ebbe aufbauten. Der Surfer kannte sich aus. Nach etwa 300 Metern wurde die Strömung schwächer und verlief bogenförmig längs der Küstenlinie. Kräftesparend hatte ihn der Sog hinter die Wellenberge getragen. Jetzt sah Sven auch, wie die Wellen schöner und regelmäßiger wurden. Mit dem Kommen des Wassers liefen sie nun über einen riffähnlichen Untergrund, der sie in eine Form brachte, für die diese Bucht unter Surfern berühmt war.

Vorfreude überkam ihn. Unwillkürlich beschleunigte er den Schritt. Ohne gefrühstückt zu haben, putzte er sich die Zähne, trank einige Schlucke Wasser und schlüpfte in seinen Neoprenanzug. Der Autoschlüssel kam in eine kleine Innentasche im Revers. Schnell lag er auf seinem Brett im Wasser und ließ sich hinaustragen. Wie eine Wand baute sich plötzlich eine Welle vor ihm auf. Er atmete tief ein, hob den Hintern und drückte vorne das Brett unter Wasser. Jetzt brach die Wand über ihm zusammen. Das schäumende Weißwasser ließ kaum noch Licht unter die Wasseroberfläche dringen. Es wurde dunkel. Sven hatte keine Angst. Erst die Angst wurde dem Surfer gefährlich. Er hielt die Luft an, bis es wieder heller wurde, tauchte auf und erwartete den nächsten Brecher. Tauchte man dagegen zu früh auf, kam man nicht bis an die Oberfläche. In der Gischt war zu viel Luft und zu wenig Oberflächenspannung, um den Schwimmer oder Surfer zu tragen. Einige Sekunden später krachte die nächste Welle über ihm zusammen. Das Spiel wiederholte sich. Nach drei Brechern entstand eine kleine Pause. Er paddelte mit langen, kräftigen Zügen, um weiter hinaus zu kommen. Auch hier blieb die bewusste Körperwahrnehmung wichtig. Angstvolles, gar panisches Paddeln brachte keinen Raumgewinn, nahm aber dem Surfer den Sauerstoff. Sauerstoff, der unter der nächsten Wellenserie fehlte. Auch ohne Fehler konnte in einer Serie besonders großer Wellen die Luft im Weißwasser sehr knapp werden. Eine neue Wand baute sich vor ihm auf. Nach links hin war sie höher. Sven zog nach rechts. Zwei kräftige Züge und er wurde hochgehoben wie im Fahrstuhl. Direkt links neben ihm kippte die Welle.

Schade, dachte er. Falsche Richtung. Er paddelte weiter. Spürte den Sog an den Füßen und nahm den unter ihm durchlaufenden Wellenrücken war. Mit verlangsamten Bewegungen zog er weiter. Plötzlich kehrte Ruhe ein. Kein Donnern mehr, kein Brausen. Regelmäßig wurde er angehoben und wieder abgesenkt. Er war hinter dem Bereich, in dem die Wellen brachen, angekommen. Sein Atem beruhigte sich. Ohne große Anstrengung korrigierte er etwas den Kurs, klammerte das Board zwischen die Beine und setzte sich auf. Einige Meter östlich saßen drei Engländer auf ihren Brettern und sahen zu ihm herüber. Er begrüßte sie mit einem Kopfnicken, das einer von ihnen sogar kurz erwiderte. Nicht überall wurden Fremde so freundlich empfangen. In Teneriffa war er einmal bei richtig harten Bedingungen draußen gewesen, als drei *locals*, wie die Einheimischen genannt wurden, wie die Haifische immer engere Kreise um ihn geschwommen waren. Er hatte sich schon vorgestellt, wie die Patrouillenboote zur Abwehr der Boatpeople seine Leiche aus dem Wasser fischten, und nur noch ein spanisch akzentuiertes *wanna know a really deep dive?* vernommen. Das Ufer war zu weit entfernt gewesen, um sich schwimmend zu retten. Gerade noch rechtzeitig war die eine rettende Welle gekommen, die ihn ans Ufer gebracht hatte. Andere fanden bei der Rückkehr aus dem Wasser ihre Autoreifen aufgestochen vor. Insofern war das englische Klima richtig angenehm.

Hinter den Dünen, die im Osten des Uferstädtchens lagen, ging jetzt die Sonne auf. Eine kleine Küstenstraße zog sich durch den Ort, wurde zur Promenade, begrenzt von der heute morgen noch unbesetzten kleinen Mauer, um sich hinter dem Dorf gegen Westen hin mit einer Reihe niedriger, weißer, schiefergedeckter Häuser zwischen den Granitfelsen zu verabschieden.

Die Wellen wiegten ihn in ihrem Rhythmus. Regelmäßig hoben sie ihn etwa einen Meter an, gaben die Sicht auf die Insel frei, um an ihrem tiefsten Punkt wiederum den Ort wieder bis auf die roten Schornsteine der kleinen Häuser zu verdecken. Dunkelgrün breitete sich das Wasser um ihn aus. Die brechenden Wellenkämme zogen einen Schleier feiner Tropfen hinter sich her, durch die jetzt die ersten Sonnenstrahlen funkelten. Um die Abdrift und seine aktuelle Position besser abzuschätzen, hatte er sich vor sich die Mole am Strand und im Westen einen markanten Felskopf der Bucht ausgesucht.

Sieht fast aus wie ein Schäferhund, der Fels, dachte er. Einer der Surfer paddelte an und sprang auf. Jetzt sah man nur noch seinen Kopf, vor der Welle stehend in Schlangenlinien zum Strand gleitend, um mit einer eleganten Drehung wieder zum Vorschein zu springen, als die Welle kippte. Sven legte sich aufs Brett. Die nächste würde was für ihn. Mit zwei, drei langen, kraftvollen Zügen fühlte er, wie das Wasser ihn mitnahm. Aber einer der Engländer hatte es ihm gleichgetan. Dieser war näher an ihrem höchsten Punkt, gleich würde sie hinter ihm brechen. Vorfahrt für England, dachte Sven und bremste. Er wendete, schwamm zurück zu dem Punkt, an dem sie beide gestartet waren, und wartete wieder. Diese frühen Stunden auf dem Wasser gehörten für ihn zum Schönsten, das es gab. Das sanfte Schaukeln, die gleichmäßigen Schwimmzüge, das Wasser, der distanzierte Blick auf das erwachende Land. Ich muss das in mir aufnehmen, es wie ein Bild abspeichern, dachte er bei sich und wurde dabei fast überrascht von der riesigen Wand, die sich hinter ihm aufbaute.

Anfangs war er in solchen Situationen vom Brett gesprungen, hatte versucht, tief unter der Welle durchzutauchen. Bis ihm klar geworden war, dass er nur wegen dieser großen rollenden Wände hier draußen war. Tauchte man ab, wurde man dennoch mitgerissen und benötigte erneut viel Kraft, um wieder zum Peak zu kommen. Sowieso reichte die Ausdauer nur für eine halbe Stunde. Dann war entweder die richtige Tide vorbei oder die Arme waren zu schwer geworden, um es mit der Geschwindigkeit der Wellen noch aufzunehmen.

Nein, er war genau an der richtigen Stelle. Kurz bevor diese wuchtige Wand aus jetzt hellgrün leuchtenden Wassermassen senkrecht stand, kurz bevor sie auf ihn zu stürzen schien, musste er durchziehen. Während er mithilfe kräftiger Kraulzüge beschleunigte, sah er, wie die rückkehrenden Engländer links vor ihm in Gegenrichtung in den Wasserberg untertauchten. Mit einem einzigen Satz sprang er auf sein kurzes Brett. Balancierte, hielt das Gleichgewicht, ging in die tiefe Hocke, richtete sein Brett nach unten. Spiegelglatt und glasklar lag das Wasser unter ihm. Schneller und schneller glitt er schräg den rollenden Hang hinab. Unter ihm zog der Meeresboden vorüber. Wenn ich ein Stück vor ihr bin und die Drehung reindrücke, versuch ich mit Schwung gegenzusteuern, überlegte er sich. Aber noch in der Drehung verlor er die Balance. Was jetzt folgte, war vom Feinsten. Ohne zu wissen, wo oben und unten war, während jede Extremität in eine andere Richtung wirbelte, das Wasser an ihm zog und zerrte, wurde es dunkel. Beherrscht hielt Sven die Luft an. Lange. Auch als der Zwang zum Luftholen einsetzte, hatte er sich noch unter

Kontrolle. Er gewann wieder Stabilität und war mit zwei Zügen oben. Die Bedingungen hatten sich schlagartig geändert. Wild lief das Weißwasser hier gegen ihn an.

Wenn ich bis zur Jetty, der Strömung aufs Meer raus, hinüber paddeln muss, bin ich kaputt. Aber hier komme ich auch nicht raus bis hinter das Weißwasser, dachte er. Lieber heute Abend noch einmal.

Sven drehte sein Brett, ließ sich von den kleinen auslaufenden Wellen zum Strand schieben und stieg aus dem Wasser. Hinter der schwarzen Linie aus Treibgut und Tang setzte er sich auf den harten geriffelten Sand. Das Wasser stand bereits gut drei Meter höher als beim Rausgehen. Auch die anderen kamen zurück. Offensichtlich bot die Flut hier nur ein kurzes Zeitfenster für eine gute Welle.

»Schon erschöpft oder noch müde?«

Sven drehte sich um. Ein Baguette unter dem Arm stand sie hinter ihm. Die Gazelle von gestern. Er sah an ihr hinauf.

»Surfst du auch?«, fragte er, ebenfalls auf Englisch, zurück.

Sie neigte den Kopf etwas zur Seite, kniff ein Auge zu und wechselte das Standbein.

»Von Zeit zu Zeit, mit dem Bodyboard«, antwortete sie. So hießen die kleineren, rechteckigen Bretter aus Schaumstoff, die mit Flossen beschleunigt wurden und in Bauchlage zu fahren waren.

»Und jetzt nimmst du mich mit zum Frühstück?«, kam ihr Sven entgegen und erhob sich, ohne auf die zarte Rötung Rücksicht zu nehmen, die ihr Gesicht überzogen hatte.

Sie zögerte noch.

»Okay, ich mache auch den Tee dazu, gleich da drüben«, grinste er und wies auf seinen Bus. »Nur eine Sekunde«, setzte er noch hinzu.

Sie kam mit ihm. Das war doch wohl auch der Grund, warum sie überhaupt hier runtergekommen war, mit dem Brot unter dem Arm, ging es ihm durch den Kopf. Was sollte da die Ziererei.

»Ich bin der Sven.« Er streckte er ihr seine salzig nasse Hand hin.

»Freut mich, Myriel«, stellte sie sich vor. Sie trug heute Jeans und ein T-Shirt, die nackten Füße steckten in Sandalen.

Er schnappte sich eine Hose, schob sein Brett unters Auto und zog sich hinter dem Bus um. »Oder lieber einen Kaffee?«, lachte er unter seinen nassen Haaren.

»Tee ist in Ordnung. – Sieht besser aus, als es ist«, meinte sie, und ihr langer, brauner Arm wies auf das Meer. »Wenn die Welle so groß wird, läuft sie nicht mehr gut, dann ist es auf Jersey besser. Du bist aus Deutschland?«

Sven schob ihr seinen Holzstuhl hin, füllte Wasser in den Teekessel und stellte ihn auf den Herd. Er spürte einen eigenartigen Druck auf den Augen.

»Ja, ich bin gestern erst angekommen. So karibisch habe ich es mir hier gar nicht vorgestellt. Bis vorgestern waren die Felsen und Riffs von Biarritz noch meine Nachbarn, aber da wurde es immer voller. So habe ich mir den Stormrider geschnappt, nach einsamen Surfständen gesucht und bin hier gelandet.«

Der kleine Teekessel auf dem Gas fing an zu pfeifen. Er warf je einen der pyramidenförmigen Teebeutel in die blauen Blechtassen und verteilte das heiße Wasser.

»Und du?«

»Ich arbeite bei einer Bank in St. Peter Port. Hast du auch Zucker?«

Sven fischte ein Briefchen aus einer Schachtel, das er in einem Café mitgenommen hatte.

»Bitte sehr. Nicht sehr englisch. Kommst du oft hierher?«

Die Butter schmolz noch teilweise, als er sie auf das frische Weißbrot strich.

»Im Sommer schon, ja. Aber jetzt muss ich zur Arbeit zu gehen. Wirst du heute Abend auch hier sein?«, fragte sie ihn und wirkte noch ganz natürlich dabei.

Sven lachte sie an: »Ja doch, sicher.«

»Okay, dann vielen Dank für den Tee.«

Und sie verschwand, ohne ausgetrunken zu haben, und ließ ihn mit Becher und Baguette zurück.

Sein Hals schmerzte zunehmend. Vor allem beim Schlucken.

»Die traditionelle chinesische Medizin lehrt uns, dass die Lebensenergie auf zwölf Bahnen, den sogenannten Meridianen, durch den Körper fließt«, wiederholte er. Eine Einladung zu einem Kurs im Gleitschirmfliegen hatte ihn damals davon abgehalten, eine Feierabend-Ausbildung zum Heilpraktiker mit einer Prüfung abzuschließen. Sven war sich ziemlich sicher, dass der Hals dem Element Metall zugeordnet werden konnte, einem der fünf Elemente, die sich wechselseitig in der Energieverteilung beeinflussten. Irgendwie musste es bei ihm zu einem Ungleichgewicht, einer Dysbalance gekommen sein, sodass jetzt das Metall überwog und ihm die Schmerzen verursachte. Er betrachtete seine Zunge in dem kleinen Taschenspiegel, der in eine der Hängetaschen der Buswand eingenäht war. Zungendiagnostik war etwas für Spezialisten. Die Spitze seiner Zunge schien ihm hellrot. Passte nicht ganz in das Konzept. Die weißen Stippchen auf den Mandeln schon eher. Die Farbe weiß, da war er sich sicher, musste eindeutig dem Metall zugeordnet werden. Und der Hals, der gehörte chinesisch betrachtet zur Haut.

Also muss ich im Lungenmeridian anfangen, dachte er sich, und kramte die Akupunkturnadeln hervor. Er tastete sich den Hals ab, der auch von außen schmerzte. Lunge eins, der Anfangspunkt dieses Meridians unter dem Schlüsselbein, war schmerzlich positiv. Auch an den Unterarmen ließ sich beiderseits ein Druckschmerz über dem ganzen Knochen auslösen. Die Hauptfunktion der Lunge war es, zumindest nach Meinung der alten chinesischen Ärzte, das Qi, die Lebensenergie, zu regieren. Qi-Mangel war das wichtigste Leere-Muster der Lunge. Er stach sich eine der kleinen dünnen Nadeln scharf am Schlüsselbein vorbei in die Haut am Hals. Lunge eins war getroffen. Drei weitere Nadeln setzte er sich über Ellenbeuge, vorderes Unterarmdrittel und Handgelenk. Dann überlegte er wieder. Akupunktur war eine Wissenschaft.

Jetzt müsste ich noch irgendwie rechts und am Bein etwas machen, dem Ausgleich und der Symmetrie wegen. Immer Yin und Yang. Also auch noch eine Nadel für ein Hohlorgan. Die waren immer Yang, wenn ich mich recht erinnere. Dann nehme ich Dickdarm vier, das ist ein guter Punkt, dachte er sich. Den kenne ich noch, zwischen Daumen und Zeigefinger gelegen. Dazu noch einen am Bein. Hier fiel ihm nur der Magen-Punkt mit der Nummer 36 am Knie ein. Rein damit. Das war der Ausgleich für die vielen Nadeln der oberen Körperhälfte. Die Nadel am Knie schmerzte heftig. Konnte also auch nicht so verkehrt sein. Der Austritt von Blut war ebenso wie der elektrisierende Schmerz ein gutes Zeichen dafür, den richtigen Punkt getroffen zu haben. Nur die rechte Hand war mit links nicht so souverän zu punktieren. Er versuchte es dennoch. Spürte auch gleich, wie die Hand dick wurde, nachdem er die Nadel viel zu langsam in die Haut gebohrt hatte.

Ich bekomme doch sonst nie blaue Flecken, stellte er fest. Wahrscheinlich habe ich zu tief eingestochen. Jetzt reicht's erst einmal. Nun brauche ich Entspannung. Darauf kommt es an. Tiefe Entspannung. Der Lattenrost knarzte, als er sich auf die Matratze zurückfallen ließ. Die Nadeln schmerzten jetzt schon so stark wie der Hals.

Er erwachte erst, als ihm die Sonne direkt in das Gesicht schien. Zufrieden zog Sven die Nadeln aus der sich deutlich pellenden braun-ledrigen Haut und warf sie in einen leeren Milchkarton. Der kurze Nadelschlaf hatte ihn geheilt, er fühlte sich ausgeruht, der Hals schmerzte nicht mehr. Wahrscheinlich fehlte es ihm einfach an der Ausdauer für die hiesigen Bedingungen. Bei einseitiger Belastung, das hatte er vom Sportunterricht noch behalten, übersäuerte die Muskulatur. So beschloss er, vor dem Essen noch ein wenig laufen zu gehen. Die Füße mussten sich wohl erst wieder an Schuhe gewöhnen, so drückten sie am Spann, als er sie überzog.

Demnächst muss ich eine Wäsche machen, nahm er sich vor. In Socken läuft es sich doch besser.

Nach einigen hundert Metern hatte er seinen Rhythmus gefunden und bog in den schmalen Pfad ein, der sich bergan zu einem Kiefernwald hinzog.

Ich sollte öfter laufen gehen, dachte er. Die Gedanken werden freier, und die Bewegung harmoniert mit den Gedanken besser als die beim Surfen.

Der Waldboden federte unter seinen Turnschuhen. Die Meeresluft hatte sich mit dem Kiefernduft vermischt und unter der Sonne knackten im Unterholz die Äste. Über ihm krächzte tackernd ein Eichelhäher. Ein schmaler Pfad trennte die Baumriesen nur unvollständig, so dass ihre Baumkronen verschränkt blieben. Sonnenstrahlen schienen hindurch und woben mit der Feuchtigkeit der Luft einen fein schimmernden Schleier. Einige Schritte vor ihm tanzten die Mücken in einem breiten Lichtstrahl auf und nieder. Ein riesiger Ameisenhaufen säumte den Weg.

Sven hielt inne und holte tief Luft. Er setzte sich auf den Boden und beobachtete das scheinbar ungezielte Wuseln. Ein Glücksgefühl ergriff ihn. Hatte er je den Sommer so intensiv empfunden?

Die Hitze, die feuchte, mit Harzen angefüllte Luft, ein leicht fruchtiger Geruch nach Himbeeren, das Knacken im Wald – er fühlte sich verzaubert. Ein Lustgefühl stieg in ihm auf. Langsam streckte er die Hand aus, senkte sie über dem Ameisenhaufen bis ihn die herumeilenden Insekten fast berührten. So verharrend zog er sich erst zurück, als die ersten Tiere seine Beine hinaufkletterten. Jetzt bildete er mit beiden Händen eine Muschel und inhalierte die Ameisensäure von den Handflächen.

»Wie frei meine Nase jetzt ist.«

Seltsam. Früher, als Jugendlicher, wollte man solche Momente immer mit jemandem teilen. Dann musste man feststellen, dass solche Augenblicke, und waren sie noch so schön, weder teilbar waren noch dadurch länger verharrten.

Eigentlich vermag ich es nicht, meine Empfindungen überhaupt jemandem mitzuteilen, dachte er. Momente des Glücks erleben Paare in ihrem Verliebtsein füreinander. Der Zauber des Augenblicks aber begegnete einem allein.

Er erhob sich und fiel wieder in einen regelmäßigen Schritt. Einige Momente lang lief er nur – ohne irgendetwas zu denken. Auf den Blättern der Bäume spiegelte sich tausendfach blinkend die Sonne. Dazwischen schoben sich ebenso viele Blattunterseiten, die dunkel mit dem blauen Himmel kontrastierten. Ein Bach plätscherte. Weiter vorne erhob sich lautlos ein Raubvogel von einem Ast und segelte in den Wald. Die langen braunen Beine von Myriel kamen ihm in den Sinn.

Schaun wir mal, sagte er sich.

Der Pfad weitete sich zu einer Gabelung. Er folgte dem rechten der beiden Wege, der, gerahmt von frisch gesägten Buchenstämmen, zum Meer zurückführte. Sein Schatten lief jetzt schwingend direkt vor ihm. Dessen Gleichlauf, die optische Wiederholung des gefühlten Laufrhythmus, ließ ihn kräftiger ausholen. Da registrierte er wieder den Druck hinter der linken Augenbraue. Ein Spannungsgefühl, das bis hinter die Schläfe zog.

Er nahm ein wenig das Tempo zurück und ließ die Arme baumeln, wie er es sonst bei Seitenstechen tat, aber der Druck verschwand nicht. Blieb hinter seiner Augenbraue. Nicht unerträglich, aber störend. Die zahllosen Lichtreflexionen blendeten ihn.

Das kommt davon, wenn man untrainiert zu schnell loslegt, bremste er sich noch ein wenig mehr.

Am Bus angekommen sah er die gelbe Kralle vielleicht auch wegen der Kopfschmerzen nicht sofort. Erst als er die Fahrertür öffnete, bemerkte er das fünfeckige Gestänge.

»Hello, Sir. Nice to meet you. Got clamped«, sagte eine Stimme hinter ihm. Sven drehte sich um. Ein freundlich lächelnder kleiner

Herr mit Kugelbauch unter dem schwarzen T-Shirt erklärte ihm, dass er nun schon deutlich zu lange hier parke und die Kralle erst gegen eine Gebühr, die Sven drakonisch schien, entfernt werden könnte. Vom Schmerz verstärkt stieg die Wut in ihm auf. Im ersten Augenblick dachte er daran, einfach den Reifen zu wechseln. Aber wahrscheinlich hätte der kleine Dicke seine Freundlichkeit dann doch schnell abgelegt. Außerdem wäre er mit seinem Bus spätestens am Zoll wieder hängen geblieben. »Das sind so die Nachteile von Inseln«, erwiderte er für sein Gegenüber unverständlich auf deutsch. Widerwillig erkundigte er sich, wie er seine Strafe begleichen könne, da er Beträge wie den genannten nicht im Geldbeutel mitführe. Mit der telefonischen Durchgabe seiner Kreditkartennummer an die Zentrale des Parkwächters löste sich das Problem. Der Mann im schwarzen Hemd öffnete mit zwei Handgriffen und der Hilfe eines Schlüssels die Kralle und verabschiedete sich ebenso freundlich, wie er ihn begrüßt hatte. Offensichtlich waren einige der Parkplätze auf der Insel hier in Privatbesitz oder wurden von Privatunternehmen überwacht. Der Vorfall war jedenfalls nicht geeignet, Svens Migräne zu verbessern.

Die Sonne war schon fast untergegangen, sein Kopf im Laufe des Tages wieder freier geworden, als es zart an die Schiebetür klopfte. Sven lümmelte in Shorts auf seiner Matratze.

»Hi, keine Welle heute Abend?«, begrüßte ihn Myriel auf Englisch. Sie trug einen blauen Minirock, den eine rosa Hibiskusblüte zierte, und ein Bikinioberteil. Billabong, wie auch die Flipflops mit dem unbescheidenen Markenzeichen verrieten.

»Leider nein. Ich war statt dessen zu Fuß unterwegs und habe ein wenig die Insel erkundet«, erwiderte Sven lachend. »Wie war die Arbeit?«, fuhr er fort.

»Sprich nicht davon. Aber wenn du noch nicht wieder im Wasser warst, kommst du dann vielleicht mit mir schwimmen?«, fragte sie und stellte eine Sandale auf die Schwelle seines Busses.

Unbewusste Besitzansprüche, dachte Sven. Damit kann ich umgehen. Laut erwiderte er: »Okay, aber nicht gleich hier vorne. Gibt es auch einen weniger öffentlichen Platz?« Er hoffte, dass seine Formulierung im Englischen nicht allzu direkt seine geheimen Wünsche auf den weiteren Verlauf des Abends offenbarte.

»Ja, klar gibt es die, ich kenne die verschwiegensten«, lachte Myriel. »Komm, lass uns gehen.«

So eine Offenheit hatte er bislang noch nie erlebt. Auch wenn es da oft große soziokulturelle Unterschiede englischer und kontinentaler Erstbegegnungen geben mochte. Missverständnisse waren da nicht immer auszuschließen. Er kramte ein Handtuch aus dem Wäscheberg in der Ecke, überlegte kurz, ob er die Badehose brauchte, entschied sich dagegen, schloss die Türen ab und versteckte den Schlüssel.

Sie führte ihn am Wasser entlang. Weit und breit kein Surfer. Die hatte wohl der Blick auf die Wellenkarte im Internet schon davon abgehalten, sich auf den Weg zu machen. Am Strand weiter oben, dort, wo die Flut gewöhnlich nicht hinkam, lagerten Gruppen älterer Schüler. Einige der jungen Männer spielten Rugby, stolz den freien Oberkörper in der untergehenden Abendsonne präsentierend. Seit Jahrhunderten das gleiche Ritual. An der Küste Südenglands wie an der Promenade von Oran. Weitere Gedanken verlor er darüber nicht. Sven musste sich vor ihnen schließlich auch nicht verstecken. Er begleitete Myriel, und das war Auszeichnung genug. Dabei war ihm nicht unrecht, auf englisch keine allzu komplizierte Konversation führen zu müssen.

»Wo bringst du mich eigentlich noch hin, ist das eine Entführung?«, versuchte er zu scherzen.

»Keine Sorge. Sagt nicht Patricia Kaas, die Deutschen seien wildere Romantiker als die Franzosen? Dafür habe ich eine Ader. Lass dich überraschen.«

Das Meer hatte die Sonne jetzt verschluckt, und sie erreichten eine nur etwa zehn Meter breite Bucht, eingerahmt von hoch aufragenden dunklen Felsen .

»Du warst doch gerade in Frankreich, oder nicht?«, fragte Myriel, den Körper zur Seite gedreht, sodass sie das silbrig glänzende Meer noch besser beleuchtete. »Man sagt, die Engländer seien so prüde. Bei uns aber ist das Blut französisch geblieben. Ich gehe jetzt schwimmen. Kommst du mit?«

Das Spielbein in der Hüfte abgewinkelt, die Zehen barfüßig in den Sand gestreckt, stand sie eingerahmt zwischen den dunklen, an Walfischrücken erinnernde Felsen. Ihre Silhouette teilte den vor Svens zeichnerischem Auge entstandenen Rahmen im goldenen Schnitt. Mit drei, vier kleinen schiebenden Bewegungen zog sie, durch ein Wiegen der Taille nachhelfend, den Minirock von den Hüften. Ganz ohne Scham drehte sie sich um, trennte sich auch von Bluse und Slip, schritt ins Wasser, bis es sie fast bedeckte, und schwamm hinaus.

Obwohl es schon sehr dunkel geworden war, entledigte sich Sven seiner Sachen lieber im Sitzen. Nach vorne gebeugt folgte er Myriel ins Wasser, die sich zum Glück nicht zu ihm umgedreht hatte. Er spürte dessen Kälte und tauchte mit einem Kopfsprung hinein. Dort, wo seine Beine begannen, flatterte sein aufgerichtetes Geschlecht im Wasser wie ein schlecht fixiertes Gummischwert, bis der Schwung des Eintauchens verbraucht war. Es war ganz dunkel geworden. Jetzt erst sah er das Glitzern um seine Finger. Er hielt inne. Nichts mehr zu sehen. Und doch kannte er das Fluoreszieren. Er hatte es nur nicht hier im Atlantik erwartet. Das musste mit dem außergewöhnlich warmen Wetter zusammenhängen. Mit kräftigen Zügen schwamm er zu Myriel hinaus, bei jeder Bewegung eine tausendfach funkelnde Spur winziger Leuchtpunkte im schwarzen Wasser aufwirbelnd.

»Ist das nicht wundervoll?«, flüsterte Myriel. Wie zufällig berührte er ihren Rücken, der wie ihr ganzer Körper von dem leuchtenden Plankton bei jeder Bewegung des Wassers von unten zart beleuchtet wurde. Sie schwammen nebeneinander weiter hinaus in die schwarze Nacht. Ein grünes Aufschimmern des schwarzen Nass, mal rechts mal links, am stärksten an den Beinen, die sich im Wasser regelmäßig öffneten und schlossen. Nicht mehr kalt, nur noch lau schmiegte es sich um die Arme, um den Rumpf. Nur ein rötlicher Schimmer des Himmels verriet noch die Ortschaft und das Ufer. Vereinzelt trug der Wind das Geräusch eines abfahrenden Autos an sie heran. Wieder berührte sein Arm unvermittelt ihren Bauch. Sie hatte sich auf den Rücken gelegt und ließ sich treiben. Er vernahm ihren Atem mehr, als dass er sie sah.

»Glaubst du an Gott?«, hörte er sie unvermittelt, weiter auf dem Rücken liegend, fragen.

Sven fühlte sich unangenehm berührt. Er war einem schönen Traum gefolgt, seinem Traum, seiner Wunschvorstellung einer Frau ohne tiefergehende Ansprüche, hatte einen schönen Abend erwartet und sich über seine Begleitung sonst keine weitergehenden Gedanken gemacht. Er hatte das Meer fühlen, Wellen abreiten, sich selbst genügen wollen. Auf philosophische Abhandlungen, noch dazu auf englisch, hatte er keine Lust. Nach dem bisherigen Lauf der Dinge hatte er auch nicht damit gerechnet, dass es dazu kommen würde.

Wahrscheinlich sind die englischen Abläufe einfach anders. Hier ziehen sich die Damen beim Baden zwar schnell aus. Das weckt bei uns Kontinentalen wiederum falsche Erwartungen, dachte er. Das gibt mir kein Recht, beleidigt zu sein. Statt einer Antwort auf ihre Frage tauchte er unter ihr durch. Sinn für Hedonismus hatte sie schon. Wie zufällig streifte er sie beim Auftauchen auf der anderen Seite. Nachdem sie nicht reagierte, antwortete er im Wasser tretend und von diesem beleuchtet:

»Zumindest glaube ich nicht, dass Gott so denkt und urteilt, wie wir das tun. Insofern ist jede Diskussion darüber müßig. Ich für mich fühle eine Bewunderung für all das Schöne in der Natur. Für die Gesetze der Physik, die für jede Welle gelten. Hier, wie auf anderen Sternen. Man nennt das Pantheismus.« Er benützte das deutsche Wort. »Aber welche Macht dem allem innewohnt, wer will das schon beurteilen?« Er drehte sich auf den Rücken und ließ sich ebenfalls treiben.

»Ich liebe den Ozean auch«, flüsterte sie hinter ihm. »Hier fühle ich mich zu Hause. Lass uns sehen, wer schneller schwimmen kann!«

Sie sprintete los. Die leuchtenden Dinoflagellaten erhellten den Schaum, den ihre Beine beim Kraulen aufwarfen. Vom Ufer wehte ein warmer Wind den Geruch von Fisch und Tang herüber. Er gab ihr Vorsprung. Dann zerteilte er mit einigen schnellen Armzügen das schwarze Wasser. Gerade hatte er ihre Fußsohlen erreicht, um sie an sich zu ziehen, als sie plötzlich beide von einer kalten Strömung erfasst wurden. Wortlos nahmen sie die Schwimmbewegungen wieder auf, diesmal nebeneinander gleitend.

»Vielleicht sollten wir besser nach unseren Sachen sehen. Die Flut kommt«, stellte Myriel realistisch fest.

Sven spürte aus der Frustration eine altbekannte Wut in sich aufsteigen. Er gab sich 20 Sekunden der Selbstbeherrschung zum Wiedererlangen der Balance, bevor er antwortete. Die Vergangenheit hatte ihn gelehrt, dass jede weitere unmittelbare Debatte jetzt sinnlos war. »Du hast recht, lass uns umdrehen«, antwortete er. Sie schwammen nebeneinander in Richtung Land. Das Ufer war weiter entfernt als vermutet. Hatte die Strömung sie versetzt? Das Meer war rauer geworden, die Dünung hatte zugenommen. Das Leuchten im schäumenden Wasser war fast verschwunden.

Erst kurz vor dem Ufer bekamen sie Boden unter die Füße. Jetzt erst konnte Myriel wieder lachen. Ihre Augen wurden dabei noch schmaler. Sven umfasste sie sanft an den Schultern und zog sie an sich. Myriel bog sich nach hinten, um ihm auszuweichen.

»Machst du uns ein Feuer zum Aufwärmen?«, fragte sie.

»Wenn das erlaubt ist und nicht gleich die Feuerwehr kommt, mache ich das. Lass uns Holz suchen.«

Sie wateten aus dem Wasser. Der leichte Wind zauberte eine Gänsehaut auf Myriels Beine. Sven gab sich keine Mühe mehr, seine Bewunderung zu verbergen, obwohl auch ihm jetzt sehr kalt war.

»Sven! Wo sind eigentlich unsere Sachen?«, schrie Myriel plötzlich.

»Das gibt's doch wohl nicht!« Sven musste lachen. Der Sand lag glatt und kalt zwischen den seitlich aufragenden Felsfratzen. Weiter hinten öffnete sich die Bucht für den schmalen Weg, auf dem sie gekommen waren. Die beiden Kleiderhaufen waren verschwunden.

»Das steigende Wasser hat sie geholt. Da hilft nur suchen«, konstatierte er, jetzt schlagartig selbst frierend. »Such du von hier bis zu den Felsen, ich nehme die obere Hälfte.«

Myriel antwortete nicht.

Im Dunkeln das Wasser austastend, frierend von den Wellen hin und her gezogen, nahm er sich selbst plötzlich in seiner ganzen Nacktheit wahr. Eros hatte sich verabschiedet. Eben noch vom Abenteuer und seiner ganzen Erregung gepackt, musste ihm der Ozean jetzt zeigen, wie klein und unbedeutend er war, der hier vor Kälte zitternd nach seinen Sachen suchte. Im kalten Wasser kriechend stellte er sich vor, wie sie beide, die Hände vors Geschlecht haltend, die Straße entlang liefen, hin und wieder vom Licht eines vorbeifahrenden Autos erfasst.

»Ich hab was!« Myriels Rufe holte ihn in die Realität zurück.

»Ich glaube, es sind deine Hosen!«

Eine Weile später fand er noch eine seiner Sandalen. Den Rest hatte das Wasser verschluckt. Weiteres Suchen hatte keinen Sinn mehr. Myriel klapperte mit den Zähnen. Seine Zehen spürte er kaum noch. Sven ertappte sich, wie er nach Lausbuben Ausschau hielt, die ihre Anziehsachen versteckt haben könnten. Aber nur das Meer schickte eine Welle nach der anderen ans Ufer. Sie entschlossen sich zur Rückkehr. Geduckt wie ein Neandertaler huschte Sven hinter Myriel den Weg entlang. Gelegentlich bohrte sich ein Dorn in seine Sohlen. Den einen Schuh trug er in der Hand. Vielleicht könnte er morgen noch etwas finden. Aufrecht, in seinen Hosen, die Arme über der Brust verschränkt, eilte Myriel voraus.

»Hoffentlich will jetzt niemand unsere Papiere kontrollieren«, versuchte sie der Situation noch etwas Humor abzugewinnen. »Ohne Kreditkarte oder Ausweis würden wir sicher eingesperrt. Oder bekämen selbst eine Kralle angelegt.« Er hielt einen Ginsterzweig davon ab, ihm einen Tiefschlag zu versetzen, nachdem Myriel ihn losgelassen hatte. Vielleicht konnte er den Abend doch noch retten. »Ich hoffe, du hast eine heiße Dusche für mich.«

Aber Myriel antwortete nicht. Am Bus angekommen, warf er erst einmal die Standheizung an und reichte ihr ein Handtuch und sein letztes frisches T-Shirt. Den Autoschlüssel hatte er zum Glück wie immer auf dem Vorderreifen versteckt gehabt.

Im Osten erhob sich langsam und riesenhaft der orange Mond über der Ortschaft. Die beschlagenen Scheiben der jetzt erkennbaren vereinzelten Autos auf dem Parkplatz deuteten darauf hin, dass sie nicht alleine waren.

Don't come knocking, if the van is rocking, kam es Sven in den Sinn.

»Soll ich dich nach Hause bringen?«, fragte er stattdessen.

Myriel schien nicht daran gelegen, ihm ihre Wohnung zu zeigen.

»Nein, vielen Dank. Netter Abend trotz allem. Aber ich fahr mal besser alleine. Ich muss morgen arbeiten. Vielleicht am Wochenende.« Sie küsste ihn auf die Nase, klappte die Rückbank ihrer Vespa zurück, zog den Schlüssel aus der Sitztasche und schwang sich darauf, als würde sie nie etwas anderes tun, als mitten in der Nacht barfuß und mit nassen Haaren Motorroller zu fahren.

Sven nahm ihren Kopf in seine Hände, spürte zum ersten Mal keinen Widerstand mehr und flüsterte ihr ins Ohr: »Fang dir keine Erkältung ein. Und komm bitte wieder!«

Und mit einem Knattern entschwand das rote Rücklicht ihres Scooters in die Dunkelheit.

Urplötzlich waren die vier hinter der Hausecke aufgetaucht. Vier protestierende Studenten. Drei im olivgrünen Parka, die Frau in Funktionsjacke. North Face. Ein Ausweichen war nicht mehr möglich gewesen. Beim scharfen Abbremsen war ihr das Vorderrad auf dem regenfeuchten Altstadtpflaster einfach weggerutscht.

Normalerweise blieb sie in solchen Situationen die Gelassenheit in Person, Nachsicht war ihre Stärke. Wahrscheinlich hätte sie ihr Rad hier in der Fußgängerzone eigentlich sogar schieben müssen. Aber die hier, die sie mutwillig gestoppt hatten, einer Diskussion innen- wie außenpolitischer Grundsatzthemen wegen, kamen ihr heute Abend gerade recht.

»Stopp IWF!« animierte der Button desjenigen, der Anstalten machte, ihr aufzuhelfen, Freunde und Unterstützer von Attac.

»Raus aus Irak und Libanon!« zierte ein in Folie geschweißter Ausdruck das Pappschild, welches jetzt neben ihrem Fahrrad lag.

»Genfood, nein Danke!« strahlte sie eine knallrote Tomate von dem gelben Anstecker an, den alle auf ihren Jacken trugen. Doch der Schmerz in Susannes Knien und Handgelenken erlaubte keine Mäßigung.

»Ihr seid doch völlig durchgeknallt!«, schrie sie den vieren noch von unten aus entgegen. Sie richtete sich auf, nahm den Lenker und hob ihr Fahrrad an. Die Antwort ließ nicht lange auf sich warten.

»Na, jetzt mach aber mal halblang. Du hättest uns fast umgefahren. So ein paar blaue Flecke schaden nicht. Ich hab noch welche von den Bullen von letzter Woche«, kommentierte die schicke Demonstrantin von oben herab.

Jetzt gewann Susanne ihre Fassung wieder. Richtete sich langsam auf und kam dem Gesicht ihrer Geschlechtsgenossin immer näher. So nah, dass die Distanz eher eine handgreifliche, denn eine intellektuelle Klärung erwarten ließ. Sie nahm die Studentin fest in den Blick. Ihre Stimme wurde ruhig. Die männlichen Begleiter hatten zum Schutz der Kommilitonin einen Ring um sie gebildet.

»Jetzt müsst ihr euch auf die einfachsten Verkehrsgesetze berufen. Gesetze, die ihr sonst gleich eimerweise über Bord kippt!«

Susanne holte Luft und öffnete mit dem Fahrrad den engen Kreis ein wenig.

»Aber für euch habe ich auch etwas zum Nachdenken: Wenn der Westen, statt Öl zu kaufen, die Kernenergie nutzte, dann hätten die Mullahs gar kein Geld, um Kriege zu stiften. Dann müssten die sehen, wie man aus Öl Trinkwasser macht, um nicht zu verdursten. Deine und meine Kultur ist zum Glück schon bald 300 Jahre von der patriarchalischen Religion als Staatsform entfernt. Mensch, Frau! Nütz deine Freiheit und verlass dich nicht auf die zweideutigen Absichten dieser drei Machos!«

Ohne eine Antwort abzuwarten, schwang sie sich wieder auf ihr Fahrrad. Die Wut hatte sie noch nicht losgelassen.

Ist doch wahr, dachte sie. Die sind einfach gegen alles. Kernkraft, Währungsfond, Stammzellen, Handystrahlen. Und dann doch nur triebgesteuert. Bisschen mit der Hübschen demonstrieren gehen. Vielleicht ergibt sich ja was auf der Isomatte bei der Mahnwache. Die sollten wirklich lieber selbst mal nachdenken. Oder wenigstens recherchieren. Aber nur nachbeten und mitrennen ist auch nicht besser, als »Bild« lesen. Wir sind gegen alles. Vor allem gegen das Establishment. Gegen die Arrivierten. Das war doch der Kern. Die Quintessenz. Aus Neid? Aus Missgunst? Eher schon aus Dummheit, aus dem Wunsch nach Auflehnung, nach Rebellion. James Dean und Andreas Baader als Seelenverwandte. Aber der Letztere hatte sicher eine feste Überzeugung gehabt. Der Rest artikulierte nur unbestimmte Angst. Angst vor der Zukunft. Vor dem Neuen. Vor dem Mysteriösen. Vor allem, was kommt. Verteufelung der Gentechnik, der Atomkraft, der Pharmabranche. Die Diskussion über die Gentechnik war doch in kaum einem Land so einseitig geführt worden wie hierzulande. Monatelang waren die angesehensten Feuilletons mit Beiträgen über die verschiedensten Kontrapunkte gefüllt, bis hin zum moraltheologischen Ansatz. Aus Angst vor dem geklonten Menschen waren schließlich strengste Auflagen in Gesetzen zementiert worden. Deutschland beteiligte sich kaum mehr an der Stammzellenforschung. Nicht nur, dass diese weltweit natürlich weiterlief, der deutsche Steuerzahler förderte sogar noch die Stammzellforschung der anderen europäischen Länder. Da lief doch gewaltig etwas schief! Susannes Gedanken zogen wütend immer weitere Kreise. Aus Sicht der nächsten Generation waren eine europäische Legislative und damit ein direkt gewähltes Parlament einfach unumgänglich. Europäisches Recht dominierte heute schon vielfach über anderslautende nationale Erwägungen. Nur nicht in der Stammzellpolitik. Warum merkte das keiner? Schrieben wirklich alle Journalisten nur noch die Meinung des Verlegers? So wie sie kritische Stellungnahmen zum Islam als solchen mieden, aus Angst vor Terroristen? Waren nur noch Verkaufszahlen Fakten, Fakten, Fakten? Das war es eben. Die Welt wollte Skandale und Sex sehen, über Skandale und Sex lesen. Das brachte Auflage. So wie die Demonstranten nur einen Anlass gesucht hatten, um mit der Studentin loszuziehen. Der freie Markt hatte die Zensur übernommen. Das funktionierte sicher.

Aber warum regulierte man dann ausgerechnet die Forschung? Warum durfte sie nicht mit menschlichen Stammzellen forschen, während das in China problemlos möglich war?

Susanne wurde immer wütender. Wie immer nach der Arbeit flogen ihre Gedanken rastlos von einem Punkt zum nächsten. Aber darin hatte sie sich schon selbst analysiert: Der Grund war einfach ihr Tagesablauf. Ihr Kopf war so daran gewöhnt, in schneller Folge die anstehenden Aufgaben unter Abwägung von Vor- und Nachteilen, Risiken und Folgen abzuarbeiten und neue Informationen einzuspeisen. Eben noch überlegte sie sich, wie hoch der Herzpatient oder seine Angehörigen den Notarzt auf einem wirklich freien Markt wohl entlohnen würden, da wandten sich ihre Überlegungen wieder der Realität zu. Ihr Heimweg war zu Ende.

Vor ihr fuhr ein silberner Mercedes in die Tiefgarage der Wohnanlage. Susanne streifte beim Herunterrollen in die Einfahrt noch die unterste Lamelle des absinkenden Garagentors. Die Zeitverzögerung, die das Auto beim Überfahren der Kontaktschleife aktiviert hatte, stellte jeden Abend eine kleine Herausforderung dar, die den Feierabend einläutete. Sie stellte ihr Rad hinter Evelyns Golf an der Betonmauer ab. Wenn Eve schon zu Hause war, konnte sie mit ein wenig Glück auch mit einem richtigen Abendessen rechnen. Ihre Hand suchte den Hausschlüssel in der Hosentasche, kaum dass sie sich umgedreht hatte.

Immer bin ich einen Schritt voraus, ärgerte sie sich. Ich muss versuchen, mehr in der Gegenwart zu leben. Während sie auf den Aufzug wartete, verfolgte sie das Herunterzählen der roten Flüssigkristallanzeige. Auch so ein stupider Fixationsreiz. Eine Gewohnheit, die sich jeden Tag stereotyp in aller Sinnlosigkeit wiederholte. Im Aufzug stank es nach kaltem Rauch. Susanne vermied es, tief einzuatmen, was ihr nach der Anstrengung des Fahrradfahrens nicht leicht fiel. Der Eingang zur Wohnung lag nicht auf derselben Ebene wie der Ausgang des Fahrstuhls. Mit Einkaufstaschen oder für Mütter mit Kinderwagen war diese Einsparung ein dauerndes Ärgernis. Wahrscheinlich war dadurch ein Lift mit zwei Ausgangstüren vermieden worden. Sie nahm die Treppe im Laufschritt und öffnete die Tür.

»Heute bin ich gleich zweimal vom Rad geholt worden«, hörte sie ihre Stimme im Flur nachhallen und hängte den Schlüssel ans Brett. Keine Antwort.

»Evelyn?«

Aus dem Wohnzimmer kam laute Musik. Den Tisch zierte eine neue Tischdecke. Zwei Kerzen brannten, die neuen Weingläser warfen spiegelnde Schatten auf das weiße Porzellan.

»Hey! Überraschung!« Evelyn sprang aus der Küche und warf Susanne mit ihrer Umarmung fast um. Nur wenig kleiner als Susanne, war sie doch die deutlich kräftigere von beiden. Weit entfernt davon, dick zu sein. Nein, sie wirkte eben muskulöser. Erst die dunkelbraunen Haare, wenngleich kurz geschnitten, die dezent gezupften Augenbrauen, betonten ihre Weiblichkeit.

»Heute ist doch unser Jahrestag«, flüsterte sie in Susannes Ohr.

Sie hatte sich wirklich angestrengt und ein richtiges Menü gezaubert. Der klaren Brühe und den Krabben in Zitronencreme auf Melissenblättern folgte schwarzer Heilbutt in Butter gebacken mit Meerrettichsauce und Salzkartoffeln.

»Den hast du wunderbar hinbekommen, einfach spitze, so zart«, lobte Susanne. »Schwarzer Heilbutt«, sinnierte sie, »Nie gehört. Butt ist doch eigentlich Scholle, oder? Dann kenne ich noch den Kabeljau. Aber der wird mehr zum Stockfisch. Was ich übrigens überhaupt nicht mag. Apropos Stöcke: Eben auf dem Heimweg hätte ich mich fast mit einer Frau geprügelt.« Susanne nahm einen Schluck Chardonnay und zerlegte fachgerecht den Rest des Fisches. Sie liebte den Augenblick, wenn sich das vollständige Grätenskelett mit dem Fischschwanz aus dem weißen Fleisch heben ließ. Das erinnerte sie immer an ein Foto von Picasso beim Essen.

»Geprügelt? Eine Frau? Ausgerechnet du?«

Bissen für Bissen verschwand genießerisch in ihrem Mund, während Susanne von ihrem Zusammenstoß mit den Studenten erzählte. Nur die heftige Gabelführung bei der Zerteilung der Kartoffeln ließ noch ihre Einstellung zu den Antifa-Gruppierungen erkennen.

»Alles nicht so schlimm. Ich sollte mich nicht so schnell provozieren lassen. Stattdessen ein bisschen abschalten. Der Tag verfolgt mich noch.«

»Möchtest du Käse zum Abschluss? Ich habe uns echten Munster geholt«, versuchte Evelyn nicht ohne Stolz, sie abzulenken. Sie unterließ es, auf Susannes Einlassungen einzugehen und senkte die Stimme. »Oder lieber Espresso?«

»Nein danke, lass mal, Munster ist super. Jetzt ein Espresso und du kannst mich in die Landesklinik einweisen«, entgegnete Susanne und dachte an den Espresso von heute Mittag. Diese Episode würde sie besser nicht erwähnen. Sie nahm sich noch eine kleine Ecke des berühmten Käses.

»Komm. Lass alles stehen. Wir setzen uns raus.«

Der Balkon war eingerahmt von Oleanderbüschen, Olivenbäumchen und einem neuen Bougainvillea-Strauch. Nach kurzem Regen erfüllte ein schwerer süßer Duft die laue Nacht. Es roch nach warmen feuchten Steinen und Laub, Lavendel und Thymian. An den Balkonmöbeln hingen noch einzelne Wassertropfen, die sie abwischten. Wetterfestes dunkles Holz der Liegestühle fügte sich geschmeidig unter ihre Arme. Die warme Nachtluft umgab sie wie Watte. Müde und satt lagen sie so unter dem Sternenhimmel. Aus einem geöffneten Fenster drangen einige Takte von Carlos Santana herüber.

»Eine Nacht zum Helden zeugen«, flüsterte Evelyn.

Susanne spürte, wie sich Wärme in ihrem Bauch sammelte. Sie streckte die Hand aus und berührte sacht den flaumig behaarten Arm ihrer Freundin.

»Sollen wir nicht doch mal zu Beneika gehen?«

Es dauerte einen ganze Weile, bis die Bedeutung des Satzes bei Susanne angekommen war. Offensichtlich hatte Evelyn das mit dem Helden zeugen wörtlich gemeint. Offensichtlich war bei ihrer Freundin aus einer gleichartigen Stimmung ein sehr viel weitergehender Wunsch erwacht. Oder hatte Evelyn etwa den ganzen Abend schon auf diese Entscheidung hin geplant?

Susannes Wohlgefühl verflog schlagartig. Beneika war Freund und ärztlicher Kollege, Frauenarzt und verdiente seinen Lebensunterhalt im Wesentlichen mit künstlicher Befruchtung. Zeugte

Zygoten, sozusagen, aus denen nach der Übertragung in den Mutterleib wiederum Kinder wurden. Wenn alles gut ging.

Natürlich wünschte sie sich auch Kinder. Eines Tages wenigstens. Aber man musste doch nicht alles immer gleich so überstürzen.

»Ich weiß nicht, wie ich unsere Hochzeit meiner Mutter nahebringen soll«, antwortete sie schließlich schroff und überlegte, ob das jetzt wohl die Nachbarn gehört hatten. Dabei war das nur scheinbar ein Themawechsel.

Die künstliche Befruchtung mit einer Samenspende von Fremden an sich war problemlos. Der Wechsel der Erziehungsberechtigung vom leiblichen Vater auf den Partner der Mutter war aber erst nach der Geburt des Kindes möglich. Hierzu mussten der Vater, also der Samenspender, und die Mutter einer Adoption zustimmen. Anschließend adoptierten dann die Mutter und ihre Partnerin das Kind.

Eine Adoption war aber nur Ehepartnern erlaubt, und genau hier lag das Problem.

»Deine Mutter bringt mich noch um den Verstand. Ich kann doch unsere zukünftige Familie nicht von deiner Mutter abhängig machen!« Evelyns Handfläche klatschte auf die Armstütze des Liegestuhls. Immer, wenn das Gespräch auf Susannes Mutter kam, geriet Evelyn in Rage.

Susanne stand auf, stellte sich in Grätsche über Evelyns Liegestuhl, strich ihr sanft über Stirn und Haare, bevor sie ihren Kopf in beide Hände nahm und sie küsste. »Ich werde mal mit Beneika reden«, flüsterte sie.

Vielleicht legten sich die Wogen bald wieder.

Am nächsten Morgen führte sie ihr Weg wie immer zuerst am OP-Plan vorbei. Die neun wandfüllenden weißen Tafeln standen jede für einen Operationssaal. Noch bevor Susanne sich umgezogen hatte, vergewisserte sie sich, dass sie nicht für den A-Punkt notiert war. Der A-Punkt war die erste Operation der Chefin. Da Frau Professor Zunder bei der Frühbesprechung selbst nicht anwesend war, sondern schon operierte, war es ratsam, zu wissen, ob man nicht als ihre Assistentin eingeteilt worden war. Das konnte unter Umständen noch in den ersten Morgenstunden des Tages geändert werden. Bei nächtlichen Notfällen, beispielsweise. Die Chefin erwartete, sich bei Eintritt in den OP setzen und anfangen zu können. Das bedeutete: Der Patient musste in Narkose liegen und steril und operationsbereit abgedeckt sein, bevor sie hereinkam. Das war jeweils die Aufgabe des Assistenten. Im Idealfall war dann alles genau so vorbereitet, wie Frau Professor sich das vorstellte. Wenn die Chefin zu spät kam, hatte man eben zu warten. Pete hatte Susanne einmal verraten, wie er am sichersten Perfektion vortäuschte. Perfektion bedeutete nämlich, dass die Chefin gleich zu Beginn ein wenig schimpfen, eben ein wenig Chefin sein durfte. Pete positionierte die OP-Leuchte immer ein ganz klein wenig zu weit links vom idealen Platz. Wenn sie dann kam, durfte sie mürrisch das Licht etwas korrigieren und fing dann an zu operieren, ohne ein Donnerwetter abzulassen. Unvorstellbar aber, was passierte, wenn man übersehen hatte, für den A-Punkt notiert worden zu sein. Die Chefin ohne Assistent! Musste womöglich selbst abdecken! Dann wurde man aus der Frühbesprechung in den OP gerufen, und die meisten Kollegen empfanden bei der Vorstellung dessen, was einen dann dort erwartete, doch wohl eher Mitleid als Schadenfreude.

Aber Susanne war nicht für den A-Punkt notiert. Erst in der Spalte für den zweiten Saal erschien ihr Kürzel.

»Enuk re, Gaetano, Kind (Sut/Desc)« stand da in Petes Handschrift.

Als leitendem Oberarzt wurde der OP-Plan von ihm selbst erstellt. Und Pete hatte tatsächlich Susanne aufgeschrieben. Als Operateur der kleinen Linda. Noch dazu würde er ihr höchstpersönlich dabei assistieren. Das war so seine Art, sich zu entschuldigen. Susanne spürte den Puls plötzlich bis in ihren Hals hinaufschlagen. Natürlich freute sie sich. Sie hatte schon bei vielen Augapfelentfernungen geholfen. Aber diese war ihre erste eigene Enukleation. Jetzt überwog Aufregung ihre Freude darüber. Im Laufschritt machte sie sich auf den Weg zu ihrem Zimmer.

»Irgendwelche Zugänge heute Nacht?«, rief sie fragend im Vorbeigehen ins Schwesternzimmer.

»Erstmal guten Morgen!«, dröhnte es von drinnen. »Ja, zwei an der Zahl, die Akten liegen wie immer auf Ihrem Schreibtisch!« Susanne schien es, als würde die Antwort von Kaffeeduftschwaden begleitet.

»Wenn ich mich darauf verlassen könnte, würde ich bestimmt nicht fragen«, murmelte Susanne, mehr zu sich selbst. In ihrem Zimmer zog sie das dickste Buch aus dem Regal: ophtalmologische Operationen. Enukleation. Seite 144 laut Suchwortregister. Schritt für Schritt ging sie die Operation nochmals durch, versuchte zu verdrängen, dass es nur noch drei Minuten bis zur Frühbesprechung waren, klappte das Buch zu und schloss die Augen. Wiederholte nochmals das Vorgehen. Linda und ihre Mutter waren jetzt sicher schon an der Schleuse. Dann sprang sie auf, schnappte sich die beiden Akten der Zugänge und rannte ins Untergeschoss, immer zwei Stufen auf einmal nehmend, die Hand am Geländer.

Aus allen Richtungen strömten Kollegen zusammen, die meisten im Laufschritt. Im Besprechungsraum saßen schon die Oberärzte. Während der Kollege vom Nachtdienst berichtete, blätterte Susanne ihre beiden Akten durch. Zum Glück nur zwei Augapfelprellungen. Soeben schilderte der Diensthabende den Unfallhergang: Dem einen war durch einen Faustschlag die Iris eingerissen, dem anderen beim Öffnen einer Sektflasche der Korken gegen das Auge geschossen, was zu einer Netzhautablösung geführt hatte. Bevor die Sitzung mit den besten Wünschen für ein frohes Arbeiten vom leitenden Oberarzt beendet wurde, löste sich die Anspannung der Kollegen bei der betont komischen Schilderung des Unfallhergangs in allgemeiner Heiterkeit.

»Geh schon mal vor, ich komme gleich nach!«, rief ihr Pete beim Hinausgehen zu. Aber Susanne stellte ihn noch rechtzeitig.

»Du hättest ruhig gestern schon was sagen können«, mimte sie die Verärgerte. »Zum Glück habe ich heute morgen keinen Kaffee getrunken!«

»Dann hättest du vor Aufregung nicht geschlafen und das Koffein umso nötiger gehabt«, entgegnete er schlagfertig. »Leg schon mal los, ich komme gleich.«

Susanne schaute noch kurz an der Schleuse vorbei, um Lindas Mutter zu informieren. Frau Gaetano war anzusehen, dass sie wirklich nicht geschlafen hatte.

»Sind Sie wenigstens dabei?«, fragte sie Susanne vorsichtig.

»Ich operiere sogar selbst«, antwortete Susanne stolz. »Rechtes Auge, wie besprochen, 30 Minuten und der Tumor ist draußen.«

Pete hatte ihr beigebracht, vor jeder Operation dem Patienten wie auch sich selbst die Frage nach der richtigen Operationsseite nochmals zu stellen. Dadurch wurde das Verwechslungsrisiko reduziert. Unter keinen Umständen würde sie Patienten operieren, die sie nicht persönlich wenigstens am Vortag selbst untersucht hatte. Die Entfernung des Auges würde sie von jetzt an nicht mehr erwähnen. Im OP würde Linda einen Platzhalter für das entfernte Auge und die eigentliche Augenprothese, das Glasauge, eingesetzt bekommen. Dadurch würde später kaum zu bemerken sein, dass sie nur noch ein Auge hatte. Für das Kind selbst standen die Schmerzen und der störende Verband im Vordergrund. Diese Situation für das kleine Mädchen einigermaßen erträglich zu gestalten, war nach der Operation neben der Beruhigung der Eltern die wichtigste Aufgabe des Arztes. Linda selbst würde sich schnell an die Einschränkung in der Sehwahrnehmung gewöhnen und unbewusst lernen, dies zu kompensieren. Sie würde kaum einen Unterschied bemerken. Dass die Nase einen Teil des rechten äußeren Gesichtsfeldes ausblendete, konnte sie gut durch Drehung des Kopfes ausgleichen. Nur das räumliche Sehen war nicht zu ersetzen.

»Sie glauben gar nicht, wie erleichtert ich darüber bin. Ich danke Ihnen. Vielen, vielen Dank. Alles, alles Gute.« Lindas Mutter schien unendlich erleichtert darüber, dass es jetzt endlich losging. Und wohl auch darüber, dass sie jetzt Verantwortung abgeben konnte.

Die Umkleide der schwäbischen Universitäts-Augenklinik wurde von Frauen und Männern gemeinsam benützt. Immer wenn Susanne diesen Umstand andernorts kundtat, erntete sie völligen Unglauben und Heiterkeit. Aber so waren hier eben die Gepflogenheiten. Wahrscheinlich wunderten sich die Gattinnen der Ophtalmologen selbst über das Modebewusstsein ihrer Männer in Sachen Unterwäsche. Für die meisten Damen war es dagegen wenig angenehm, sich hier begutachtet zu fühlen, obwohl Susanne den Eindruck hatte, dass die eine oder andere der Kolleginnen und OP-Schwestern sich doch einige Mühe gab, wenigstens hier zu punkten. Vor allem diejenigen, denen es im Tagesablauf sonst nicht gelang, sich besonders hervorzutun. Zum Glück war keiner der Herren der Schöpfung zugegen. Susanne stieg ohne viele Umstände aus ihren Kleidern, zog eines der unmöglich tief ausgeschnittenen OP-Hemden über, verengte mit einem Streifen Leukoplast den Ausschnitt und mit einem kräftigen Zug an der Kordel den Bund der blauen Sackhose. Sie nahm sich Mundschutz und Mütze, nahm einen Spritzer Desinfektionsmittel über die Hände und ging aus der Schleuse in Saal zwei.

Linda lag schon in Narkose, Schwester Elfriede instrumentierte. Susannes rücksichtsvolles Verhalten hatte ihr im OP schon immer gewaltig geholfen. Von den Schwestern konnte man eine Menge lernen. Hatte man sie aber durch irgendetwas verärgert, und hier war an erster Stelle ein arrogantes Auftreten zu nennen, so konnten sie einem das Leben zur Hölle machen.

Sie begrüßten sich, während Susanne sich noch mal die Hände wusch und desinfizierte.

Nach dem sterilen Einkleiden deutete Susanne auf das Abdecktuch.

»Willst du nicht vorher abwaschen?« Elfriede lächelte und reichte ihr den Alkoholtupfer an der Kornzange. Susanne bedankte sich für die Unterstützung und strich, nach dem zustimmenden Nicken des Narkosearztes, in größer werdenden Ringen vom Auge bis zur Stirn der Patientin. Vor Aufregung hätte sie gleich zu Beginn fast das Wichtigste vergessen. Auch beim Abdecken griff Elfriede mehrmals korrigierend ein, ohne streng zu werden. Die OP-Schwestern wussten genau, wer welche Operationen sicher beherrschte. Sie kannten ihre Pappenheimer: Kollegen, bei denen sich Operationen stundenlang in die Länge zogen und dennoch herumkommandierten wie Feldherren. Kollegen, die auf der imaginären Liste standen. Einer Liste derer, die sie nicht zu unterstützen beschlossen hatten.

Als sie mit der nochmaligen Desinfektion des OP-Feldes fertig waren, schaute Pete herein.

»Fang schon mal an, hatte ich gesagt!«

Susanne ließ sich das Skalpell geben und öffnete die Bindehaut zirkulär um die Hornhaut herum. Mit der stumpfen Schere tastete sie sich jetzt nach hinten, trennte das Gewebe zwischen Bindehaut und Lederhaut, um die Augenmuskeln anschlingen zu können. Jetzt kam Pete dazu.

»Hast du auch desinfiziert?«, fragte er streng.

Susannes Blicke trafen die Elfriedes.

»Selbstverständlich habe ich das.«

Während Pete ihr half, die Augenmuskeln mit Seidenzügeln anzuschlingen, begann er zu erzählen, wie es so während Operationen seine Art war.

»Erinnerst du dich noch an Dr. Weiß? Doktor Sorglos haben wir ihn immer genannt. Nachdem er von der Alten nicht zur Habilitation zugelassen wurde, ging er nach Norddeutschland und muss jetzt sogar irgendwo Chef geworden sein, kurz bevor sie den Laden dicht machen wollten. Der meinte immer, für Augenärzte würden andere Regeln gelten, so wie in der Nase, bei den Oto-Rhinos.« Bei diesem Ausflug zu seinen französischen Wurzeln unterbrach er sich kurz: »Susanne, du bist doch schon fast fertig. Elfriede, haben wir den Prothesensatz für Kinder? Jetzt die Schere.« Susanne durchtrennte die angeschlungenen geraden Augenmuskeln.

»Also der Sorglos hatte sich abgewöhnt, vor der lokalen Betäubungsspritze zu desinfizieren. Hielt das für unnötig und Pasteur für einen altmodischen Gelehrten. Und als dann ein Patient, wie immer ausgerechnet ein Kollege, eine eitrige Entzündung bekam und das Auge auch noch rausmusste, hat er sich nicht entblödet, den Infektionskeim auch noch mit den Hautkeimen der DNA-Analyse vergleichen zu lassen. Und wen wundert es«, er unterbrach sich jetzt, um Susanne die Hand zu führen, »jetzt den Nerv abschneiden – wen wundert es«, nahm er seine Erzählung wieder auf, »dass seine Nachlässigkeit per DNA-Test auch noch bewiesen wurde.«

Mit dem Fortschritt der Operation wuchs auch Susannes Selbstvertrauen. Sie führte die feine gebogene Schere hinter den Augapfel, durchtrennte den Nerv und hielt dabei mit einer Pinzette den Augapfel an einem der abgeschnittenen Muskelansätze fest, damit das Auge beim Durchschneiden des Sehnervs nicht heraussprang. Fast wäre ihr der glitschige Bulbus, wie die Augenärzte sagten, dann aber aus den behandschuhten Fingern gerutscht. Eine Kompresse stillte die Blutung in der Augenhöhle, während Elfriede das Auge für den Pathologen zur feingeweblichen Untersuchung vorbereitete und eintütete.

»Jetzt die Prothese einpassen und die Augenmuskeln annähen, dann geht es drüben gleich weiter mit den Linsen«, griff Pete, der immer den raschen Ablauf des Tagesprogramms im Auge hatte, wieder ein. In das hässliche Loch, das sich nach dem Entfernen der Kompresse auftat, legte Susanne die Kunststoffkugel. Wenn sie jetzt die Augenmuskeln an die Ösen annähte, entstand später zusammen mit der individuell angefertigten Augenprothese sogar der Eindruck eines natürlich bewegten Auges.

»Ich bin am Zunähen«, meldete Susanne den Fortschritt an den Narkosearzt, »ihr könnt ausleiten.«

»Man könnte langsam gelernt haben, dass das bei Kindern länger geht. Warum werde ich immer zuletzt informiert«, brummte von der Rückseite der Tücher der Anästhesist.

»Und ich darf mich auch verabschieden«, erhob sich Pete.
»Vielen Dank«, verabschiedete Susanne ihn höflich. Ein Gefühl
der Zufriedenheit stellte sich bei ihr ein, auch wenn die Liste der
Dinge, die heute noch zu erledigen waren, in ihrem Kopf wieder
nach vorne drängte.

»Das gibt aber einen Kuchen«, ergänzte Elfriede, ohne es zu
wissen, diese Liste.

»Und einen Champagner dazu«, versprach die Operateurin,
während sie vorsichtig das Operationstuch von Lindas Kopf entfernte und ihr über die Haare strich.

S ven flog. Getragen von warmer, feuchter Luft, angefüllt mit
Lorbeergeschmack und dem Geruch süßer Muskattrauben,
woben ihn Wellen zarter Töne in Sinneswolken voller Wollust.
Myriel schwebte vor ihm, die langen braunen Beine von silbern
blinkenden Pappelblättern gestreichelt. Er folgte ihnen blind, immer dem Duft nach, blind zur rosa Hibiscusblüte drängend. Zart
schmeckte es dort, obwohl ihm schien, als triebe der Wind ein
paar Takte feiner geriebener Zitronenschale darüber.

Schnell war sie, schneller als er entfernte sie sich wieder, einge-
hüllt in einen Nebel blinkender Mollusken, die sie befeuchteten,
sie geschmeidig und immer schneller durch die Luft gleiten ließen. Konnte er ihr überhaupt folgen? Woher die Dreiklänge, jetzt
alle in Moll? Woher der Brandgeruch? Wo war sein Gleitschirm,
sein Rettungsschirm? Eben ging doch alles noch schwebend leicht
nach oben? Schießt die Kappe nach vorne, pendelt das System,
fällt der Gleitschirmpilot hinein. Liegt wie ein Paket in seinem
Tuch, gar nicht mehr gleitend. Der Fluchtpunkt liegt außerhalb
des Bildes. Der Pilot fällt, fällt, schneller, immer schneller, das
dunkle Wasser kommt näher, schwarz, nein grün wird es jetzt.
Wellen dissoziieren, unter ihm fällt der Untergrund, jetzt unter
Wasser ins Bodenlose, wann startet einer neu, wo ist der Reset-
Button?

Die feuchte Stelle im Schlafsack störte ihn nur wenig. Sven versuchte den Traum festzuhalten, die angenehmen Stellen, zumindest die. Aufschreiben, fuhr es ihm durch den Kopf, doch er blieb
liegen. Er konnte sich nicht erinnern, gestern noch etwas geraucht
zu haben. Vielleicht so eine Art Flashback aus seiner Zeit mit den

Eisenhutexperimenten. Seine Finger fühlten sich geschwollen an. Es war auch ziemlich kalt geworden gestern. Als er aber aufstand, um den Gasherd anzuzünden, kam ihm der Boden schon wieder entgegen. Doch diesmal träumte er nicht. Fiel zu Boden. Langsam richtete er sich wieder auf. Jetzt ging es besser. Aber das war zu viel des Guten. Das hatte er noch nie gehabt. So ging es nicht weiter mit ihm. Er musste einen richtigen Heilpraktiker finden, so viel war ihm jetzt klar.

D ie hohe Mauer öffnete sich für ein verzinktes Tor, ein Tor, das die Einfahrt wohl mehr schmücken als verschließen sollte. Jugendstilmuster rankten sich um die Streben, die Klinke war einem Löwenkopf nachempfunden. Sven spürte die Sonne im Rücken. Die Regenfront, die nahezu den gesamten Horizont vor ihm einnahm, bedeckte den stahlblauen Himmel nur zur Hälfte. Ein langer Kiesweg, gesäumt von lila Rhododendren, anderen weiß blühenden Azaleenarten und noch knospenden Rosen führte zu dem weißen Haus, das jetzt vor dem regendunklen Hintergrund hell aufstrahlte. Ein dunkelgrüner Jaguar mit hellen Ledersitzen parkte neben dem Aufgang. Spätestens jetzt musste der Blick des Besuchers dem Willen des Hausherren entsprechen und auf das große Messingschild am Eingang fallen: »G. Narenthiranathan« stand dort in verschnörkelten Lettern. »Health Clinic«. Sven war sicher, an eine gute Adresse geraten zu sein, und trat ein. Eine große Halle öffnete sich, es roch nach Holz und Leder, die Rezeption war unbesetzt. Allerdings musste sein Eintreten registriert worden sein, denn jetzt blinkte ein Kreis roter Leuchtdioden an der Aufnahmetheke auf. Ein Zweizeiler, unter Folie neben den Lämpchen eingeschweißt, verwies ihn auf die Informationsbroschüre in der Wartezone rechts neben dem großen Fenster. Erst jetzt bemerkte Sven die beiden Fauteuils neben einem Teetischchen, auf dem die erwähnten Broschüren lagen. Aufs Höflichste begrüßt, wurde der Leser über die Klinik und die angebotenen Therapieformen informiert.

»Guten Morgen, Sir, kann ich Ihnen helfen?«

Der sich verbeugende, groß gewachsene schlanke Inder musste durch eine weitere Nebentür eingetreten sein. Mit angenehm einfühlsamer Stimme stellte er sich als Heilpraktiker vor und erkundigte sich nach Svens Anliegen. Weihrauchduft erfüllte die Halle. Sven hatte sein Eintreten nicht bemerkt. Dichte silbergraue Haare zierten ein fein geschnittenes Gesicht mit tief liegenden Augen, die mit ihrem Blitzen sein Lächeln noch unterstützten.

Sven schilderte seine immer wiederkehrenden Kopfschmerzen bis zu jener Schwindelattacke, zunächst ohne den Traum zu erwähnen.

»Kommen Sie doch bitte. Wir gehen hier zu mir hinein. Nach Ihnen, bitte.« Er wurde in einen Salon geführt, wie ihn englische Gutsherren auf indischen Teeplantagen nicht feiner hätten einrichten können. Am Fenster neben ihm stand ein farblich abgestimmtes dunkelrotes Ledersofa. Die untere Hälfte der Wände war mit Mahagoni getäfelt, die obere Hälfte bestand aus schwerem Stoff, der golden schimmerte. Statt eines Couchtisches balancierte vor ihm ein lederbezogener, mit bunten Perlen geschmückter Elefant ein Tablett auf dem Rücken.

»Nehmen Sie Platz, bitte.« Sven kamen langsam Zweifel, ob er sich wenigstens diesen einen Besuch leisten konnte. Sein Gegenüber schien diesen Gedanken erraten zu haben.

»Keine Sorge. Vor der Therapie steht die Diagnose und vor der Diagnose ihre Geschichte. Ich höre Ihnen zunächst nur zu. Dann mache ich Ihnen einen Vorschlag, über den Sie erst einmal nachdenken können. Wenn Sie ausschlagen, ist mein Tun heute mit 20 Pfund ausreichend honoriert.«

Das erschien Sven ein sehr faires Angebot. In Deutschland hatten sie ihm während seiner Kurse eingebläut, dass die Stunde Zuhören nicht unter 100 Euro berechnet werden sollte. Außerdem hatte er gelernt, sich von neuen Patienten neben einer schriftlichen Adressbestätigung eine Vorauszahlung geben zu lassen. Zudem wurde empfohlen, sich danach zu erkundigen, ob der Kunde wegen seiner Beschwerden schon bei einem Arzt gewesen war. Wenn nicht, empfahl man ihm, sich vor Beginn der Therapie bei einem solchen mit Nachdruck um eine Kernspintomographie zu bemühen. Sven hielt nicht viel von Magnet- und Röntgenstrahlen. Es würde ihn nicht wundern, wenn die Mehrzahl der bis heute ungeklärten Erkrankungen auf solche elektromagnetischen Strahlen zurückginge. Doch zunächst hatte er nicht vor, dem Therapeuten von seinem Wissen auf diesem Gebiet zu berichten. Vielleicht konnte er hier noch etwas lernen. Dass man nicht unbedingt weiße Kleidung brauchte, um Vertrauen zu schaffen, zum

Beispiel. Kleidung war sonst eigentlich das wichtigste Mittel, um Vertrauen beim Patienten zu erwecken. Jedenfalls hatte er das so in seinem Kurs gelernt. Ohne die weiße Hose, ohne seinen weißen Kittel hatten ihn die Kunden damals auf der Straße nicht erkannt. Kaum umgezogen, wurde ihm dagegen Achtung entgegengebracht. Auch die Angestellten in Sanitätshäusern mussten sich in Deutschland aus diesem Grund weiß einkleiden, das erhöhte das Vertrauen bei der Empfehlung weiterer Hilfsmittel. Dieser Mann hier dagegen, dieser Inder, war selbstbewusst genug, auf solcherlei zu verzichten.

»Sie sprechen sehr gut Englisch, haben Sie das alles in der Schule gelernt?«, fragte er Sven. »Die deutschen Schulen sind einfach besser als diejenigen hier auf der Insel«, stellte er fest. Sie saßen immer noch auf dem Sofa, nebeneinander. Der Heiler vermeidet eine Frontalsituation, fiel Sven ein.

Sven erzählte ihm von seiner Schulzeit, seiner Ausbildung zum Zeichner, seiner Familie. Er stellte auch klar, dass er nicht an beruflichem Erfolg interessiert war, sich dagegen nur beim Sport, am besten in freier Natur, wohlfühlte. Der Heilpraktiker hörte zu, ohne ihn zu unterbrechen. Nachdem Sven geendet hatte, schaute er sich lange seine Zunge an, betastete die Haut an Armen und Beinen, fragte nach Stuhlgangbeschaffenheit und -frequenz. Sven fühlte sich ernst genommen. Dieser Mann nahm sich Zeit für ihn.

»Sie haben ganz sicher Ihre Mitte verloren«, fasste Herr Narenthiranathan nach einigem Überlegen zusammen und schrieb etwas in seinen Handcomputer. »Das ist eindeutig der Grund für Ihre Erkrankung. Der Körper versucht, seine Kraft, sein Chi, wieder zu zentrieren, und das löst Ihren Schwindel aus. Das Chi ist nicht mehr richtig im Fluss, verstehen Sie? Die Zirkulation ist behindert. Auch wenn wir die Ursache dafür zunächst einmal nicht kennen, für die traditionelle chinesische Medizin ist das nicht so wichtig. Meine Aufgabe wird sein, sie wieder zu zentrieren.« Er besann sich einen Augenblick.

»Für eine genauere Diagnose empfehle ich Ihnen die Irisdiagnostik. Dabei wird sicher deutlich, auf welchem Organ der Stau im Energiefluss zu finden ist. Diesen Stau gilt es dann zu beseitigen. Eher ein seltenes Problem. Sie sind jung und kräftig, vermeiden Stress und entspannen sich häufig. Dennoch besteht ein Überhang auf dem Milz-Pankreas-Meridian. Zu viel Erde, verstehen Sie, womöglich sogar ein Herzproblem, eine Erkrankung des Blutes.«

Sven wollte nicht zugeben, dass er tatsächlich verstand, was sein Therapeut meinte. Dieser bezog sich auf die Theorie der fünf Elemente. Seine Analyse war schlüssig und einleuchtend. Er nickte dem Inder zu.

»Dazu gehören die Schwellung der Beine ebenso wie Ihre geschwollenen Finger. Um Ihre blassen Lippen zu erklären, brauche ich noch einige ergänzende Untersuchungen«, fuhr er fort. »Wahrscheinlich wird Akupunktur alleine nicht ausreichen. Ich werde Sie schröpfen müssen und die Therapie langfristig durch eine Eigenblutbehandlung und einige Ernährungsvorschläge ergänzen.«

Der Inder erhob sich. »Warten Sie einen Moment, ich erstelle einen Behandlungsplan für Sie.«

Sven fühlte sich bereits viel besser. Er erhob sich, machte einige Streckübungen und ging ans Fenster. Der Himmel zeigte sich jetzt ganz bedeckt. Unter hellem Grau flogen einige dunklere Wolken dahin, deren schwarze Unterseiten kontrastierten zu anderen, helleren Wolken, mit denen sie sich ein Wettspiel zu liefern schienen. Der Wind war durchs Fenster förmlich zu spüren.

»Kommen Sie bitte«, weckte ihn der Inder aus seinen Träumen. Er reichte ihm eine Mappe. »Hier ist Ihr Plan. Am Montag wird auch meine Assistentin wieder hier sein. Wenn Sie zustimmen, vereinbaren Sie mit ihr die Termine. Ach ja, wenn Sie mir bitte noch kurz Ihre Kreditkarte geben würden.« Er zog ein Handlesegerät aus der Hosentasche, schob Svens Karte ein und zeigte ihm den Betrag. Sven unterschrieb mit einem kleinen Metallstift direkt auf der Oberfläche des Maschinchens.

»Alles Gute, es hat mich sehr gefreut, Sie kennengelernt zu haben.« Der Inder verbeugte sich höflich.

»Auf Wiedersehen.«

Während sich Sven vornahm, statt des englischen Wortes *date*, das ihm jeweils auf der Zunge lag, das eben aufgetauchte *appointment* abzuspeichern, wurde ihm klar, dass heute Samstag sein musste. Eine Entschuldigung murmelnd verabschiedete er sich ebenfalls. Noch auf der Treppe blieb er aber stehen und musterte die Blätter in dem durchsichtigen Klemmordner, den ihm der Heilpraktiker gegeben hatte. Eine Zahlenfolge in der Aneinanderreihung englischer Begriffe auf der ersten Seite stach aus den übrigen Buchstaben hervor. Sie sprach ihn direkt an. Diese numerische Abfolge war ihm sehr vertraut und weckte Emotionen. Ob in Zweckbestimmung, wie hier, oder ob zufällig auf einem englischen Nummernschild wahrgenommen, der eigene Geburtstag war für immer in tieferen Rinden des Gehirns eingeschrieben worden, fiel immer aus allen Zahlenkolonnen heraus. Sven Muschg, 6.2.68, stand dort, gleich neben dem Zeichen für Yin und Yang. Danach folgte ganz ohne Absatz der Therapievorschlag von Herrn Heilpraktiker G. Narenthiranathan. In der Spalte ganz rechts die Preise. Er schluckte. Offenbar alles im Handumdrehen elektronisch zusammengestellt. Erstaunlich, dass dieser Mann überhaupt eine Assistentin benötigte. Er konnte ja einen Edelcomputer an der Aufnahme aufstellen, der nach Eingabe der Kreditkarte die Termine automatisch vergab. 480 Pfund für sechs Termine. Das erklärte dann doch den Jaguar und die Einrichtung. Das würde die Zeit bis zur nächsten Arbeitseinheit im elterlichen Büro deutlich verkürzen. Sven verließ das Anwesen durch das schmucke Tor und setzte sich in seinen Bus.

Einen Therapeuten wie diesen Inder gab es zu Hause nicht. Der hier, der konnte sich solche Preise leisten, der wusste, dass er es wert war. Auch wenn Sven wahrlich nicht reich war, auch wenn ihn sogar die Praxisgebühr in Deutschland bei seinen seltenen Arztbesuchen geärgert hatte und er eigentlich nicht willens war, für eine Beratung zu bezahlen, dieser Mann hier, dieser Inder, hatte sich Zeit für ihn genommen. Er hatte ihm zugehört und sich erst nach einer Untersuchung seine Meinung gebildet. Was nützte Sven all seine Freiheit, wenn er krank war?

Aber war er überhaupt krank? Sven schaute aus dem Fenster. Unter dem jetzt vollständig bedeckten dunklen Himmel flogen die Wolkenfetzen dahin. Der Wind hatte weiter stark aufgefrischt. Ideal zum Windsurfen.

Ich glaube eigentlich nicht, dass ich krank bin. Bei dem Wind muss man einfach raus. »If the going gets tough, the tough get going.«

Am nördlichen Ende der Bucht von St. Peter Port, gleich hinter dem Industriehafen, gab es einen Windsurfing-Spot. Dieser war sein Ziel. In einer guten halben Stunde war er dort. Die Insel war hier nur einen Kilometer breit und die atlantische Westdünung streifte noch das obere nordöstliche Ende der Bucht. Erst auf Höhe des alten gemauerten Wachturmes, von dem aus die

Invasion der kontinentalen Franzosen abgewehrt werden sollte, wurden die Wellen flacher. Dadurch kam man mit dem Windsurfbrett gut hinaus und wenn man dann richtig schnell in Fahrt war, konnte man noch die großen Wellen ansteuern. Für Sprünge und Loopings beispielsweise.

Früher war hier sogar ein langer Priel verlaufen, der eine kleine Kappe von der Insel abgetrennt hatte. Der Turm hatte damals also auf einer eigenen kleinen vorgelagerten Insel gestanden. Erst im 18. Jahrhundert wurde diese trennende Untiefe in einem nationalen Kraftakt trocken gelegt. Noch immer war der Verteidigungsturm intakt, zeigten die Kanonen drohend in Richtung der Angreifer.

Der Wind brüllte. Ein Wind, der Regentropfen und Sandkörner zu kleinen Geschossen machte, Geschossen, die die wenigen Gäste selbst bei angepasster Kleidung aus der Nähe des Strandes vertrieben.

Sven parkte den Bus quer zum Wind, damit er ihm Schutz für den Aufbau des Segels bot. Das Neopren des Anzugs klebte beim Anziehen. Pfeifend fuhr der Wind durch die vorsichtig geöffnete Heckklappe ins Auto. Er holte sein Windsurfbrett, den Mast und die Segeltasche unter dem Bettrost hervor und riggte auf. Bei einer Windstärke, die das Gehen erschwerte und unvorsichtig geöffnete Autotüren aufriss, dass sich das Blech bog, empfahl sich Umsicht beim Umgang mit größeren Flächen. Der VW bot leider keinen vollständigen Schutz, da der Wind auch unter dem Fahrzeug hindurchdrückte.

Die vier Quadratmeter Segelfläche konnten riesig sein, wenn sie bei fünf bis sechs Windstärken zusammen mit dem Brett ins Wasser sollten. Sein Fuß sicherte das aufgeriggte Segel, damit die Böen nicht darunterfuhren. Jetzt schlüpfte er in das Trapez. Nun arretierte er den Mast am Brett und nahm beides auf. Sowie er den Windschatten des Autos verlassen hatte, riss der Wind heftig am Material. Rückwärts gegen den Wind gehend, schritt er Richtung Wasser. Sven schwitzte trotz der Kälte des Windes in seinem Anzug. Sein Atem ging keuchend.

Plötzlich zuckte er zusammen. Laut knallend schlug einige Meter neben ihm ein weiteres Segel in Purzelbäumen über den Sand. Mit einem lauten Krachen schlug es in ein geparktes Auto ein.

»Spezialist. So macht jeder seine Erfahrungen. Das passiert dir kein zweites Mal«, kommentierte Sven lächelnd den Unfall, ohne dass es der in neongelb gestreiftes Neopren gekleidete Riese von einem Mann, der seinem Segel jetzt hinterhergerannt kam, hören konnte.

Svens Brett plumpste in die See. Kalt spritzte Wasser in sein Gesicht. Der Wind fuhr unter das Segel, hob es an und zog ihn auf sein Brett. Das Brett beschleunigte. Es bockte, ruckte und schoss weiter über kleinere Wellen im Weißwasser, wollte in den Wind drehen. Sven hängte sich mit dem Trapezhaken in die Tampen des Gabelbaumes und schlüpfte in die zweite Fußschlaufe. Jetzt bildete er mit Segel und Brett eine Einheit und raste nur so über den Schaum.

Schräg vor ihm baute sich eine Welle auf, lange nicht so bedrohlich, bei weitem nicht so hoch, wie es beim Wellenreiten von der Wasseroberfläche aus erschien. Aber er war jetzt auch viel schneller unterwegs. Mit einer Fußbewegung drehte er ab, lenkte den Windsurfer in die Zone ruhigeren Wassers zwischen den Wellenbergen. Er spürte die nochmalige Beschleunigung durch den geänderten Kurs und öffnete leicht das Segel. Jetzt flog er fast über das Wasser. Das Brett reagierte auf die kleinste Drehung mit den Zehenspitzen. Rechts neben ihm tat sich eine Lücke auf, schienen die Wellen niedriger. Hier brach die Welle etwas später. Er steuerte darauf zu, stieg mit dem Wellenberg empor, schanzte fast und schoss dann darüber hinweg. Er war im Glücksrausch der Anstrengung, im Flow. Alles funktionierte ohne Nachdenken. Eine große Rampe baute sich vor ihm auf. Das Brett zog stur nach oben, stieg mühelos die Wand hinauf. Jetzt brach die Welle unter ihm. Das fliegende Weißwasser schoss ihm wie Hagel ins Gesicht. Sven erwartete den harten Aufschlag des Wassers. Stattdessen fuhr der Wind unter Rigg und Brett und hob es weiter an. Das Brett stieg und stieg, vorne schneller als hinten, hatte das Wasser verlassen, stieg weiter in die Luft, wurde nun von ihr getragen. Ich hätte das hintere Bein mehr anziehen sollen, hatte er noch Zeit zu überlegen, bevor es abwärts ging. Wider Erwarten war die Landung eher weich. Sanft fast. Dennoch gelang es ihm nicht mehr, das Gleichgewicht zu halten. Er stürzte. Schlagartig hatte sich seine Lage geändert. War das Dahinrasen über dem Wasser trotz aller Geschwindigkeit noch leicht und spielerisch gewesen, die Kräfte im Gleichgewicht, so kämpfte er nun. Salzwasser füllte seinen Mund. Nicht nur, dass er ein viel größeres Brett als beim

Wellenreiten zu bändigen hatte, es hingen auch noch vier Quadrat-meter Fläche daran. Der Weg zurück führte nur über das Segel. Er musste es anheben, bis der Wind darunterfahren und ihn wieder aufs Brett ziehen konnte. Das Segel aber wurde gerade von den anrollenden Wassermassen gefüllt. Sven fühlte sich plötzlich völlig am Ende seine Kräfte. Er würde sich zum Mast kämpfen müssen. Mit den Beinen tretend versuchte er, ihn leicht anzuheben, ging unter. Jetzt rang er regelrecht nach Luft. Unerbittlich rissen die Wellen alles meterhoch auf und nieder. Jetzt endlich fuhr der Wind unter das Segel. Er griff zur Gabel, suchte sie hochzudrücken, spürte keuchend die Kraft in den Unterarmen nachlassen, während eine weitere Welle sie unnachgiebig schüttelte. Er hielt sich weiter krampfhaft an der Gabel fest. Das Wasser war aus dem Segeldreieck abgelaufen, schon zog der Wind an ihm, fuhr in das Segel hinein und schleuderte ihn samt Rigg fast auf die andere Seite. Balancierend schob er einen Fuß in die Schlaufe des Boards, hielt dagegen und schoss die Welle hinunter. Der Wind hatte an Stärke noch zugelegt. Noch ein Sturz und er würde bei dieser Windstärke kaum noch einmal aufsteigen können.

Er war vernünftig genug, das Ufer anzusteuern. So gelangte er in die Nähe des Strandes. Im Slalom glitt er jetzt auf seiner Welle dahin. Zum Abschluss zog er die Spitze des Boards noch einmal herum, der Wind fuhr unter Brett und Segel und mit allem Schwung des brüllenden Windes schanzte er über die Rampe und wurde höher und höher gehoben. Noch einmal spürte er einen Moment lang die Leichtigkeit im Einklang mit den Elementen, bevor er schon fast im Flachwasser niederging und mit aller Gewalt nur noch versuchte, sein Material zu retten. Glücklicherweise hatte er jetzt Sandboden unter den Füßen. Ohne einen Gedanken an Seeigel oder Rochen zu verlieren, steuerte er Brett und Rigg ans Ufer, um erst einmal durchzuatmen. Die Arme waren ihm zu schwer geworden. Tief gegen den Wind geduckt, im Flachwasser hockend, sammelte er seine Kräfte, bevor er sich auf den Weg zurück machte. Zweimal musste er pausieren, bis er sein Auto erreicht hatte. Diesmal legte er das Brett ohne Rücksicht auf die Scheuerspuren im Lack längs gegen den Bus und schob das Rigg darunter. Sven war am Ende. Er ließ alles im Sandsturm liegen. Er öffnete die Schiebetür, zog sich aus und kroch in den Schlafsack. Er fühlte sich völlig erschlagen. Nur gut, dass er nicht noch eine weitere Halse gefahren war.

Schon während des Rückwegs war das Ziehen in der Magengegend aufgetreten. Mittlerweile aber war ein Brennen daraus geworden. Der Druck ließ nicht nach. Er setzte sich auf, aber der Magen mahnte, erinnerte ungewöhnlich an seine Existenz. Langsam wurden Schmerzen daraus. Sven stand wieder auf, um Tee zu kochen. Er versuchte, sich auf etwas anderes zu konzentrieren. Das Fauchen und Heulen des Windes, sein Wackeln an Fenster und Türen, den Geruch des feuchten Neoprens. Doch der brennende Druck wollte ihn nicht loslassen. Er konzentrierte sich auf das Simmern des sich erwärmenden Wassers. Sosehr er das Leben liebte, so sehr bekam er es nun mit der Angst zu tun. Er war jetzt fest entschlossen, mit der vom Heilpraktiker empfohlenen Therapie zu beginnen.

S iehst du die Schwalbe auf der Antenne dort drüben? Bevor ich sie entdeckt habe, dachte ich, so könnten nur Stare zwitschern. Was die für Geschichten erzählt.«

Susanne und Evelyn saßen beim Frühstück. Susanne war noch im Bademantel. Durch die offene Balkontür sahen sie den kleinen Vogel seinen Schnabel aufsperren. Ab und zu hielt er inne, um sich mit einer erstaunlicher Beweglichkeit des winzigen Kopfes die langen Flügel zu zupfen.

»Ist ja ein gutes Zeichen, dass die noch nicht weg sind«, antwortete Evelyn. »Dann hält der Sommer vielleicht doch noch ein Weilchen.«

»Ich habe übrigens meine Stammzellen retten können«, wechselte Susanne das Thema. »Pete hatte sie abends nach meiner Verwechslungsaktion doch in den Brutschrank gestellt. Ich hatte mir überlegt, dass ich sie wie bei der Knochenmarkspende doch auch wieder separieren könnte. Und es hat tatsächlich funktioniert!«

Warum es überhaupt zu der Verwechslung gekommen war, erzähle ich lieber nicht, ging es ihr durch den Kopf.

»Das war doch am Vorabend von deiner ersten Enukleation, was war da eigentlich?«, hatte Evelyn eine Vorahnung.

»Pete hatte mich ein wenig geärgert und musste etwas gutmachen«, wich Susanne aus. »Die kleine Linda habe ich übrigens gestern gesehen. Es geht ihr sehr gut. Die ist schon süß mit ihren Locken. Und sie hat eine tolle Mutter.«

»Gefällt sie dir?« Susanne meinte einen Anflug von Eifersucht herauszuhören.

»Die kleine Linda?« Die ist super. So aufgeweckt, das kleine Mädchen. Die pure Lebensfreude.«

»Du, Susi«, Evelyn war aufgestanden und hatte von hinten die Arme um Susanne gelegt, »wir können auch nicht mehr ewig warten.«

»Ach Eve«, entgegnete Susanne. »Ich habe einfach keine Lust auf noch mehr Probleme.«

Evelyn reagierte eingeschnappt. »Wenn alle Menschen Kinder erst dann bekämen, wenn alles passt, wären wir schon längst ausgestorben. Da kannst du sonst ewig darauf warten. Da kommt keiner und sagt dir, jetzt ist es soweit.«

Susanne hatte sich nie daran gewöhnt, dass ihr der mütterliche Part zugesprochen wurde. Natürlich kehrte sie nicht den Macho raus, teilten sie sich normalerweise auch die Hausarbeit so, wie sie anfiel. Aber wenn die Rollenverteilung zur Debatte stand, war völlig klar, welche Susanne zufiel. Bis auf die Schwangerschaft eben. Evelyn litt wie ihr Vater an einer Thrombophilie, einer vererbten Neigung zu Venenverschlüssen. Ihr Vater hatte nach einer längeren gemeinsamen Wanderung im Allgäu einmal einen extrem geschwollenen Arm bekommen. Nach erfolgreicher Operation und Klärung der Ursache hatte er die ganze Familie getestet und die Veranlagung auch bei der Tochter entdeckt. Durch den hohen Östrogenspiegel während einer Schwangerschaft hätte das bei ihr bis zu einer Lungenembolie führen können. Susanne biss sich auf die Lippen. Das zur Sprache zu bringen hätte so vieles, ihr Wertvolles zerstört.

»Und wen hast du mir als edlen Samenspender ausgesucht?«, scherzte sie. »Und was, wenn ich mich in ihn verliebe?«

»Nun«, antwortete Evelyn lächelnd und legte die Stirn dazu in Falten, »er muss wenigstens intelligent sein, über 1,65 Meter groß, Augen- und Haarfarbe sekundär.«

Susanne musste lachen. »Da kann ich mir ja gleich einen aus den Heiratsanzeigen der ›Zeit‹ raussuchen. Ich wollte es schon immer mal mit einem Lehrer machen.«

»Kommt gar nicht in Frage! Der will dann sein Kind, sobald es älter als drei Jahre ist, immer in den Schulferien bei sich haben.«

»Also angenommen, mal von heute aus gerechnet, 40 Wochen weiter, was haben wir dann?«, fragte Susanne.

»Geh einfach drei Monate zurück statt neun Monate vor, das ist einfacher«, meinte Evelyn etwas altklug. »Das wäre dann im Mai. Gibt es einen schöneren Monat, um Geburtstag zu feiern?« Susanne entspannte sich und entgegnete fast schon überzeugt: »Also gut. Ich rufe Reinhold mal an, für ein rein privates Treffen.« Jetzt lächelte sie wieder.

Doktor Beneika war normalerweise die Empfehlung aller Frauenärzte für verzweifelte Patientinnen mit unerfülltem Kinderwunsch. Wenn die wichtigsten mechanischen Ursachen für ein verhindertes Zusammentreffen von Ei und Spermium und auch Hindernisse bei der Einnistung der befruchteten Eizelle in der Gebärmutter ausgeschlossen waren und auch keine genetischen Gründe gegen eine Befruchtung vorlagen, spätestens aber nach der vierten Fehlgeburt, wurde an Dr. Beneika verwiesen. Unter Kollegen folgte dann meist noch der Hinweis der zuweisenden Frauenärzte, dass ihnen die undankbare Aufgabe blieb, die überzähligen Föten zu entfernen, während jener als Kindermacher das Lob für den Babysegen erntete. Tatsächlich aber hatte Dr. Beneika vor allem eines: eine Engelsgeduld. Er hörte den Frauen zu, auch wenn jede Vorgeschichte der anderen glich. Er hörte zu, auch wenn das Wehklagen und die Verzweiflung der Paare kaum noch zu ertragen waren. Er hatte Verständnis für die ausführlichste Schilderung der Beschwerden beim Verkehr. Und er antwortete auf all das meist mit nur wenigen Sätzen: »Alles kein Problem. Das kriegen wir hin.« Wenn dann die endlich schwangeren Mütter täglich bei ihm auftauchten, die Sorge um ihr Kind ins Unermessliche stieg, antwortete Herr Beneika: »Warum machen Sie sich überhaupt Sorgen? Es ist doch alles in bester Ordnung.«

Er schien verstanden zu haben, dass die zahllosen Untersuchungen während jeder Schwangerschaft immer irgendetwas Unklares entdeckten. Dass die Kollegen, um sich abzusichern, jede Unregelmäßigkeit mit den Müttern besprachen. Und sei es nur, um spätere Rechtsstreitigkeiten zu vermeiden. Die Mütter stürzten sie dadurch in die allergrößte Not. Keine Sorge war größer als die um das Ungeborene.

Beneika wusste um diese Sorgen der Mütter. Er reagierte auf seine Weise. »Alles kein Problem. Das bekommen wir hin. Ich helfe Ihnen.«

Evelyn war hinter Susanne getreten. Ihr den Nackenmuskel auf beiden Seiten zwischen Daumen und Zeigefinger knetend ging sie in die Hocke und flüsterte ihr ins Ohr: »Du machst mich so froh, Susi!«

Ihre Zähne knabberten an Susannes Ohrläppchen. Mit der Zustimmung wohliger Brummlaute wanderten ihre Fingerspitzen nach vorne und streichelten Susannes Hals. Auf der Innenseite der Oberarme wanderten sie bis zu den Ellenbeugen und kitzelten sie dort sanft, sehr sanft. Susanne ließ den Kopf zurückgleiten, ihr Bademantel öffnete sich.

»Ein ganz klein wenig Tamerlan?«, fragte Evelyn, und biss ihr in den Hals.

D ie Sakristei lag direkt oberhalb der Neckarbrücke. Für Studentenpublikum war es hier fast ein wenig zu edel, aber die Studenten waren auch nicht mehr, was sie einmal waren. Eine Gruppe elegant gekleideter junger Männer diskutierte an einem runden Tisch offensichtlich über die Bewertung einer juristischen Seminararbeit. Auf verschiedenen Ebenen warteten kleine Jugendstiltische auf Stirnholzparkett vor leeren Rattanstühlen. Susannes Blick fiel durch eine große Glasfront auf den Fluss. Oben am Hang wachten fahnengeschmückt die Burgen der schlagenden Verbindungen. Auf der Mauer unten am Turm, die den Fluss begrenzte, saßen wie immer einige Pärchen in der Sonne. Studenten mit nacktem Oberkörper trainierten für das Stocherkahnrennen. Andere ließen sich neben beschirmten Bierkästen auf Ruderbooten Richtung Schleuse tragen. Susanne war lange nicht mehr hier gewesen. Eine Lücke im Uferbewuchs stimmte sie traurig. Die große Trauerweide am Ufer fehlte.

Bin ich schon so alt, dass mich jede Veränderung aufregt?, fragte sie sich. Andere, die neu hierher kamen, fanden diesen Platz doch trotzdem wunderschön. Erst die Erfahrung, erst das Alter erlaubt den Vergleich mit früher. Ich muss mich hüten, jede Erneuerung zu verurteilen, dachte sie und nippte an ihrem Macchiato. Beneika hatte sich verspätet. Sie überlegte, woher die Inhaber des Cafés wohl das Geld für so eine Einrichtung nahmen. Sie selbst hatte damals eine Abfuhr bekommen, als es um einen Kredit zur Übernahme einer Praxis gegangen war.

»Haben Sie schon einmal bei der Ärztebank nachgefragt? Sich vielleicht über öffentliche Darlehen informiert, Frau Dr. Suter?« Mit diesen Worten hatte der Bankangestellte ihrer Genossenschaftsbank ihr indirekt geraten, es besser bei der Konkurrenz zu versuchen. Wahrscheinlich kam das Geld für dieses Lokal hier eher aus dunklen Kanälen. Die große italienische Familie musste ihr Vermögen schließlich auch irgendwie zinsbringend anlegen.

»Nur die nobelpreiswürdige Forschung erlaubt es, deine hübsche Stirn so in Falten zu legen«, begrüßte sie Beneika plötzlich galant von der Seite. Sie hatte ihn nicht hereinkommen sehen.

»Du hast es eben immer noch nicht verwunden, von der Uni weg zu sein«, reagierte Susanne schlagfertig und lachte.

»Dafür bin ich schuldenfrei, habe Haus und Pferd, und wenn es mir zu viel wird, gehe ich reiten. Ich habe jetzt sogar den Kutscherschein«, machte er sie neugierig. »Das schaffen nicht viele, sage ich dir. Das ist schon was Besonderes. Und die Kollegen von der Uni schuften sich 60 Stunden die Woche den Buckel krumm, werden Professor und kriegen dann von einem hämischen Verwaltungsangestellten mit mittlerer Reife eine Abmahnung, weil sie zu wenige Drittmittel eintreiben oder weil sie öffentlich ihre Meinung zur Gesundheitsreform kundtun.«

Was vor allem an der mangelnden Freizeit liegt, dachte Susanne und behielt das für sich. Kutschfahrer kamen gleich nach Polospielern.

»Und wie geht es deinen Kindern?«, versuchte sie stattdessen gleich auf das Thema zu kommen, das der Anlass für ihr Treffen war.

Beneika lachte. »Welche meinst du? Ich habe Tausende!«

So arrogant hatte sie ihn gar nicht in Erinnerung gehabt. Wahrscheinlich hatte sie mit ihrer Bemerkung einen wunden Punkt getroffen.

»Genau darum geht es mir«, gab sie unumwunden zu und versuchte ein Lächeln.

»Und ich dachte, du wolltest mal wieder ein Vollblut reiten«, erwiderte er und bestellte ein Mineralwasser. Aber offensichtlich hatte er ihre Anspielung verstanden und wurde ernst. Er blickte über den Fluss und verfolgte einen der Stocherkähne, bevor er ihr direkt in die Augen sah, noch einen Moment verstreichen ließ, und dann erst fragte: »Was sagen denn die Untersuchungen, wie oft hast du es denn schon versucht?«, wollte er wissen. Etwaigen Ärger darüber, dass sie ihn nicht in seiner Sprechstunde aufgesucht hatte, zeigte er nicht.

»Darum geht es nicht«, erwiderte sie zögernd. »Ob es überhaupt funktioniert, wird sich erst zeigen müssen. Meine Freundin und ich haben eher keinen«, sie zögerte kurz, »… keinen geeigneten Spender.«

Reinhold ließ sich zumindest nichts anmerken. Er antwortete mit der Routine derjenigen, die den ganzen Tag mit nichts anderem als mit Reproduktionstechniken und den Schwierigkeiten des Geschlechtsverkehrs beschäftigt waren.

»Ich denke, du weißt, dass die künstliche Befruchtung hierzulande streng geregelt ist. Da gibt es neben dem Adoptions- vor allem das Vaterschaftsrecht. Ein Beispiel: Wenn du eines Tages einmal eine mittellose Forscherin sein wirst, weil deine 12-Jahres-Frist an der Uni abgelaufen ist, bevor du dich habilitieren konntest, wirst du nach Möglichkeiten suchen müssen, an Geld zu kommen. Ein Rechtsanwalt fragt dich dann nach dem Vater deiner Kinder. Und ob du es glaubst oder nicht, du könntest sogar Ansprüche gegen diesen Vater anmelden und er müsste euch Unterhalt bezahlen. Es sei denn …«, er fixierte die Augen der sich nähernden Servererin und vermied es geschickt, die bis zum Minirock in fein glänzenden Strumpfhosen aufragenden Beine zu taxieren, »ihr hättet das Kind nach der Geburt adoptiert. Dazu aber«, er bekam sein Wasser serviert und bedankte sich mit einem Nicken bei der Bedienung, die ihn nun ihrerseits einen Moment zu lange fixierte, »dazu aber müsstet ihr Eheleute sein.«

Die Kellnerin wandte sich zwei neuen Gästen am Eingang zu.

»Mensch, Reinhold«, unterbrach ihn Susanne, »wir dachten eher an eine anonyme Spende!«

»Das ist auch so eine Sache«, fuhr er ganz ernst fort und beobachtete die aufsteigenden Kohlendioxidblasen in seinem Wasserglas, bevor er in der Erklärung fortfuhr: »Es ist rechtlich eigentlich klar, dass mich ein Richter im Ernstfall sogar zur Aufhebung der Anonymität des Spenders verurteilen würde. Die Interessen des Kindes würden wahrscheinlich höher bewertet als die Schweigepflicht.« Er nahm einen Schluck Wasser. »Über die prinzipiellen Risiken der künstlichen Befruchtung bist du im Übrigen sicher im Bilde.«

»Du meinst die höhere Rate an Fehlgeburten und Behinderungen?«, fragte Susanne. Seine Erläuterungen hatten sie auf den Boden der Tatsachen zurückgeholt. Fast, so bemerkte sie, fühlte sie sich sogar erleichtert. »Diese hat ihre Ursache in der ausbleibenden Selektion durch den fehlenden Spermienwettlauf im Unterleib, wie man annimmt«, hörte sie sich sagen. »Unter natürlichen Bedingungen in Scheide und Gebärmutter kommt nur das Schnellste und Gesündeste durch, und diesen Wettlauf brauchen eure begeißelten Genträger offensichtlich, weil so viele von ihnen defekt sind«, nahm sie seine Ausführungen vorweg. »Aber wir beide wollten es eigentlich nicht bis zur Befruchtung im Glas kommen lassen. Uns reicht schon der ausgewählte Spender. Groß, intelligent, gut aussehend. Und da haben wir eben an dich gedacht.«

»Ich sehe, du bist doch gut informiert. Euer Vertrauen ehrt mich sehr. Solche Komplimente habe ich ja schon lange nicht mehr bekommen. Aber ich muss dir wohl einen Korb geben. An die meinigen ist wegen Unterbindung der Transportleitung nicht mehr so leicht ranzukommen«, jetzt lachte Reinhold wirklich, »obwohl – ich habe noch ein paar davon als *special task force* auf Stickstoff gelagert«, ergänzte er mit einem Grinsen. »Nein, entschuldige. Solche Bemerkungen verkneife ich mir sonst. Ich werde mir was überlegen. Kommt doch beide mal zu uns zum Reiten!« Damit war das Thema für ihn erledigt.

Sie unterhielten sich noch eine Weile über Reinholds Vollblutpferde. Susanne schwärmte von ihrer Jugend auf dem Rücken von Isländern, den kleinen Pferden mit der vierten Gangart, verabschiedete sich dann aber, nachdem sie ausgetrunken hatte.

»Ich muss noch mal ins Labor. Mach's gut du, und vielen Dank. Auf deine Einladung kommen wir sicher bald zurück.« Sie küsste ihn auf die Wange und erhob sich. Als sie schon fast am Ausgang war, rief Reinhold ihr noch etwas nach:

»Lass die Wissenschaft doch endlich sein und mach eine Praxis auf! Ich für meinen Teil gehe nachher zum Reiten!« Susanne lachte, winkte ihm noch einmal zu und verließ das Café. Die Studenten waren mittlerweile beim Bier angekommen.

Wie eine einsame grüne Insel lag der alte botanische Garten in der sonntäglichen Mittagshitze zwischen dem weichen Asphalt der leeren Ringstraße und der Altstadt. Parkbesucher saßen müßig auf den Bänken im Schatten der alten hohen Rotbuche. An ihren Augenverbänden mit Fischaugeneffekt waren sie unschwer der ophthalmologischen Fakultät zuzuordnen. Andere flanierten auf den etwas nachlässig gepflegten Wegen, welche die verschiedenen Altbauten miteinander verbanden. Neben der Augen- und der Frauenklinik war nur der Psychiatrie und der Hautklinik im Zentrum des Städtchens der Umzug in die Neubauten auf dem Berg verwehrt geblieben. Gesellschaft leisteten wenigstens noch die Theologen und Pathologen, Erstere in einem modernen glasbewehrten Rundbau residierend, Letztere in ihrem grauen Schinkel-Bau, zumindest architektonisch etwas mehr dem Weltlichen verbunden.

Susanne sicherte sorgfältig ihr Fahrrad an dem verzinkten Geländer, das zum Hintereingang der Augenklinik führte. Dann erhob sie sich, öffnete die alte Eichentür nur einen Spalt, schlüpfte hinein und gelangte über das muffige Treppenhaus ungesehen in den Keller und ihr Labor.

Wie Gerüche und Gefühle doch miteinander verknüpft sind, dachte sie. Hier roch es immer nach Arbeit. Die Mischung aus Putzmittel und Oberflächendesinfektion, in der schwülen Luft noch konzentrierter, roch einfach nach Arbeit. Ein Nachtdienst reichte jedem Anfänger, um die Gerüche für immer unwiderruflich mit weiteren unangenehmen Empfindungen zu vernetzen. Mit der Klingelmelodie des Diensttelefons, zum Beispiel. Wie bei Pawlows Hund, dachte Susanne. Hat sich evolutionstechnisch offensichtlich bewährt, so ein bedingter Reflex. Sie öffnete das Fenster, das sie über einen Lichtschacht mit der Außenwelt verband, und setze sich an ihren Rechner, um sich einzuwählen. Die Protokolle der letzten Versuchsreihen waren ernüchternd. Welchen Test sie auch anwendete, in den langen Zahlenreihen war keine Übereinstimmung, keine Regelmäßigkeit zu erkennen. Wenn es ein Ergebnis überhaupt gab, versank es in der Ungenauigkeit der Messfehlerbreite. Sie verglich nochmals die einzelnen Punkte der Chromatographie-Ergebnisse. Diese Methode war der Goldstandard für die Aufteilung eines Gemisches verschiedener Substanzen in seine Ausgangsstoffe. Ein Kaffeefilter, am unteren Ende mit lila Filzstift markiert und in Wasser getaucht, half ihren Studenten, diese Analysemethode zu verstehen: Das Wasser stieg an den feinen Papierfasern nach oben. Je nach Molekulargewicht und Fettanteil blieben die einzelnen Anteile der lila Farbe an verschiedenen Stellen des Filters liegen und trennten sich in Rot, Blau und Gelb. Nun gab es Tabellen und Dateien, die es erlaubten, einzelne

Stoffe nur anhand ihrer Laufweite auf Chromatographiepapier zu identifizieren. Auch wenn sie tatsächlich den viel genaueren automatisierten Gaschromatographen benutzte, funktionierte dieser doch nach dem gleichen Prinzip.

Die Hosen klebten ihr an den Beinen. Die Hitze war bis in den Keller gedrungen. Susanne fühlte die schlechte Laune fast greifbar in der stickigen Luft um sich herum. Wieder keine brauchbaren Ergebnisse. Sie fasste sich an den Hals. Plötzlich gelangte auch ein weiterer Grund für ihre Stimmung an die Oberfläche des Bewusstseins. Klar, dass sie so schlecht gelaunt war. Ihr Unterbewusstsein war dieser Frage auf den Grund gegangen. Eigentlich war sie doch in der Hochphase ihrer Periode, hatte gestern eine wunderschöne Nacht mit Eve gehabt, wie konnten sie da so ein paar negative Versuchsreihen derart deprimieren?

Insgeheim hatte ich gehofft, Reinhold machte unter Kollegen und Freunden eine Ausnahme, unterstützte uns und würde helfen. Es spricht wohl aber für ihn, dass er gerade das nicht tut. Nicht darüber aufregen, sagte sie zu sich selbst. Vielleicht sogar besser so. Einfach weiterarbeiten.

Sie ging an den Kühlschrank, räumte die Laborkits der Doktoranden beiseite und nahm sich eine Cola heraus. Ihre Blicke streiften ihre Stammzellkulturen im Wärmeschrank daneben. Diese Zellen, für das bloße Auge gar nicht sichtbar, bedeuteten ihr sehr viel. Wie ein Hund oder ein anderes Haustier Trost spendet, Trost durch Zuneigung oder durch die Pflege, die es zum Weiterleben einforderte, so galt das für ihre Zellen.

Aber auch durch die Anerkennung, die sie durch ihre Arbeit erfuhr, hatte sie eine Beziehung zu ihnen aufgebaut. Zu der ganzen Reihe, der ganzen Masse an Zellen an sich natürlich. Nicht, dass es ihr etwas ausgemacht hätte, wenn bei einem Versuch wieder eine Reihe versagte. Nein, so lange einige übrig blieben, war das gut so. Dadurch erweiterten sich ihre Kenntnisse, ihr Verständnis für diese Bausteine, diese Urzellen des Lebens insgesamt.

Die neuesten Arbeiten zum Thema im Web waren schnell überflogen. Dadurch, dass die Papers, wie Veröffentlichungen von Forschungsergebnissen unter Kollegen hießen, elektronisch veröffentlicht wurden, war sie immer zeitnah informiert, was rund um den Globus auf ihrem Fachgebiet gerade Neues gelang. Selten nur geschah es, dass einer nicht mit offenen Karten spielte. Wenn die Besten der Besten weltweit mit gleichen Mitteln arbeiteten, war es weniger eine Frage der Intelligenz als eine Frage der Schnelligkeit in der Umsetzung von Erkenntnissen, wann Neuentdeckungen aus Laborangestellten berühmte Persönlichkeiten machten. Es sei denn, die Arbeiten waren gefälscht. Eine bahnbrechende Arbeit, die den Kollegen um Jahre voraus war, konnte es einfach nicht mehr geben. Die Schnelligkeit der Medien, die generelle Verfügbarkeit der neuesten Informationen ließen auch den Vorsprung im Wettbewerb untereinander kleiner werden. Deshalb war Insidern recht bald klar gewesen, dass der Koreaner Wong mit seinen Veröffentlichungen zum geklonten Menschen unehrlich gearbeitet haben musste. Das war wie im Sport. Wo die 100 weltbesten Athleten der Menschheit im Wettstreit versammelt waren, konnte schon aus biologischen, aus statistischen Gründen keine vernichtende Dominanz von mehreren Körperlängen Abstand im Ziel eines Hundertmeterlaufs mehr entstehen. Wer mit steter Regelmäßigkeit in herausragender Stärke die Gegner alt aussehen ließ, war eigentlich immer durch Betrug dorthin gelangt. Wenn man Doping überhaupt so bezeichnen wollte.

Susannes Wissen war auch unter Leistungssportlern begehrt. Sie benützte Viren, um wie mit Pfeilen des Amor eine Erbguteigenschaft anderer, artfremder Zellen auf die ihren zu übertragen. Die Herausforderung dabei war, nicht nur diesen Vorgang exakt zu steuern, sondern die Stammzellen auch dazu zu bringen, sich anschließend von ihrer Grundform weg zu einer zuvor genau definierten Endzelle zu verändern. So konnte die Stammzelle eines Eichenbaums nach Vermehrung und Konditionierung beispielsweise zum Eichenblatt oder auch zu einer Eichel werden. Oder, sofern man mit tierischen Stammzellen arbeitete, zu einer Netzhautzelle, die vielleicht sogar ihren Weg ins Auge selbst fand, wenn sie in eine Vene gespritzt wurde. Das war zwar noch Fiktion, für die blutbildenden Zellen des Menschen im Knochenmark aber tatsächlich schon medizinischer Standard. Bei der Leukämie, dem Blutkrebs der weißen Zellen, wurden nach vorangegangener Chemotherapie und Bestrahlung Blutstammzellen gespritzt. Diese suchten sich selbst ihren Platz im Knochenmark, wo sie sich zu den verschiedenen blutbildenden Zellen weiterentwickelten und dort fleißig ihr Endprodukt, die gesunden Blutzellen, produzierten. Ein Verfahren, das als Knochenmarktransplantation schon unzähligen Kindern und Erwachsenen das Leben gerettet hatte.

Ob ich kurz im Dienstzimmer duschen gehe?, fragte sie sich. Aber dann hätte sie der Weg an ihrem Stationszimmer vorbeigeführt, wo noch einige Entlassungsbriefe auf ihr Diktat warteten. Im OP wäre es jetzt angenehmer, wanderten ihre Gedanken zu dem einzigen klimatisierten Bereich der gesamten Klinik. Da ging die Tür auf. Pete kam hereingetrottet.

»Du bist ja komplett wahnsinnig. Bei 30 Grad im Schatten am Sonntag ins Labor zu kommen. Ich bin heute direkt froh, Dienst zu haben. Im Hochsommer und wenn die Pollen fliegen, ist es im OP immer am schönsten.«

»Woher hast du gewusst, dass ich hier bin?«, fragte Susanne.

»Die Macht der Gewohnheit. Ich wollte mal nachsehen, was die Weppler-Arbeit macht«, spielte er boshaft auf den Vortrag an, den ihr die Chefin aufs Auge gedrückt hatte. Susanne spürte, wie sich ihr Magen zusammenkrampfte.

»Den hatte ich bis eben erfolgreich verdrängt. Ich war noch mit richtiger Forschung beschäftigt. Aber vielleicht kannst du mir bei dem Weppler-Ding doch etwas helfen?«, fragte sie vorsichtig. »Soll ich die Daten dazu nicht besser noch mal überprüfen?«

»Dazu wird die Zeit kaum reichen. Und noch viel weniger, um korrekte Daten zu erheben. Aber Kollege Schneider hat mir Wepplers Dateien gegeben.« Er grinste verschmitzt und kramte einen Speicherstick aus seiner Hemdentasche. »Hier. Die kompromittierenden Fotos, die mich betreffen, bitte nicht öffnen und wenn, dann wenigstens nicht weitererzählen, bitte.«

Susanne überging die Anspielung auf seinen Vortrag vom vorvergangenen Jahr, bei dem er vergessen hatte, den Link zu einer Erotikseite zu löschen. Was dann, nachdem das Notebook an den Beamer angeschlossen worden war, vor den etwa 300 Zuhörern doch zu einiger Belustigung geführt hatte.

»Dann bestehe ich aber darauf, bei dieser Arbeit nicht genannt zu werden. Wegen mir veröffentliche ich sogar unter Wepplers Namen. Kennt mich doch sowieso keiner in USA«, antwortete sie erbost und wandte sich wieder ihrem Rechner zu.

Der Bildschirm zeigte die Verwandlung der Zahlenreihen in Excel-Tabellen. »Stell doch mal die Zellkulturen da rüber. Dahinten, neben die Steri-Lampe. Ich beame mal die Torten und Balken an, und du diktierst mir, was ich dazu sagen soll.«

Mit dem PowerPoint-Programm aus dem Hause Microsoft konnte jeder Idiot einen Vortrag halten. Es stellte auf Knopfdruck vielfarbige Diagramme, Torten und Balken, wenn gewünscht auch ergänzt durch Animationen zusammen. Damit auch niemand mehr die freie Rede fürchtete, schrieb man die wenigen Sätze, die Merkinhalt werden sollten, gleich aufs Bild dazu. Floskeln und Schlussfolgerungen glichen sich so bei Vorträgen der Maschinenbauer wie der Mediziner bis aufs i-Tüpfelchen.

Weppler hatte ganze Arbeit geleistet. Die Daten ließen sich problemlos übertragen, Susanne und Pete übertrafen sich in der Wiedergabe der immergleichen Floskeln, die solche Bilder begleiten mussten. Susanne konnte gar nicht mehr aufhören zu lachen, als Pete die Show mit der vorletzten Bildunterschrift eines Diagrammes toppte, das lediglich eine Zufallsverteilung zeigte:

»Schreib doch so: Auch wenn das Ergebnis nicht signifikant ist, so kann doch eindeutig ein Trend vermutet werden, der unsere Hypothese bestätigt!« Susannes Lachen hatte ihn angesteckt. Weppler hatte sogar schon eine Schlusssequenz eingearbeitet, die er wohl für jeden Vortrag wiederverwendete. Der Text lautete vor einem von dunkelrot über violett nach blau verlaufenden Hintergrund: Weitere intensive Forschung ist erforderlich, um die verbliebenen offenen Fragen vollständig zu klären.

»Du siehst aus, als ob du im Regen Rad gefahren wärst«, spielte Pete immer noch lachend auf Susannes schweißnasse Sachen an.

Sie fragte sich, ob sie an manchen Stellen wohl schon durchsichtig geworden waren. »Schön wäre es«, gab Susanne zurück. »Aber heute ist es ja ausnahmsweise ganz lustig hier.« Sie hackte die letzten Sätze in das Notebook.

Jetzt stellte sich Pete in Pose.

»Du, ich hab noch eine Überraschung für dich!«

»Ich habe meine Überraschung doch schon bekommen! Oder hast du unsere Operation schon vergessen?«, fragte Susanne.

»Nein, nein, ich meine eine richtige Überraschung. Ich habe von der Firma, die uns den Laserscanner gestellt hat, einen Segeltörn für zwei Personen geschenkt bekommen. Mit Skipper und Mannschaft, hieß es. Wenn ich dich so pitschnass ansehe, gäbst du so auch auf dem Schiff eine gute Figur ab.«

»Warum, schwanke ich schon?« Susanne sah an sich hinunter.

»Das auch.« Er grinste. »Nein, im Ernst, du hast den Mist mit dem Scanner ans Bein gebunden gekriegt, da ist es nur recht und billig, dich auch mitzunehmen.«

»Ja, billig wäre es schon.« Susanne überlegte. »Wenn ich es Eve beibringen kann.« Susanne spielte bereits mit dem Gedanken. Segeln wollte sie schon immer mal. Wenn auch nicht gleich mit Kollegen. »Und wer betreut meine Zellen so lange?«

»Na, die wirst du wohl mal ein paar Tage auf Sparflamme bebrüten können. Mach halt mal eine Versuchsreihe weniger.«

»Aha, meinst du. Wann wäre denn der Termin?

»So Ende August, hieß es. Wenn ich Bescheid weiß, gebe ich es dir noch genau.« Sein Handy ging. »Der OP ruft, überlege es dir mal!«

Draußen begann es zu donnern. Erleichtert, dass der Vortrag so schnell geschrieben war, hatte Susanne ebenfalls ihre Sachen gepackt und schwang sich aufs Fahrrad. Wäre doch tatsächlich mal lustig, so ein Segeltörn mit Pete, überlegte sie sich. Die ersten Tropfen klatschen auf ihr bereits durchnässtes Hemd. Tief sog sie die Luft durch die Nase, die vom noch warmen Boden dampfend aufstieg, als der Regen niederging.

Evelyn war beim Kochen. Sie stand am Herd, in ihrem geblümten Kleid, und schaute nicht auf, als Susanne ihre Reisepläne offenbarte. Die beiden Lammsteaks in der Pfanne wurden jetzt kräftiger im heißen Öl geschwenkt, als notwendig gewesen wäre. Neben ihr stand die große weiße Villeroy-Schüssel voller frisch gekochter breiter Bohnen, das dunkle Grün nur von einigen gewürfelten hellgelben Kartoffeln unterbrochen. Evelyn ließ das Fleisch aus der Pfanne über das Gemüse rutschen.

»Mach das doch. Fahr mal mit deinem Oberarzt aufs Meer. Ist der Karriere sicher dienlich. Und der Persönlichkeitsfindung auch«, murmelte sie dazu.

»Bist du etwa eifersüchtig?«, fragte Susanne verschmitzt lächelnd.

»Und ob. Schließlich willst du mit einem Mann verreisen. Mit einem Mann!« Mit diesen Worten drehte sie sich entrüstet um.

»Ich liebe nur dich, das weißt du doch.« Susanne umfing ihre Taille. »Aber ich muss mich nicht rechtfertigen, wenn ich mit einem verheirateten Familienvater drei Tage zum Segeln fahre. Noch dazu, wenn es sich um eine Gratifikation für einen Vortrag handelt, den keiner machen wollte.« Den letzten Satz brummte sie mehr zu sich selbst. Sie war eigentlich die Wortgewandtere. Dass Eve nicht einen Moment daran dachte, selbst die Mutterrolle zu übernehmen, hatte ihr schon wieder auf der Zunge gelegen. Aber manche Worte waren nicht mehr aus der Welt zu räumen, wenn sie erst einmal gesagt waren. Dann gaben sich weitere Worte und verletzten, verletzten tief. So weit wollte sie nicht gehen. Auch ein Streit ließ sich lenken. Sie glaubte Eve gut zu kennen, ihre Reaktion vorauszusehen. Sie war kein Kind mehr. Kinder reagierten absolut. Nie wieder spiele ich mit dir! Du bist der allergrößte Idiot, der rumläuft! Warum muss ausgerechnet ich einen Bruder haben! Kurze Zeit später jedoch lasen sie einander wieder vor und kraulten sich den Rücken. Susanne wollte keine Eskalation.

Nach dem Essen verzog sich Evelyn ins Schlafzimmer. So leicht mache ich es dir nicht, beschloss Susanne das Zubettgehen noch etwas hinauszuzögern und öffnete eine Flasche Cabernet Sauvignon. Auf dem Balkon sitzend blickte sie in die Dämmerung hinaus. Sie konnte sich nicht erinnern, einen Sommer mit so vielen warmen Sommernächten auf dem Balkon erlebt zu haben. Ganz im Nordwesten war der Himmel noch hell, fast weiß. Schwarz über ihr dagegen die Nacht. Dazwischen alle Übergänge von zartem Rosa bis in tiefblaues Lila. Ein heller Stern – die Venus? – stand nahe dem Horizont und wanderte langsam von einer Antenne zur nächsten. »Eigentlich drehen wir uns ja von dir weg«, sprach sie zu dem Planeten. Nach und nach tauchten immer mehr Sterne auf. Susanne versuchte, sich die Drehachse der Erde vorzustellen. Die Vermutung, dass sie alle auf einer schiefen Ebene schräg nach Westen zum Horizont glitten, bestätigte sich während des zweiten Glases.

»Die hat doch echt einen Knall. Ich und Pete«, sagte sie plötzlich laut. Susanne war nie eifersüchtig auf Evelyns Bekannte gewesen. Aber der Wein glättet alle Wogen.

Sehr viel später in der Nacht, es war immer noch zu heiß für eine Decke, legte sie sich neben ihre nackte Freundin. Langsam, ganz langsam wanderte ihre Hand hinüber. Glitt über die weiche Haut, stand bald dicht über dem Pelz am oberen Ende der Beine. Jeder Atemzug führte zu einer Berührung. Fand bald bestätigt, dass Eve noch nicht tief schlief. Sanft drückte sich das Fell ihren Fingern entgegen. Oder bildete sie sich das nur ein? Der große Mund öffnete sich leicht. Setzte dem leichten Fingerdruck anschwellenden Widerstand entgegen. Kräftig pulsierte der große Muskel am unteren Ende des Dammes. Gab nach, wenn ihr Finger den Druck erhöhte. Drückte, wenn der Finger nachgab. Forderte und fing ihn ein. Verlangte weicheren, glatteren, feuchteren Muskel, zur

Sprache fähig. Bekam ihn Lippen aufwärtsstreichelnd, Mund an Mund gekreuzt.

Versöhnung war doch immer noch am schönsten.

D ie körperliche Nähe zu dem Mann löste eine spontane Abwehrhaltung in ihm aus. Der Inder bemerkte es sofort, drehte den Sitzhocker, sodass er bei der Untersuchung des Auges nicht mehr mit geöffneten Beinen vor, sondern Seite an Seite neben ihm saß. Vorbereitet auf die Irisdiagnostik hatte Sven den Körpergeruch des Heilers erwartet. Doch weder Currygewürze, noch Desinfektionsmittel, noch Weihrauch oder Teebaum – gar nichts. Keinerlei Duftspuren gingen von ihm aus.

»Im Sektor der inneren Organe bemerke ich eine Unruhe mit Betonung des Herzens. Milz kräftig, nicht zu stark, Lunge unauffällig. Niere in Ordnung. Desgleichen Dickdarm, Dünndarm, Gallenblase. Zeigen Sie mir noch einmal die Zunge.«

Sven streckte sie ihm entgegen.

»Hm, anders als bei Ihrem letzten Besuch. Insgesamt heute mehr Betonung auf dem Feuer. Hatten Sie Anlass zu Wutausbrüchen, leiden Sie unter Kopfschmerzen?«

Sven verneinte.

»Oder hören Sie, verzeihen Sie die direkte Frage, hören Sie Stimmen, fühlen Sie sich bedroht oder gar verfolgt?«

Sven schüttelte den Kopf, soweit es ihm die Kinnstütze erlaubte. Der Therapeut ließ ihm Zeit für ergänzende Bemerkungen. Vielleicht dachte er aber auch nur nach.

»Nein, wirklich nicht«, versicherte Sven.

»Herz ist nicht gut, wie Sie sich denken können, die Behandlung langwierig. Könnte auch etwas mit dem Blut zu tun haben. Schröpfen steht weiterhin an erster Stelle. Wir müssen diesen Druck des Feuers, des Blutes, abbauen. Und wie machen wir das? Wir schröpfen. Anschließend eine halbe Stunde Magnetfeld. Täglich. Das wir Ihnen helfen. Meine Assistentin, Miss Brero, wird Sie hinüberbegleiten.«

Miss Brero war im Gegensatz zu ihrem Chef ganz in Weiß gekleidet und duftete angenehm nach Sandelholz. Der elliptische Spalt freier Haut zwischen knapp geschnittener Hose und Oberteil enttarnte die Oberkante eines roten Tangas. Als sie sich bückte, um die Schröpfgläser aus dem Wärmeschrank zu holen, gab sie den Blick auf ein Spinnen-Tattoo frei, das unter dem blonden Flaum des Kreuzbeines lauerte.

Sven durfte sich ausziehen.

»Nun hier auf den Bauch legen, bitte.« Ein riesiges weißes Frottiertuch bedeckte die Bank. Herr Narenthiranathan betupfte einzelne Stellen von Svens Rückens mit einem feuchten Stäbchen, bevor er die Haut mit einem kleinen Stilett fein einritzte. Setzte ein heißes Glas auf die Wunden und verfuhr so, bis zwei Reihen Schröpfgläser links und rechts der Wirbelsäule beim Abkühlen ihre Saugkraft entfalteten. Zwei Areale hatte er ausgelassen. Sven spürte keinen Schmerz. Er nahm nur die wohlige Wärme der Gläser auf seinem Rücken wahr. Er wusste, dass man sie nicht überall aufsetzen durfte. Nur die energiereichen Bezirke, in seinem Fall wahrscheinlich auf dem Blasenmeridian, wurden geschröpft. Ohne es zu sehen, spürte er, wie das überschüssige Blut in die Gläser perlte. Irgendwie ging es ihm dabei schon besser. Fast wäre er eingeschlafen. Zarte Finger wuschen seinen Rücken mit verschiedenen Tüchern. Gern wäre er länger liegen geblieben. Seine Sachen kamen ihm plötzlich sehr schmutzig vor.

»Bis morgen, Mister Muschg. Zur gleichen Zeit, bitte. Kommen Sie gut nach Hause!« Und schon war sie verschwunden.

Am nächsten Tag wiederholte sich der Ablauf. Die Organfelder seiner Iris hatten sich nicht wesentlich verändert. Die Schröpfung wurde fortgesetzt. Die Tage darauf schröpfte ihn Miss Brero alleine, Herr Narenthiranathan war nicht mehr zugegen. Sven ertappte sich, wie er sich schon auf die reinigende Massage mit den Tüchern freute.

Der Wind war abgeflaut, ohne Tiefdruckgebiete keine Welle. Der Sommer erlaubte weniger Surfing, als die Werbung gemeinhin glauben machte. Nach der Therapie reparierte er seine Boards mit Harz und Schleifpapier aus dem Baumarkt. Sonst fühlte er sich seltsam antriebsarm. Als er eines Morgens nach der Therapie seinen Bus zur Hauptstadt zurücklenkte, wo er seit der Behandlung einen guten Stellplatz neben dem Vergnügungshafen gefunden hatte, Wasser und Dusche inklusive, winkte ihm Myriel aus einem entgegenkommenden Cabrio zu. Am Steuer ein Mittfünfziger, graumelierte Tonsur um die zentrale Glatze spazieren fahrend. Na dann, ab dafür, dachte sich Sven, steuerte seinen Parkplatz an und griff sich den Klappstuhl mit der Kopflehne, um es sich mit einer Tasse Tee bequem zu machen. Blick über die Hafenausfahrt aufs Meer, gelegentlich abgelenkt von den Damen an Deck der Yachten. Sauber aufgereiht glänzten die zumeist weiß lackierten Plasikbomber in ihren überdimensionierten Liegeplätzen. Blau leuchteten die schützenden Umhüllungen der Segel, sorgfältig an den horizontalen Großbaum, das untere Führungsprofil des Segels, und an das Vorstag gewickelt. Bauchig führten die Fixationsleinen der aufgereihten Boote zu den kunststoffbewehrten Pfosten, die aus Svens Perspektive eine Allee zu bilden schienen. Einige der Schiffe hatten gelbe Rettungswesten relingnah im Heck befestigt. Fast alle zierte ein kleiner Wimpel am Backstagen in den masttragenden Wanten und zollten dem Sonderstatus der kleinen Insel als eigenem Staat Tribut. An kaum einem der Schiffsmasten fehlte der kleine weiße Schiffsradar. Schlagartig auftretender Nebel, gepaart mit den gefährlich nah unter der Wasseroberfläche aufragenden Felsnadeln hatte mit einigen falschen Lichtsignalen schon früher das Auskommen der Insulaner hier gesichert.

»Smutje wanted« suchte der Besitzer eines Dreirumpf-Bootes mit Hilfe eines Schildes auf dem Ausleger Besatzung für einen Kurztrip mit Gästen.

Wolken schoben sich vor die Sonne. Die Deck-Damen hüllten sich in Bademäntel und zogen sich zurück. Wahrscheinlich zum Auftragen der Après-Soleil-Lotion, dachte Sven. Er stellte die Tasse zum übrigen Abwasch und beschloss, auf dem Klippenpfad, der sich im aufsteigenden Buschwerk oberhalb der Steilwand über dem Hafen braun dahinschlängelte, eine kleine Wanderung zu unternehmen.

Ein Kaninchen sprang direkt vor ihm in die dichten Büsche aus Ginster, Myrthe und Wacholdergewächsen. Spitzwegerich und kleine Strohblumen säumten den Pfad. Dieser schien regelmäßig gepflegt, die Ränder sauber abgestochen. Hinter der ersten Wegbiegung ragte ein Wehrturm auf. Schwarzer Granit war zu einer Vormauer aufgetragen, auf der sich Eidechsen sonnten. Der penetrante Geruch von Sonnenöl mit Kokosnote musste vom Stechginster mit den gelben Lippenblüten ausgehen, identifizierte Sven nach einem Moment des Unglaubens dessen Ursprung. Nach weiteren Kilometern Wanderung tauchte zudem lila Fingerhut am Wegrand auf. Das seit dem Altertum bekannte Gift erinnerte ihn wieder an seine unklare Bluterkrankung. Bislang hatte der Inder auf Medikamente völlig verzichtet. Er nahm sich vor, ihn beim nächsten Termin danach zu fragen.

Haaren gleich, nur viel dünner hatten kleinste Spinnen ihre goldenen Fäden in die grünen Erika-Kissen gesponnen. Sichtbar erst durch ihr Glänzen im Gegenlicht bedeckten sie flaumartig weite Flächen des Landes rechts des Weges. Kurz hatten ihn die Spinnweben an den Flaum über Miss Breros Tattoo erinnert. Dann verdrängte er weitere Gedanken an die Health Clinic. Links neben ihm fielen die Klippen steil ins türkis schimmernde Meer hinab, bildeten Windschatten für glattes Wasser. Erst viel weiter außerhalb kräuselte der Wind die bedrohlich dunkle Spur der Böen auf der Oberfläche. Weit in der Ferne lag der Horizont, gar nicht mehr zu trennen von der feuchten Luft. Übergangslos tauchte der Himmel dort in den Atlantik ein.

Der Pfad teilte sich. Sven folgte der kleineren, weniger ausgetretenen Spur, die ihn bergab führte. Myriaden winziger schwarzer, sich verpuppender Raupen hatten die Büsche hier kahl gefressen. Grau und nackt wimmelte es in ihnen von sich überkriechenden Raupenleibern, die teilweise sogar den Boden bedeckten. Plötzlich hinter einer Wegbiegung Stufen, ein rostiges Geländer. Es ging steil bergab. Der Pfad endete auf einer rot schimmernden Felsplatte. Unter ihm hatte sich eine kleine Sandbucht geöffnet. Eine im Fels verankerte Leiter führte nach unten. Sven überkletterte einige Findlinge und stand schließlich am Ufer. Steil ragten die Felswände hinter ihm auf. In den Nischen und Vorsprüngen mussten Vögel nisten, erkennbar nur am Guanostreifen darunter. Ein Falke kreiste wachsam im Hangaufwind.

Bis auf eine Familie mit zwei Kindern war er allein.

So eine Familie waren wir auch einmal, früher, dachte Sven. Vater und Mutter, wenngleich nicht mehr ganz jung, teilten sich eng aneinandergeschmiegt eine grüne Isomatte. Der Rucksack, sicherlich gefüllt mit Proviant und Pullovern, stand daneben. Der kleine Bach, der erst die weiter oben vom Wasser schwarz gefärbten, dann unter der überhängenden geschützten Stellen den roten Felsen hinabsprang, wurde weiter unten im Sand von einem etwa zehnjährigen blonden Mädchen und ihrem jüngeren Bruder gestaut. Ins Spiel vertieft waren sie Piraten und Seeungeheuer zugleich, entfachten Stürme, ließen Schiffe kentern. Entwarfen Höllenmaschinen und Katapulte, bekriegten sich und schlossen

Frieden. Nur gelegentlich wurde kontrolliert, ob die Eltern weiter auf ihrer Matte lagerten.

Sven dachte an seine Jugend zurück. Der Vater am Steuer der Jolle auf dem Bodensee, die Mutter auf dem roten Polster, er und sein Bruder in der kleinen Kajüte, die immer nach dem Benzin des Außenborders stank. Sie hatten ebenso gespielt, wenn sie nicht vorne auf dem Deck liegend, die Hand im Wasser, den im tiefgrünen Wasser sternförmig versinkenden Sonnenstrahlen nachsannen. Er und sein vernünftiger Bruder, der in vorauseilendem Gehorsam den Finger erhob, wenn Sven wieder eine seiner verrückten Ideen hatte. Wie der, von der alten Weide aus in das gelbe Schlauchboot am Ufer zu springen, beispielsweise. Bis der blaue Boden gerissen war und sie durch das Boot hindurch direkt ins Wasser sprangen. Oder mit Eisenstangen Fische jagen, bis dann unerwartet und eigentlich ungewollt plötzlich doch einer getroffen wurde und einen Schmerz der Vernichtung, der selbstverantworteten Tötung auslöste, den beide ihr Leben lang nicht vergessen würden.

Sven dachte an seine eigenen Getriebenheit, jede Sportart zu perfektionieren, mehr ahnend als wissend, dass der Ehrgeiz immer darin bestand, den Bruder zu übertreffen. Er dachte an dessen Unterliegen in allen sportlichen Bereichen, ob auf Skiern, Snowboard oder Surfbrett. Ob beim Triathlon, Radmarathon oder beim Langlauf. Und an dessen ewig bessere Schulnoten. Dessen ewige Überlegenheit im Formulieren von Gedanken. Dessen ewige Sorge, es könnte etwas passieren.

Dieser Wettstreit verband sie. Über Kontinente hinweg. Sven wusste, sein Bruder dachte wie er. Egal, was er tat. Wenn es einen Gedanken gab, der ihn immer begleitete, war es dieser: Wie denkt mein Bruder darüber? Mein Bruder würde es besser machen.

Eine kreative Konkurrenz. Für den einen Antrieb beim Sport, für den anderen Ansporn im Berufsleben, auf der Karriereleiter.

Bei aller Abneigung gegen Elektrosmog hätte er jetzt gerne ein Handy gehabt, um ihn anzurufen. Ihm vorzuschwärmen von der Insel am Atlantik, die er entdeckt hatte. Mit Lagunen, Klippen und Surfspots. Höflichen gastfreundlichen Bewohnern, ohne das Übermaß an Touristen. Obwohl er Lars vielleicht besser von den Steuervorteilen erzählen sollte. Der ihm dann wieder mit besserwisserischen Kommentaren zur geologischen Struktur der Inseln oder gar zu den Wasserverhältnissen käme. Wenn er ihn nicht sogar gleich an seine Pflichten den Eltern gegenüber erinnerte.

Gut, dass er kein Handy hatte. Sven zog sein T-Shirt aus, setzte sich in den Sand, umschlang mit den Armen die Knie und blickte übers Meer. Versuchte sich wieder zu sammeln und seine Mitte zu finden, Ausgeglichenheit herzustellen. Ein Trick zur Einstellung der Balance fiel ihm wieder ein. Mithilfe eines hellen, leichten, von Sonne und Wasser ausgeblichenen Stöckchens Treibholz begann er eine große Acht in den Sand zu malen. Wieder und wieder fuhr er die Linien nach. Versuchte ganz einzugehen in die unendliche Figur, Balance herzustellen zwischen ihren beiden Bäuchen, im Knoten regelmäßig die Richtung wechselnd. Sein Atem ging ruhiger. Es wirkte. Er legte sich zurück, schloss die Augen und atmete ruhig und tief weiter. Spürte die Schwere von Armen und Beinen, wurde sich seiner Zehen bewusst, ließ ein Wärmegefühl vom Zentrum des Bauchs in die Extremitäten fluten. Bis ihn eine Welle an den Zehen kühlte und sein autogenes Training beendete.

Er zog sich aus, sicherte seine Sachen und schritt ins Wasser, begann mit weit ausholenden Zügen zu kraulen. Er sah unter sich den Sandboden dahingleiten, wellenförmig geriffelt sanft in die Tiefe abfallend, die Distanz zum Schwimmer immer weiter vergrößernd, die Farbe immer tiefer ins Grüne gleitend. Bemüht, durch einen kräftigen Sechserrhythmus während zweier Armzüge aus den Beinen heraus etwas Tempo zu machen, fiel er in eine Trainingstrance. Im Flow der Glückshormone zog er seine Spur, gluckerndes Wasser im Ohr, Salzgeschmack im Mund, den Kopf abwechselnd rechts und links zum Atmen hebend.

Ein Auge über und ein Auge unter der Wasseroberfläche gewahrte er plötzlich die dreieckige Flosse, unweit neben ihm. Sein Magen zog sich zusammen. Eine Verkrampfung aller Eingeweide nahm ihm den Atem. Panik ergriff ihn, bevor das Denken wieder einsetzte. Sven tauchte. Sah nichts. Das Tier musste direkt unter der Wasseroberfläche gleiten. Sein Puls raste. Er zwang sich zur Ruhe. Musste wieder auftauchen. Die Flosse tauchte nicht ab, kam nicht näher, zog ruhig ihre Bahn. Plötzlich wusste er, was dort mit ihm schwamm. Ein Hai. Ein riesengroßer, harmloser Hai. Ein planktonfressender Hai mit einem Maul so groß wie ein Wäschekorb. Ein *basking shark*. Sie waren fast ausgestorben, diese Fische. Viel mehr war ihm über sie nicht bekannt, außer, dass diese des Nährstoffreichtums wegen hier bis nah an die Küste kamen, wo sie mit weit aufgesperrtem Maul ihre ruhigen Bahnen zogen. Als die größte Anspannung abfiel, nahm Sven schlagartig die Kälte des Wassers wahr und beeilte sich, wieder an Land zu kommen.

Zum Duft in Olivenöl gedünsteter Knoblauchwürfelchen drangen einige Takte Don Henleys aus der offenen Schiebetür. Das Kochwasser der Fusilli war über den beiden Fleischtomaten in der Spüle abgegossen worden. Sven stand gebückt in seinem Bus und pellte ihnen die Haut ab, wobei er zum Rhythmus der Eagles mit den Füßen den Takt klopfte und sich währenddessen fast die Finger verbrannte. Anschließend würfelte er die Tomaten, um sie im Knoblauchöl zu dünsten. Einen Teil der so entstandenen Melange strich er auf einen Brötchenrest vom Morgen. Seine Vorspeise. Der Rest kam über die Nudeln.

Miss Brero hatte sich heute nicht so viel Mühe gegeben. Auch vom Magnetfeld war er nicht restlos überzeugt, vor allem, da es sich nur um eine Matte gehandelt hatte und keine Spule, in die er hineingelegt wurde. Andererseits wertete er seine Kritikfähigkeit auch als Zeichen der Besserung, fühlte sich ausgeglichener und unternehmungslustig.

Soll ich meine Zelte abbrechen und weiterreisen?, fragte er sich. Aber Therapiekosten, Überfahrt mit der Fähre und Mautgebühren werden mich sowieso bald wieder nach Hause zwingen, dachte er. Es regnete in Bindfäden. Der Himmel war niedrig, grau und verhangen. Auf seiner Matratze liegend verfolgte er nach dem Essen den Lauf des Regenwassers vom Mast der Yachten über die Persenning bis ins Hafenbecken.

Heute keine Deckamazonen, sinnierte er. Nach einer weiteren Stunde Dauerregens zog er seine Mammut-Jacke über und schlenderte barfuß über die blanken Tropenhölzer der Stege. Portugal wäre vielleicht auch nicht schlecht. Ähnlich wie hier, aber nicht alles so geleckt, gepflegt, so sauber. Und nicht so kalt. Agaven fielen ihm ein und die kleine Espressobar mit der brasilianischen Bedienung in der Bucht von Arifana. Der Geruch von gegrillten Sardinen, mit frischen Zwiebelringen belegt.

Vorher aber die Meteo checken, sagte er sich. Am besten auf Wind.de. Aber woher die Kohle nehmen? Nach Hause fahren? So drehten sich seine Gedanken im Kreis, bis er vor dem schmucken Trimaran stand.

»Hello? Anybody at home?«

Im Boot bewegte sich etwas, öffnete sich eine Schiebeluke. Unter der weißen Zeltplane, die das Heck überdachte, winkte jemand. »Just come in!«

Sven betrat den kleinen Zwischensteg, der längs des Schiffes schwamm. Sieht noch recht neu aus, die Kiste, dachte er beim Anheben des durchsichtigen, durch zwei Reißverschlüsse als Eingang erkennbaren Vorhangs und schlüpfte hinein.

»Hello, nice to meet you. Got rid of the weather?«, erkundigte sich der etwa 50-jährige Grauhaarige mit dem deutlichen Bauchansatz. Sven musste unwillkürlich den schief hervorstehenden Zahn der Unterkieferreihe fixieren, bevor er ihm in die Augen blickte. Der Bootsbesitzer wirkte gemütlich, nur kräftige graue Augenbrauen verliehen ihm doch noch ein wenig das Aussehen eines Seemanns.

»Das auch, ja, da haben Sie recht«, antwortete Sven auf englisch »Nicht gerade ein *dutch belly boat*, Ihr Trimaran, aber immerhin, eine *Durande*?«

Sein Gegenüber verstand offenbar nicht, was er mit der Anspielung auf den Namen des Bootes gemeint hatte.

»Sie wollen also bei mir anheuern, suchen eine Heuer sozusagen?«, erriet der Bootsbesitzer den Grund für Svens Besuch.

»Nun, ich wollte mich wenigstens einmal informieren«, entgegnete Sven.

»*Well*, das ist so. Ich selbst für meine Wenigkeit«, er streckte ihm die wenig seemännisch zart behaarte Hand entgegen, »mein Name ist Durande. Gilliatt Durande. Für dich Gilliatt. Oder besser Gil. Ich lebe die meiste Zeit auf meinem Boot. Gelegentlich übernehme ich auch Skipperaufträge für eine Reederei, Bootsüberführungen, organisierte Reisen und so weiter.« Sven wurde klar, dass der Skipper sein Boot auf den eigenen Namen getauft hatte. Gilliatt fuhr fort: »Jetzt im Sommer hat mein Büro mehr Aufträge als Boote, da viele Leute mittlerweile die Papiere haben und die Schiffe selbst segeln wollen. Aus diesem Grund habe ich eine Gesellschaft auf meiner eigenen Nussschale angenommen. Da es sich um unerfahrene Gäste handeln soll, suche ich noch einen Mann für alles. Du kannst doch segeln?«

Sven erklärte ihm, dass er zwar auf einem Boot groß geworden und so ziemlich jeden Wassersport schon betrieben hatte. Er kenne aber nur das Segeln in Ufernähe nach Sicht und habe gelernt, die Segel noch ohne elektrische Hilfsmittel zu setzen, also das Boot aufzutakeln.

»Na, das ist doch bestens! Und bei mir hast du sogar eine elektrische Winsch«, lachte der Seebär gewinnend und sein Bauch hüpfte, als er darauf deutete. »Da legst du die Tampen drum und das Tuch gleitet von alleine nach oben. Funktioniert wie deine alte Rätsche, aber eben automatisch.« Sein Bauch beruhigte sich wieder.

»Also wenn du nicht seekrank wirst, denke ich, bist du genau der richtige Mann für mich. Ich brauche jemanden für die Besorgungen bei Landgängen, einen, der Nudeln kochen kann, und vor allem musst du aushelfen, falls alle mal grün unter Deck liegen. Das mit der Navigation ist durch den Computer kinderleicht geworden. Über GPS hat der Rechner dauernd unsere jeweilige exakte Position. Doch es ist besser als jedes Navi.« Er stand breitbeinig im Durchgang und fuhr den Computer hoch. »Schau her: Du kannst jederzeit alle Untiefen ablesen, entsprechende Alarme einstellen und falls ein Berufsschiffer, ein Tanker beispielsweise, deine Route kreuzt oder gar in die Nähe kommt, gibt es sogar Sonderalarm.« Sein Zeigefinger folgte der imaginären Strecke auf dem Flachbildschirm und durch den Druck der Fingerkuppe erloschen die Flüssigkristalle an den markierten Punkten und überließen die Durande wieder ihrem unberechneten Schicksal. Gilliat dozierte jetzt voller Besitzerstolz: »Ich brauche keine riesigen Karten mehr, sondern lege die Route am Notebook fest. Auch die Drift durch Wind und Strömung kann ich automatisch berechnen lassen. Die Karte auf dem Notebook signalisiert jeweils den zurückgelegten ebenso wie den veranschlagten Weg. Wenn du willst, natürlich auch noch viel mehr, aber das zeige ich dir später.« Er stieg aus der Kajüte, hob das zeltartige Plastikverdeck, das den Rudergänger vor dem Wetter schützte, an, um hindurchzuschlüpfen, und trat mit Sven, der hinterhergekrochen war, in den Regen hinaus.

»Die *Durande* ist ein Trimaran, wie du gesehen hast. Eine dänische Dragonfly, zwölf Meter lang. Sie läuft einfach wahnsinnig gut. Das Großsegel misst knapp 60, die Genua 35, der Spinnaker 130 Quadratmeter! Und das bei der minimalsten Verdrängung! Die geht einfach ab wie Schmidts Katze, sag ich dir.«

Der Regen schien ihn nicht wirklich zu stören. Voller Begeisterung zeigte er zur Mastspitze. »Gut, wenn du mal da rauf müsstest, da kann einem schon schwindlig werden. Fast 19 Meter über Wasserlinie. Am Wind treten da Kräfte auf, das hält eine normale Kiste gar nicht mehr aus. Da brauchst du Raumfahrtmaterial, Karbon und so was. Deshalb sind die Segel übrigens auch weniger bauchig. Sonst würde es trotz allem glatt das Rigg verreißen, wenn's mal richtig hackt. Aber 38 Grad Höhe am wahren Wind, das muss erst mal einer nachmachen.«

Sie stiegen auf den eingeklappten seitlichen kleineren Schiffsrumpf. »Durch die Ausleger hier, die ich in schmalen Häfen auch mit einem Seilzug einholen kann, braucht sie keinen Kiel. Die Ausleger setzen durch ihren Auftrieb dem Segeldruck genügend Kraft entgegen. Nur zum Einholen brauche ich Hilfe. Dein Einsatz ist dann vor allem beim Ummontieren der Backstagen gefragt«, er zeigte auf die Wanten, die den Mast nach hinten fixierten, »die Ausleger machen sie leider so breit, dass normale Liegeplätze sonst zu schmal wären. Dafür braucht sie keinen Kiel. Wir haben nur ein Schwert, das wir einholen können, wenn es bei flachem Wasser oder bei Ebbe mal erforderlich sein sollte.«

Sie stiegen zurück auf das Mittelteil, kletterten wieder unter das Verdeck, das Sven eher an die Abdeckung eines Kinderwagens als an eine hochseetaugliche Yacht erinnerte, und folgten der Treppe in den schmalen Rumpf hinunter, wo es noch wie in einem neuen Auto roch und wo sich die Kojen befanden.

Ganz wie in einem Wohnmobil, dachte Sven.

»Hier rechts«, fuhr Gilliatt stolz fort, »ist die Pantry. Dein Herd. Kein Cerankochfeld, aber immerhin. Salzwasser- und Süßwasserhahn, das schont den Tank. Das Boot liegt übrigens durch die beiden seitlichen Ausleger schon so stabil, dass keine kardanische Aufhängung des Herdes erforderlich ist. Nur falls du so was bisher gewohnt warst.«

Sven sah sich gezwungen, Gils Redefluss zu unterbrechen, um sich zu erkundigen, was dieser mit kardanischer Aufhängung meinte.

»Schau her.« Gilliatt zeigte etwas verwirrt über die offensichtlich doch geringen Kenntnisse seines neuen Smutje auf die Petroleumlampe aus Edelstahl, die an der schmalen Wand über dem Klapptisch in Rumpfmitte angebracht war. »Wenn das Boot schräg liegt, wenn es also krängt, dann dreht sich die Lampe durch ihre Lagerung immer in die Waagrechte, unabhängig von der Schräglage des Schiffes.« Sven dachte an die Pendelbewegungen des Systems Erde und Mond und die Entstehung der Gezeiten und war sich nicht so sicher, ob Gilliatt da recht hatte. Hoffentlich überwog dessen Besitzerstolz nicht auch die nautischen Fähigkeiten des Skippers. Überhaupt war das Schiff hier drinnen nur wenig geräumiger als sein VW-Bus, auch wenn die verwendeten Materialien natürlich edler anmuteten.

»Hier neben dem Tisch die Sitzbänke, die dienen nachts als Kojen. Dazu müssen die Unterhölzer aber erst ausgeklappt werden, sonst liegst du schnell auf dem Boden! Und da vorne«, er öffnete eine weitere Sperrholztür mit Mahagonifurnier, »sind drei weitere Schlafplätze.« Sven war sich jetzt sicher, dass selbst bei Schlechtwetter die Kajüte nur zur Nahrungsaufnahme und für kurze Schlafphasen geeignet war. Er hatte vor Jahren einmal mit zwei Freunden ein verschneites Skiwochenende lang im VW-Bus verbracht und wusste, was ihn erwartete.

»Du sagst ja gar nichts!« Gilliatt schien Begeisterungsstürme erwartet zu haben. Wahrscheinlich hatte er hierfür ein Leben lang gespart. Oder, noch wahrscheinlicher, sich haushoch überschuldet. Das erklärte dann auch die Aufnahme von Passagieren.

»Pass mal auf, das wird dich beeindrucken«, unterbrach er Svens Gedankengänge von Neuem: »Mein iPod! Angeschlossen an eine Anlage vom Feinsten. Und alles betrieben mit Solarstrom.«

Sven nickte anerkennend. Die Erklärungen zur Stromversorgung und sein Gedanke an eine Lichtmaschine brachten ihn darauf, dass er noch kein Steuergerät für den Motor gezeigt bekommen hatte. Gilliatt, eben noch euphorisch begeistert, legte den Kopf etwas schräg, als ob er Sven prüfen wollte.

»Well, ja, den haben wir auch. Wenngleich es nur ein Außenborder ist. Aber von innen gesteuert!« Er überging den Einwand und kam zum Wesentlichen.

»Also dann zu deiner Bezahlung. Neben freier Kost und bester Logis auf dem schnellsten Segler des Ärmelkanals«, jetzt lachte er wieder, dass sein Bauch nur so hüpfte, »also neben dem ganzen Luxus und dieser ganz einzigartigen Erfahrung kann ich dir 40 Pfund je Tag anbieten.«

Sven dachte an die Heilpraktikerrechnung und forderte 80.

»Okay, 60 Pfund je Tag, mein letztes Wort«, antwortete der seltsame Bootseigner bestimmt. Sie einigten sich auf 60 Pfund, und Sven zeigte ihm, wo er zurzeit immer übernachtete, damit Gilliatt sich bei ihm melden konnte, wenn der Termin für die Reise feststand. Der Blick auf Svens VW-Bus versöhnte den Insulaner wieder.

»Also doch ein Freund im Geiste. Meine Menschenkenntnis trügt mich nie.« Mit diesen Worten verabschiedete er Sven freundlich per Handschlag, nachdem er ihn noch bis zum Ende des Stegs begleitet hatte.

»Mich auch nur selten«, murmelte Sven und kletterte immer zwei Stufen auf einmal nehmend die steile Treppe zum Kai hinauf.

»Fällt wirklich verdammt schnell hier, das Wasser«, dachte er. Eben noch hatten die Boote fast auf Höhe der Mauer gelegen.

Das würde so eine Ausfahrt werden, mit diesem technikbegeisterten Hallodri! Erst jetzt fiel Sven auf, dass er ganz vergessen hatte zu fragen, wohin die Reise überhaupt führen sollte.

S chau dir nur mal an, wie schön der untertritt!« Beneika war völlig begeistert. »Und Evelyns Sitz! Ich wette, du wusstest gar nicht, was für eine tolle Reiterin deine Frau ist, wenn man ihr das richtige Pferd dazu gibt.«

»Na und ob ich das wusste.« Susanne, in hautengen hellgrauen Reiterhosen, blauer Weste und Protektor, grinste ihn zweideutig an. »Mal sehen, wer von uns beiden heute der größere Macho ist«, fügte sie noch hinzu. Sie standen hinter der hölzernen Bande in der großen Reithalle. Die gesamte Anlage war aus den ehemaligen Scheunen und Lagerhäusern eines alten Gutshofs entstanden. Es gab neben der Halle und den Stallungen noch einen großen Abreitplatz in den Außenanlagen sowie Pferdeduschen und Infrarottrockner für die Tiere. Im angegliederten früheren Gesindehaus praktizierte mittlerweile ein angesehener Veterinär. Die elektrische Longieranlage, wo die Tiere einem Bügel hinterherliefen, statt selbst für den Achsantrieb zuständig zu sein, gehörte zu dessen Tierklinik. Das gesamte Gut lag malerisch in einem weiten Tal, stadtnah, der berühmten Bergkapelle zu Füßen. In der Mitte des Tales zog ein kleines Gewässer namens Ammer weite Schleifen in die Wiesen. Evelyn und Susanne hatten Beneikas Einladung angenommen, mit ihm einen Ausritt ins Gelände zu wagen, und schauten nun Evelyn beim Warmreiten in der Halle zu.

»Vorsicht, Eve!«, schrie Susanne plötzlich auf, fand aber gleich ihre Fassung wieder und atmete tief durch. Ein vorbeispringendes Kind mit wehender neongelber Jacke hatte Evelyns Pferd erschreckt. Der Fuchs hatte mit seinem Satz nur angedeutet, welche Kraft in ihm steckte.

»Wie du sagtest. Offensichtlich ein guter Sitz«, meinte Susanne erleichtert zu Reinhold und lachte.

»Siehst du. Das verlernt man einfach nicht. Jetzt machst du auch eine kleine Runde auf Joshi und dann gehen wir auf einen kleinen Ausritt«, freute er sich.

Susanne hatte den braunen Wallach, eigentlich das Pferd von Beneikas Tochter, schon gesattelt und aufgetrenst. Unruhig stand es in der Box und wieherte laut, als ein weiteres Pferd die Stallgasse entlanggeführt wurde. Reinholds riesige Stute von gut 1,70 Meter Stockmaß hörte auf den Namen Gitte. Ohne Aufstieghilfe schwang er sich in den Sattel. Susanne tat es ihm gleich. »Uiuiui«, entfuhr es ihr, »das ist aber etwas anderes als auf meinen Isländern damals.«

»Und wie fühlt es sich an? Viel Bauch zwischen den Beinen, was?«, meinte Reinhold. »Keine Sorge, der ist wirklich absolut anständig«, fügte er beflissentlich hinzu, als er Susannes besorgten Gesichtsausdruck bemerkte. »Du bist doch schon Großpferde geritten, oder?«, fuhr er fort.

»Blödmann«, sparte sich Susanne die weitere Antwort und folgte den beiden anderen auf den Reitplatz. Nach einigen Gangartenwechseln verließen sie Reinhold folgend das Viereck und ritten hinaus durch das Hoftor ins Gelände. Ziemlich sorglos in allem, der Reinhold, dachte Susanne und gurtete den Sattel noch einmal nach. Ulmen säumten den Weg neben der Ammer, und als Reitweg dienten zunächst die Ackerrinnen eines Traktors. Das kann ja was werden, fuhr es Susanne durch den Kopf.

Kurz vor einem großen Maisfeld querte eine kleine Brücke das Flüsschen, das sich hier gabelte, um einen Teil des Wassers zu einer alten Mühle zu leiten. Vom Wasserrad stand nur noch die Achse, einige Radschaufeln verwitterten flechtenbewachsen in der hohen Quecke. Unter dem Gefälle, dort, wo der Kanal vom fallenden Wasser tief ausgespült worden war, entdeckte Susanne zwei Forellen, scheinbar reglos vor einer kleinen Stromschnelle im Wasser stehend. Aus Rücksicht auf die Schreckhaftigkeit der Pferde unterdrückte sie den Wunsch, Eve ihre Entdeckung zuzurufen, um ihre Freude zu teilen. Der Wind fuhr durch die Felder, bog die grünen

Ähren und Halme wie Haare. Der Pfad öffnete sich zu einem sandigen Weg, und die Tiere wurden unruhig. Susanne gab Paraden und setzte sich tiefer in den Sattel. Ohne weiteres Zeichen ging Reinhold in den Trab über. Susanne legte nur leicht die Schenkel an den Bauch des Braunen und Joshi fiel ebenfalls in Trab. Sofort hatte sie den Rhythmus seines Gangs übernommen, alle Bedenken von vorhin vergessen und genoss das rhythmische Auf und Ab des Leichttrabens. Sie bewunderte Eves Rücken vor ihr auf dem Pferd, ihre breiten, kräftigen Schultern. Sie roch die Wiese, den Sommer, das Leder, sie spürte ihr Pferd unter dem Sattel, die Beine am warmen Pferdekörper und den rauen Zügel zwischen den Fingern. Der Boden wurde fester. Sie vernahm von vorne den Rest einer Frage und ohne weitere Hilfe ging ihr Pferd in den Galopp über. Nach der ersten Schrecksekunde hielt sie etwas mehr Abstand zu Evelyns Fuchs, duckte sich dicht an Joshis Mähne und nahm die ganze Kraft der Fortbewegung in sich auf.

Der Braune hatte einen unglaublichen Galopp, mit mächtig kräftigen Sprüngen. Susannes anfänglichen Verkrampfungen lösten sich nun vollständig. Sie fühlte sich eins mit ihrem Pferd. Wie in einem Rausch. Einem Rausch der Kraft, der Geschwindigkeit, der Natur, der Erinnerung an Momente der Jugend. Wie manche Songs Erinnerungen und Emotionen wieder auftauchen lassen, von denen man nicht mehr wusste, sie gekannt zu haben, tauchte die ganze Zeit ihrer Jugend wieder vor ihr auf.

Sie wünschte sich, ewig so zu galoppieren.

Ein Schotterweg kreuzte, Reinhold hatte die Hand gehoben, die Pferde gingen wieder Schritt. Evelyn und Reinhold wendeten sich zu ihr um. Beide strahlten, sie brauchten keine Worte. Die Pferde schnaubten zufrieden.

Tolle Pferde hast du!, dachte Susanne. Sie spürte sich eins mit sich und dem Pferd, war durch und durch glücklich. Joshi drehte ein Ohr nach vorne, das andere nach hinten.

Doch alle Lust will Ewigkeit, versuchte sie ihre Emotionen zu rationalisieren.

»Kommt ihr mit?«, rief Reinhold und stürmte, ohne eine Antwort abzuwarten, mit seinem Pferd über die frisch gemähte Wiese zur Kapelle hinauf. Susanne und Eve stürmten hinterher, als hätten sie die vergangenen Jahre nie mit dem Reiten ausgesetzt.

Später, gemeinsam beim Tee sitzend, leuchteten ihre Augen immer noch.

»Allerdings musst du neben dem nötigen Kleingeld auch noch die Zeit dazu haben«, gab Evelyn zu bedenken. »Wenn wir beide abends von der Klinik heimkommen, ist es meist schon stockdunkel. Und zu müde wäre ich dann auch«, fuhr sie fort.

»Ja, das stimmt schon«, gab Reinhold ihr recht. »Ich bekomme von meiner Tochter eben jetzt die Zeit zurück, die wir opferten, als sie noch klein war. Sie reitet täglich, oft noch mein Pferd dazu. Und sie macht es gerne. Und was die Finanzen angeht«, er zögerte, »da profitiere ich natürlich von den vielen Akademikerinnen, die jetzt nach Abschluss ihrer Ausbildung merken, dass es mit 35 nicht mehr ganz so problemlos geht mit dem Kinderkriegen. Aus anderen Gründen als bei euch beiden«, merkte er entschuldigend an und goss sich nach. Das brachte ihn wieder auf die Fährte.

»Ich habe mir das noch mal überlegt. Ich schlage vor, ihr beiden kommt demnächst einmal zu mir in die Praxis. Dann schaut ihr euch meine Spenderdatei an. Ihr werdet nicht enttäuscht sein. Das ist der beste Katalog, den ihr bekommen könnt.«

Susanne schaute Eve an und ihr wurde plötzlich ganz warm ums Herz. Schlagartig wurde ihr klar, dass sie nichts anderes wollte. Sie hatte sich festgelegt. Wie wenn ein Hebel in ihr umgelegt oder eine Schleuse geöffnet worden wäre. Die Entscheidung war ihr nicht mehr schwer gefallen. Nein, ganz spontan, ohne nachzudenken, womöglich nur aus ihrer guten Laune heraus, weil sie beim Reiten das Leben so im tiefsten Inneren gespürt hatte und ihr plötzlich klar war, dass der ganze berufliche Erfolg, all das Karrierestreben nichts waren, gemessen am Glück einer Familie, willigte sie ein. Willigte ein in Empfängnis, Schwangerschaft, Mutterschaft und Heirat.

Nur die Verquickung mit dem Segelausflug, diesen schnellen opportunistischen Haken hatte sie ihrem Ego noch erlauben müssen.

»Also gut. Nach dem Vortrag in Sarasota und dem Segelausflug mit Pete. Versprochen. Wir kommen vorbei. Nicht zuletzt, um den finanziellen Rahmen zu klären«, ergänzte sie lachend. Und zu Reinhold gewandt meinte sie: »Wenn bei dir jede Patientenakquise so läuft, verstehe ich jetzt, wozu die Pferde gut sind, oder, Eve?«

»Jedenfalls hat der Ausritt einen Sinneswandel bewirkt, den dir beizubringen ich nicht vermocht habe«, wunderte sich Eve über ihre Freundin.

»Trotzdem weiß ich nicht, ob ich deiner Segeltour mit Pete deshalb einfach so zustimmen kann«, setzte sie noch hinzu. Doch Susanne hatte die leichte Änderung in ihrer Haltung schon registriert. Wenigstens dem Kurztrip würde nichts mehr entgegenstehen. Das Weitere war dann sowieso nur noch Biologie.

So saß sie jetzt neben Pete im Flugzeug nach Atlanta und beobachtete die Flugbegleiterinnen. Lange hatte sie am Vorabend noch vor ihrem viel zu kleinen Kleiderschrank gestanden. Gerne hätte sie noch etwas Passenderes für die Reise gehabt als nur das dunkle, strenge Kostüm, das für jeden Vortrag herhalten musste.

Ich muss mir unbedingt bei Gelegenheit etwas Flottes zulegen, hatte sie sich für die USA fest vorgenommen.

Erst jetzt, im Flieger über dem Atlantik realisierte sie, dass Pete in seinem Anzug und sie selbst im Kostüm nahtlos ins Bild der eiligen Geschäftsreisenden passten.

Evelyns Einwände gegen ihren Ausflug waren nur noch schwach gewesen. Hatte Susanne doch der Gründung einer Familie zugestimmt, obwohl Susanne aus Rücksicht auf Evelyn sogar bereit gewesen wäre, den Segeltörn zu stornieren. Da Pete aber den Flug vorausschauend gleich mit Anschluss über London bis auf die Insel gebucht hatte, war ihr gar nichts anderes übriggeblieben, als dem zweitägigen Trip zuzustimmen.

So ganz durchschaute Susanne das Abrechnungssystem solcher Dienstreisen nicht. Mal musste sie als Referentin der Universität die Flug- oder Bahnreise selbst buchen und bezahlen, ein andermal führte ein Ticket der Pharmaindustrie erst dazu, dass ein Vortrag zusammengestellt wurde. Von ihrem Standpunkt aus hätte sie die Kosten lieber selbst übernommen, um sich damit von niemandem abhängig zu machen. Andere Mitarbeiter wiederum buchten erst eine Reise nach Australien und suchten dann einen Sponsor für ihren wissenschaftlichen Exkurs mit Themen für einige Vorträge.

Doch sie wollte nicht den ersten Stein werfen. Diesmal waren auch sie und Pete auf keiner reinen Vortragsreise. Dafür hätten sie auch reichlich unpassendes Gepäck mit dabei gehabt. Neben dem Trolley und der Notebook-Tasche hatten sie beide noch jeweils einen wasserdichten, prall gefüllten Seesack aufgegeben. Die Blicke der Mitreisenden bei der Gepäckaufgabe hätte sie filmen mögen.

»All diese Geschäftsleute. Das sind doch alles nur Dienstleister«, grübelte sie und wandte sich an Pete: »Erklär mir das mal, bitte. Die schaffen doch alle keine Werte. Fliegen zwar wichtig hin und her, geben viel Geld aus, aber wer schafft das Geld dafür an, wo entstehen die Werte?«

»Wir tun doch auch nichts anderes«, entgegnete Pete trocken. »Wenn du einen Patienten operierst, ist das noch ein wenig anders. Wenn du eine Katarakt versorgst, baust du eine neue Linse ins Auge. Die Wertschöpfung manifestiert sich im klaren Blick. So ist aber auch die Beratung eines Kranken, der dadurch gesundet, im weiteren Sinne eine Wertschöpfung. Meiner Meinung nach wird auch durch Dienstleistung ein Wert geschaffen. Letztlich vielleicht sogar nur ein ideeller. Nimm den Lehrer. Ist die Ausbildung von Schülern auf lange Sicht nicht wertvoll?«

»Ich weiß nicht, ob du da recht hast. Nicht jede Arbeit wird durch sich selbst zur Dienstleistung. Es kommt schon darauf an, ob ein Nutzen, eine höhere Ordnung erzielt wird. Auch wenn das eine Definition von Normen erfordert: Das Füllen eines löchrigen Eimers stellt doch keine Wertschöpfung dar. Verstehst du, was ich sagen will? Das Geld, das wir und die ganzen Geschäftsleute mit Köfferchen hier auf Geschäftsreisen verpulvern, muss doch irgendwo verdient werden«, insistierte Susanne.

»Vielleicht hast du vergessen, dass wir an der Uni Angestellte des Landes sind. Wir werden quasi direkt aus Steuermitteln bezahlt. Arbeiter stellen einen Gegenstand her. Durch den Gewinn beim Verkauf des geschaffenen Produktes bekommen alle anderen Dienstleister ihr Geld.« Reinhold betrachtete aus dem Fenster die Wolkendecke unter ihnen. Das Thema schien ihn nicht sonderlich zu interessieren.

Susanne gab sich zufrieden. »Wahrscheinlich sind deshalb meine Gutachten umsatzsteuerpflichtig geworden.«

Pete wandte ihr den Kopf zu und grinste: »Hm, da müssen wir nochmals bei diesem Philosophen aus Trier nachlesen, wie das genau war. Wo endet die Arbeit und wo beginnt die Dienstleistung? Kannte der den Begriff überhaupt schon?« Er erhob sich, soweit ihm das mit angewinkelten Beinen möglich war, und schielte über den Sitz des Vordermannes nach der Stewardess mit dem Getränkewagen.

»Einen interessanten Aspekt stellt auch die Frage dar, ob sich der Makler beim Verkauf eines Hauses nicht auch schon längst seiner Arbeit entfremdet hat.« Er ließ sich wieder ins Velours fallen. »Sicher scheint mir dagegen, dass auch der deutsche Arbeiter nur noch zusammensteckt und etikettiert, was in China hergestellt wurde – ganze Autocockpits, Rückbänke, Navi-Geräte. Wir in den Industrieländern klipsen die Fertigbauteile doch nur noch zusammen. Die wirklichen Werte werden in China geschaffen, die meiste Arbeit und Wertschaffung wird dort geleistet. Nur dass wir dafür den größten Gewinn einstecken, wenn die Autos und Computer schließlich verkauft werden.«

»Und was, wenn die chinesische Gesellschaft sich ebenfalls weiterentwickelt, der Lohn dort steigt und alles teurer wird?«, spann Susanne den Gedanken fort.

»Das wird eines Tages sicher so sein«, antwortete Pete. »Wie Japan auch kein Billiglohnland mehr ist oder Taiwan. Dann gibt es wieder Veränderungen für uns alle. Das können wir uns noch gar nicht vorstellen. Billigproduktion in China lohnt dann nicht mehr. Dann bleibt nur noch Afrika. Und die sind zu desorganisiert. Dann wird wieder vor Ort produziert werden, damit zumindest die Transportkosten gering bleiben. Wenn nämlich jeder Chinese sein Auto fährt, ist in einem halben Jahr sowieso das Öl alle. Oder wenigstens unbezahlbar geworden.«

Er schien sehr zufrieden über seine Erklärungen und Prognosen in Wirtschaftsdingen. Susanne sagte nichts mehr. Sie stand dem männlichen Sachverstand, insbesondere in Gelddingen, höchst skeptisch gegenüber. Seit ihr Bruder Ende der neunziger Jahre nicht nur seine gesamte Studienversicherung, sondern auch noch sein Erbteil verspekuliert hatte, wollte sie von riskanten Geldanlagen nichts mehr wissen. Sie hatte daraus gelernt, jeglichen Wirtschaftsprognosen zu misstrauen.

Beschleunigt hatte den wirtschaftlichen Niedergang ihres Bruders damals Tilmanns unerwarteter Aufstieg. Tilmann war ein Freund ihres Bruders und ein ehemaliger Schulkamerad Susannes, den sie ob seiner Kenntnisse in Mathematik und Physik ebenso bewundert hatte wie seiner Fähigkeit wegen, aus einer entscheidungsunfähigen Schulklasse eine Truppe mit gemeinsamen Zielen zu formen. Dieser Abiturient also hatte nach abgebrochenem

Jura- und BWL-Studium eine eigene Softwarefirma gegründet. Die juristische Fakultät hatte ihm nicht gelegen, und das BWL-Studium musste er abbrechen, weil er eine Dienstaufsichtsbeschwerde gegen seinen Professor eingelegt hatte. Dieser hatte ihn wegen Zuspätkommens aus der Vorlesung ausgeschlossen. Nach der Dienstaufsichtsbeschwerde, die natürlich namentlich erfolgen musste, hatte Tilmann allerdings den entscheidenden BWL-Schein bei ebenjenem Dozenten nicht mehr bestanden. Was ihn nicht zu sehr gegrämt hatte. Sein Nebenjob, das Schreiben von Programmen zur Zinsberechnung und die Verschlüsselung von Bankensoftware, trug ihm seinerzeit schon mehr ein, als viele seiner Kommilitonen Jahre nach dem Examen verdienten. Dennoch war seine erste eigene Firma ebenso in Konkurs gegangen wie die zweite. Dann hatte er durch seine Studentenverbindung einen fähigen Finanzwissenschaftler gleichen Alters kennengelernt, der es verstanden hatte, die allgemeine Aktiengier in den Neunzigern zu einer dritten Firma mit anschließendem Börsengang zu nützen. Aus den Anfangsbuchstaben der Firmengründer, ein Physiker war auch noch hinzugestoßen, entstand der sinnige Name ROBKAT. Fünf Jahre später war die ROBKAT AG nichts mehr wert, ihre Gründer dagegen dank rechtzeitigen Aktienverkaufs Multimillionäre. Viele andere Kleinanleger hatten dabei eine Menge Geld verloren. So auch Susannes Bruder.

»Er hatte wirklich geglaubt, an der Börse so viel Geld verdienen zu können, dass er in Kürze gar nicht mehr zu arbeiten brauchte. Es wurde dann aber nichts draus, aus dem süßen Leben«, resümierte Susanne die ganze Geschichte, während sie auf das Essen warteten.

»Ist doch gar nichts Verwerfliches dabei«, fand Pete. »Wer Geld an der Börse anlegt, muss immer den Totalverlust einkalkulieren. Höhere Gewinnchancen gibt es nun einmal nur gegen höheres Risiko. Am einen Ende der Skala liegt das Sparbuch, am anderen Ende balanciert das Roulette. Ohne die Börse gäbe es kein Geld für Firmengründer mit neuen Ideen. Bei den Banken brauchst du es als Erfinder und Wissenschaftler nicht zu versuchen. Das geht immer nur über private Investoren. Die leihen dir Geld, weil sie selbst darauf spekulieren, es bei einem Börsengang deiner Firma mit dicken Gewinnen zurückzubekommen. Für neue Fortschritt und neue Ideen braucht es die Börse. Da sind die Banken viel zu konservativ.«

Susanne musste ihm wieder recht geben. Nur zu frisch war noch die Erinnerung daran, wie sie bei ihrer Bank nach einem Kredit für ihre Praxis nachgefragt hatte.

Das Essen wurde serviert. Weißes, weiches Schnitzel mit Kartoffelpüree und zerkochten Paprika. Ohne Widerstand zerteilte die Gabel das Fleisch. Susanne fühlte sich an Fischstäbchen erinnert.

Pete flog jedes Jahr zum Treffen der amerikanischen Augenärzte nach Sarasota.

»Der günstigste Flug geht immer über Atlanta«, erklärte er ihr, ohne ein Wort über das Essen zu verlieren. »Ich versuche immer, nahe am Ausgang zu sitzen. Für den Anschlussflug nach Tampa gibt es nämlich nie genügend Plätze. Wenn du Pech hast, musst du zwei Stunden auf den nächsten Flug warten. In den USA läuft das wie bei uns am Busbahnhof. Wer zuerst weitercheckt, fliegt in der ersten Maschine mit.«

Genauso kam es auch. Nach der Landung spurteten sie durch die Gänge des Flughafens von Atlanta. Zunächst lagen sie gegenüber denjenigen, die auch in ihrem Flugzeug gesessen hatten, gut im Rennen, aber die Zollformalitäten bremsten sie wieder aus. Schließlich reichte es gerade noch, um den direkten Anschlussflug zu ergattern.

Die Maschine nach Tampa sah nur von außen neu aus. Innen offenbarten alte braune kunstlederbezogene Sitze, an den Kanten schon aufplatzend, die nonchalante Einstellung der Amerikaner zum Flugzeug als einem Fortbewegungsmittel unter anderen. Eine Sitzplatznummerierung existierte nicht. Susanne kam sich vor wie in einem betagten Reisebus. Und das alles nach mittlerweile sieben Stunden Reisezeit.

»Bist du noch nie mit einem Billigflieger geflogen?«, versuchte Pete die von ihm gewählte Linie zu verteidigen. »Da ist es nicht anders. Frauen und Kinder zuerst.«

»Kennst du eigentlich eine Statistik, nach der Billigflieger häufiger abstürzen?«, offenbarte Susanne ihre eigentliche Sorge.

»Nur die von Dustin Hoffman aus ›Rainman‹: Qantas! Ist dir aufgefallen, wie viel in diesem Film aus Wim Wenders ›Paris, Texas‹ geklaut war? Nein, im Ernst, ich kenne keine solche Statistik. Für aussagekräftige Daten ist sicher auch die Zeitspanne seit dem Aufkommen der Günstig-Airlines zu kurz.« Er grinste wieder.

Schließlich verlief aber auch der letzte Teil der Reise ganz komplikationslos und sie landeten wohlbehalten in Florida. Der Flughafen Tampa hätte zu Stuttgart nicht gegensätzlicher sein können. Überall standen Urlauber herum, schlenderten Abholer, braun gebrannte Reisebegleiter und geduldige Taxifahrer durch die Hallen. Lange Reihen Mietwagenschalter mit freundlichem Personal reihten sich im hinteren Bereich des Airports aneinander. Warteschlangen gab es keine. Sie bekamen ihre Schlüssel und Fahrzeugpapiere ausgehändigt. Feucht schlug ihnen am Ausgang die warme Luft Floridas entgegen. Die Klimaanlage in ihrem Fahrzeug war ein Segen. Susanne lümmelte sich in den weichen Beifahrersitz. Über eine riesige spiralförmige Rampe fuhren sie aus dem Parkhaus. Das Auto verriegelte selbstständig. »Nicht alle Gegenden hier sind besucherfreundlich«, kommentierte Pete. »Es soll Autobahnausfahrten geben, von denen man nie zurückkommt.«

»Du meinst die zum Hotel California. Die nehmen wir jetzt, bitte. Auch ohne Spiegel und Kir Royal, ich brauche nur eine Dusche und ein Bett.« Susanne war erschöpft.

»Geht in Ordnung. Ich setze dich im Hotel ab und fahre dann noch unsere Kongressausweise holen, damit es morgen nicht zu knapp wird.«

»Jetzt erinnere mich doch nicht an morgen. Ich habe das Thema bis eben erfolgreich verdrängt und hatte schon angefangen, mich wie im Urlaub zu fühlen!«

Später stand sie in einem weißen Frottierbademantel, den das Logo jener Hotelkette zierte, die auch schon am Stuttgarter Flughafen den noch dunklen Morgenhimmel erhellt hatte, vor ihrem Computer und sprach Bild für Bild den Vortrag noch dreimal so durch, wie sie es für den morgigen Tag geplant hatte. Selbst englische Redewendungen für etwaige Fragen legte sie sich zurecht. Als sie ins Bett ging, war es wegen der Zeitverschiebung zu spät, um noch bei Eve anzurufen; obwohl die Sonne eben erst unterging. Trotz aller Strapazen war sie aufgeregt. Würde sie alle Fragen richtig verstehen? War ihr System wirklich mit dem amerikanischen kompatibel? Susanne konnte nicht einschlafen. Sie wälzte sich von einer Seite auf die andere. Auf dem Nachttisch informierte eine Hochglanzpyramide aus dünnem Karton über das TV-Programmangebot. Warum wohl in jedem Hotel für wenig Geld so ein pornografischer Schindluder auf Video zu kaufen war?, fragte sie sich. Das musste doch bedeuten, dass die Männer so etwas häufig ansahen. Obwohl genug kostenlose Kanäle zur Verfügung standen. Die Vorstellung, dass alle Geschäftsleute mit ihren gut sitzenden Anzügen, die heute morgen so wichtig ihren Weg gekreuzt hatten, jetzt nackt in ihren Betten lagen und onanierten, amüsierte sie. Andererseits, so als Einschlafhilfe? – Sie lächelte. Schon komisch, dass die Männer einen Film dazu brauchten.

»Na, gut geschlafen?« Pete sah ziemlich zerknittert aus. In dem frostig klimatisierten Frühstücksraum mit den großen Fenstern war ein riesiges Frühstücksbuffet aufgebaut. Susanne dachte an die Videos und lächelte Pete an.

»Wow. Das reicht ja bis zum Abendessen. Ich fürchte nur, ich kann vor meinem Vortrag gar nichts essen.« Sie war noch leger gekleidet. Sie wollte ihr einziges Kostüm nicht beim Frühstück ruinieren.

»Nur affenkalt hier drin. Wo steht denn der Kaffee?«

Durch die bauchige, randvolle gläserne Kanne auf der Wärmeplatte der Anrichte schien das Licht hindurch.

»Ich warne dich. Der schmeckt noch dünner, als er aussieht.« Pete hatte sich Rührei und Würstchen auf den Teller geschaufelt.

»Dort hinten gibt es einen Automaten als Alternative. Nimm am besten einen doppelten Espresso, das kommt einem Frühstückskaffee am nächsten.«

Am Tisch gingen sie die möglichen Kommentare und Gegenfragen, die später beim Vortrag eventuell auftauchen könnten, nochmals durch.

»Nimm dir einen Schal mit oder etwas Ähnliches. Im Saal ist es noch kälter. Hier am Rande der Karibik gilt eben ein kühler Raum als Luxus. Außerdem ekeln sich die Amerikaner vor dem Schwitzen, glaube ich.«

»Ich bin doch nicht mit meiner Mutter unterwegs, deine Fürsorge rührt mich«, reagierte Susanne auf Petes Kleidungsvorschlag. »Lass uns aufbrechen. Wir treffen uns in einer halben Stunde wieder hier unten.«

Am heutigen Vormittag waren für die zwei Stunden zwischen neun und elf Uhr 14 Vorträge gemeldet. Fünf Minuten Redezeit wurden jedem zugestanden. Am Ende jeder Vorstellung war eine Diskussion vorgesehen. Dateiformat und Datenträger waren vorgegeben und mussten spätestens eine halbe Stunde vor Beginn abgegeben werden. Außenstehende erinnerte der Ablauf daher gelegentlich an die Wechselzone im Triathlon. Manche Referenten hatten bis zu drei Vorträge gemeldet. Susanne konzentrierte sich und fühlte sich ruhiger werden. Sie hätte viel lieber über ihre eigene Arbeit berichtet. Es lag ihr nicht, über Dinge zu referieren, von denen sie nichts verstand. Lieber sprach sie eine halbe Stunde frei über Stammzellen, als hier die Vorgaben zu erfüllen. Hatte sie sich bislang noch als Mitläuferin gefühlt, die mit schlechtem Gewissen ungenügend vorbereitet die Anweisungen ihrer Chefin erfüllte, so verstand sie die Veranstaltung plötzlich als das, was sie war. Ein Schmierentheater. Aufgeführt von lauter Lemmingen, der Sinnlosigkeit ihres Tuns gar nicht bewusst. Einer nahm sich wichtiger als der andere. Wo war eigentlich die Chefin? Richtig, vorne, in der ersten Reihe, neben der Mumie, ihrem amerikanischen Freund und Kollegen. Der Spitzname war ihm dank seines Aussehens zugeflogen. Susanne war nahe daran, den Saal zu verlassen. Aber abgesehen davon, dass ihr das als Vortragsangst ausgelegt werden würde, was nun definitiv nicht zutraf, würde das Pete in größere Schwierigkeiten bringen. Sie musste da durch.

Sie stellte sich unten am Podium an, trat gelangweilt an das Pult, als sie dazu gebeten wurde, und ließ sich Zeit. Betrachtete die gut gefüllte Vortragshalle von oben und wartete. Wartete noch ein wenig länger. Formulierte den ersten Satz in Gedanken vor, um erst, als die Aufsicht ungeduldig auf die Uhr zeigte, zu beginnen. Ruhig, ohne viele Handbewegungen, las sie nun Wort für Wort vom Bild ab, nahm nebenbei das überwiegend gelangweilte Publikum wahr, ihre tuschelnde Chefin, die Alte neben der Mumie, die aufgeregten amerikanischen Jungkollegen. Jetzt kam schon das letzte Dia vom Beamer. Fragen gab es keine, der nächste trat an. Auf dem Weg zu ihrem Platz ging sie an Frau Professor Zunder vorbei, die an ihr vorbeisah, so gab Susanne selbst vor, sie nicht zu beachten. Pete wollte noch die Diskussion abwarten, aber sie hatte genug. Hätte doch wenigstens einen Kommentar abgeben können, die Alte. War kein Kommentar schon Lob genug? Oder gar das Auslaufen ihres Vertrages soeben beschlossen worden? Die kleine offene Hintertür versprach Freiheit und Unabhängigkeit, dahinter lag der Urlaub. Die Tür zog sie magnetisch an. Susanne verließ den Saal, schwüle, dampfige Luft schlug ihr entgegen. Zum Zentrum waren es zu Fuß zehn Minuten. Die Haut hatte sich wohl schon von den Fersen gelöst, als sie dort ankam, so stark schmerzten ihre

Fersen. Die Schuhe würde sie auch entsorgen müssen. Außer ihr war bis hierher kaum jemand zu Fuß unterwegs gewesen. Sie setzte sich in ein Café und betrachtete die Menschen in der Shopping-Meile. Touristen überwiegend, am schlendernden Gang erkennbar, Mütter mit kleinen Kindern und großen Einkaufstaschen. War das normale Leben nicht sinnvoller als ihr eigenes Tun? Was war das alles für ein Schwachsinnstheater. Für nichts und wieder nichts als eine sinnlose Reputation. Aber was war schon normal? Mit jedem ihrer Gedanken stieß sie an die Sinnfrage. Womit sich zu beschäftigen sie schon in der Schulzeit aufgegeben hatte. Sie beneidete die Mütter mit den schreienden Kindern an der Hand um ihre tägliche Sorge um das anstehende Mittagessen und freute sich über ihre Vereinbarung mit Beneika. Hoffentlich würde alles gut gehen. In der Tasche klingelte ihr Handy. Es war Pete. »Wo finde ich dich?«, wollte er nur wissen. Sie erklärte es ihm. Wenig später entstieg er einem Taxi. »Du warst doch klasse, was ist denn mit dir los?«, kam er auf sie zu. »Warum bist du abgehauen? Das war doch eine prima Vorstellung, besser kann man es gar nicht machen! Und wie ruhig du warst, wie du gewartet hast, bis alle geschwiegen haben. Einfach selbstsicher. Ganz die Wissenschaftlerin.«

So unterschiedlich waren also die Bilder, die man selbst von sich und die anderen von einem hatten. Susanne verwarf die Idee, ihre Zweifel zu schildern. So arbeitete eben jeder an seiner Außendarstellung. Pete war in erster Linie Operateur, kannte den anderen Zirkus aber und nahm nur teil, wenn es sich nicht vermeiden oder mit angenehmen Dingen verbinden ließ. Wahrscheinlich hatte er längst aufgehört, sich darüber Gedanken zu machen. Jetzt jedenfalls war die Pflicht beendet.

»Und wo fahren wir jetzt hin?«, wollte Susanne wissen. Der Flieger ging erst morgen Abend. Pete ging nicht darauf ein. Ein Wahlplakat hatte seinen Unmut entfacht.

»Schau dir nur die Amis an.« Der Franzose in ihm erwachte. »Predigen täglich Demokratie, Freiheit, Ehrlichkeit. Und dann wird der Sohn vom Präsidenten wieder Präsident und die Gattin vom Präsidenten strengt sich an, es ihm gleich zu tun. Dabei verrecken hier die Kranken und die Armen müssen stehlen. Und ein gedopter Ami-Radler nach dem anderen will unsere *grande boucle* dominieren. Wir sollten sie von der Tour ausschließen.« Er wandte sich ihr zu. »Was wir jetzt machen? Zieh dich um und komm mit, wir fahren auf die Keys.«

Macho, dachte Susanne.

Die Fensterscheiben nach unten gefahren, ein Arm draußen in der Sonne, fuhren sie förmlich über das Meer. Stahlblau wölbte sich der Himmel über ihnen, nur am Horizont trennten ihn reinweiße Wolkenberge vom türkisfarbenen Wasser. Pelikane segelten, ihre Geschwindigkeit haltend, auf gleicher Höhe nebenher. Der Highway, in weiten Teilen einer Brücke gleich einfach ins Meer gestellt, die kleinen Sandinseln verbindend, vermittelte ihnen die Illusion, über den kleinen Wellen zu fliegen. Susanne saß am Steuer, genoss den Wind im Haar und die Sonne auf dem Arm, fühlte sich entschädigt für Flug, Arbeit und die lange Autofahrt. In Gedanken war sie ein Pelikan, schwebte mit ihnen. Schade, dass Eve nicht dabei war.

Pete fühlte sich offenbar eher Hemingway verbunden.

»Da vorne, das ist Honda Island, lass uns da rausfahren, ich brauche jetzt einen Cocktail. Campari Orange zum *sundown*.«

Das Inselchen bestand in Susannes Augen zunächst nur aus einem großen, von Mimosen gesäumten Parkplatz. Sie wäre gerne noch weitergefahren. Doch der Strand, zu dem sie die wenigen Schritte vom Parkplatz zu Fuß von zahlreichen kleinen Schildern geleitet wurden überwältigte sie. Im Farbverlauf der untergehenden Sonne lag über der spiegelnden, glitzernden Wasseroberfläche ein winziges Inselchen vor einer Bucht. Kokospalmen überdachten den weißen Sand. Das warme, flache Wasser, in dem sie wenig später mehr lagen als schwammen, wiegte sie sacht.

»Vielleicht nehme ich nachher doch lieber einen Baccardi. Wegen des großen Fisches«, kommentierte Pete knapp.

Susanne sagte nichts. Schweigend sammelte und speicherte sie die Eindrücke. Salzgeschmack, Palmen, Sand, Erschöpfung und Entspannung. Für schlechte Tage, dachte sie. Und für Eve, die ihr seltsam fern erschien, ferner noch als der Atlantik weit.

Später im Motel, das Auto wie im Film ebenerdig vor den Zimmertüren geparkt, tippte sie schlechten Gewissens über die schönen Stunden eine SMS: Vortrag erledigt und Florida zu heiß, Pete ein französischer Macho. Denke fest an dich. Kaum versandt, befielen sie Zweifel, ob nicht Petes Erwähnung Eifersucht schürte. Das war der Nachteil elektronischer Post. Sie würde Eve morgen besser einen Brief schreiben, widmete sie ihr die letzten Gedanken vorm Einschlafen.

S chon mal auf einem Boot geschlafen?«
Wasserblaue Augen lachten sie unter ausgeblichen blonden verfilzten Haaren an.

»Nein. Primärerlebnis«, lachte sie zurück.

»Reiterin?«

»Woran siehst du das?«

»Sicherer, O-beiniger Stand an Bord.«

»Danke. Und, wo ist der Schlafplatz?«

»Schneller als die Engländerinnen beim Thema. Anerkennung. Wir können nach vorne gehen.« Der Breitschultrige im blauen Seemannspulli zeigte ihr das Vorderschiff.

»Ich sprach im Singular. Das da ist eine Doppelkoje.« Susanne wies auf die Matratzen im Bug des Schiffes. Offensichtlich lag man mit dem Kopf gegen die Fahrtrichtung, die Beine verschwanden unter einer nur 20 Zentimeter Spielraum gewährenden Ablage.

»Kleiner Test. Hätte ja sein können, ihr gehört zusammen.« Er nickte mit dem Kopf in Petes Richtung. Sein sympathischer schweizerdeutscher Tonfall stimmte sie freundlich, trotz seines Imponiergehabes.

»Dann bleiben wir hier und lassen die Dicken vorne ratzen. Schlaf ist sowieso nicht geplant bei der Wettervorhersage.«

Susanne hob die Augenbrauen. War das jetzt auch Imponiergehabe?

»Wo liegen meine Aufgaben?«

»Oh, das besprich mal lieber mit dem Skipper. Ich würde sagen: Vorschot, Kurs und Mund halten.«

»Gut, das reicht jetzt. Wir zahlen für den Trip. Wie heißt du eigentlich, was für eine Seglerausbildung kannst du vorweisen?«

»Ich bin der Sven. Schon auf dem Boot groß geworden. Und selbst?«

»Susanne.«

»Nein, ich meine die Ausbildung.«

»Ich bin Augenärztin und beschäftige mich mit Stammzellen.«

Sven pfiff durch die Zähne. Als Pete herunterkam, mussten sie schon auf der Sitzbank am Tisch zusammenrücken.

»Unsere Sachen sind vorne im Stauraum. Hallo, ich bin der Pete.« Er schüttelte Svens Hand.

»Das ist Sven. Verteilt die Schlafplätze und kocht sonst«, stellte Susanne den Surfer vor, bevor dieser etwas sagen konnte. Jetzt steckte Gilliatt seinen Kopf in die Kajüte.

»Lauter Krauts hier unten. Mit mir müsst ihr englisch reden. Und die Kajüte ist nur zum Essen und Schlafen da. Kommt rauf, ich erkläre euch das Boot. Mach du mal Tee, Sven.«

Susanne kletterte mühsam wieder ans Licht. Schlagartig holten sie die Strapazen der vergangenen Tage ein. Wie viel lieber wäre sie jetzt wieder zu Hause bei ihren Zellen als diesen eingebildeten Leittieren hier auf einer Nussschale ins offene Meer zu folgen. Warum hatte sie eigentlich keine Sekunde daran gedacht, zu fragen, in welchen Gewässern die Reise stattfand? Nach dem karibischen Blau und seiner Wärme waren der Nebel und die Kälte hier eine herbe Enttäuschung. Ärmelkanal – war das noch Atlantik oder schon Nordsee? Beides hörte sich kalt und stürmisch an.

»Gut, dass wir wenigstens nicht Kap Horn umrunden«, versuchte sie einen Scherz.

»Ja«, antwortete Gilliatt trocken, »bei uns sind die Haie harmloser.« Er erklärte Pete gerade die Funktion des Autopiloten, als ein unwillkürlicher Fluch seine Ausführungen unterbrach.

»Sorry, aber der Geber hier ist gebrochen.« Er überlegte einen Moment. »Besser kein Risiko eingehen. – Sven!« Er brüllte unnötig laut in die enge Kajüte. »Ist der Tee fertig? Gib mal drei Tassen hoch.« Sven hatte sich offensichtlich schon bedient, denn er hielt bereits einen Becher in der Hand. »Du sollst nicht schon wieder Pause machen. Schau mal. Bau mal diesen Geber aus und besorge bei Williams, du weißt schon, der Marine-Shop hinter der Kirche, Ersatz. Er soll es auf meine Rechnung setzen.«

Susanne schwante Böses.

»Sag mal«, flüsterte sie zu Pete, »hast du den Trip im Preisausschreiben gewonnen?«

»Ach was«, beschwichtigte dieser. »Das hast du bei jeder Ausfahrt. Ist halt nicht alles so wie beim Auto.«

»Aha. Nur, dass wir nicht zum Einkaufen, sondern aufs offene Meer fahren wollen.« Susanne begann sich über ihre drei Begleiter und die beschwichtigend maskierte Risikobereitschaft von Männern im Allgemeinen aufzuregen.

»Ich dachte, auf dem Meer hätte die Sicherheit Vorrang. So wie im Flugzeug beispielsweise.« Noch mehr ärgerte sie sich über ihre eigene Bereitschaft, sich dem wider besseres Wissen zu fügen. Sie fühlte sich unendlich erschöpft.

»Ich leg mich mal ein Stündchen aufs Ohr. Wo ist eigentlich die Dusche?« Pete und Gilliatt sahen sich an. Gilliatt reagierte als Erster. »Dort vorne, neben dem Hafenbüro. Das Schiff verfügt nur über eine Nasszelle mit WC. Im Hafen werden die Sanitäranlagen an Land benutzt.«

Susanne verspürte keinerlei Lust, jetzt auch noch ihren Seesack rauszusuchen, nach vorne zu marschieren und für die Herren die Dame zu markieren.

»Okay. Dann lege ich mich eine Weile vorne ab, bis ihr das Ding repariert habt.«

Die Koje war erstaunlich kuschelig. Ein kleines Fenster lag direkt über dem Niveau des Wassers und verwundert stellte sie fest, dass ihre Beine nach oben nicht mehr Platz brauchten, als der Planer vorgesehen hatte. Die Wellen schaukelten sie sanft, im Nu war sie eingeschlafen.

Sie erwachte, als sich im Dunkeln ein Mann umständlich neben ihr entkleidete. Im Halbschlaf noch ertappte sie sich, wie sie seinen kräftigen Rücken bewunderte. Fast hätte sie ihre Hand ausgestreckt.

»Ich dachte, die Dicken schlafen vorne.«

Verdutzt drehte Sven sich um. Sein ohnehin schon breiter Mund lächelte noch ein bisschen breiter.

»Wenn du dich nicht an die Absprachen hältst, kann ich doch nichts dafür. Wie kann ich dir helfen?«

»Gar nicht. Lass mich mal raus.« Sie bahnte sich einen Weg über die eingerollten Leiber mittschiffs. Schwarz lag das Wasser unter ihr, als sie über den Steg schritt. Der feste Boden an Land kam ihr seltsam hart vor. Die Lichter der Stadt führten zu einem diffusen Leuchten des Himmels über ihr. Tief sog sie die Luft ein.

Riecht besser als in Florida, dachte sie. Irgendwie frischer. Feucht ist es auch, aber statt Schwüle fällt der Dampf als Nebel aus. Hat was. Finde ich sogar schöner. Eine Fledermaus huschte in engen Kurven dicht über die Hafenanlage, zwischen Masten hindurch und verschwand. Susanne duschte noch, entschied sich dafür, ihr Hemd zum Schlafshirt zu machen und hielt das um die Hüfte gewickelte Handtuch fest, als sie vom Steg vorsichtig wieder aufs Boot balancierte. Leicht wich es ihrem Schritt aus, und das Schwanken kitzelte in ihrem Bauch.

Gefällt mir doch ganz gut, dachte sie.

Aber doch mehr Stall als Schiff, kam ihr in den Sinn, als sie sich leise über die schnarchenden Männer ins Vorderdeck begab, sich wundernd, keine Abneigung gegen die Nacht in der Koje zu entwickeln.

Sie erwachte mit dem Blick auf strahlend grünes Wasser, sanft spiegelnd, wie von unsichtbaren Strahlern an- und abgeschaltet, dunkel schwappend, direkt an ihr Ohr glucksend. Eine Weile lag sie so, die neue Wahrnehmung in sich aufsaugend. Ein bedeckter Himmel ließ in kleinen Lücken kurz einige Strahlen aufflammen, die sie indirekt blendeten, die Koje aufhellten. Der Fremde in ihrem Rücken schien noch zu schlafen, und sie verspürte keine Neigung nachzusehen, ob das auch stimmte.

»Endlich mal ein wenig Sonne!«, wurde sie eines Besseren belehrt. »Zehn Tage hatten wir nur Nebel!« Sven drehte sich um und lachte ihr direkt ins Gesicht. So genau hatte sie sich das mit dem Leben an Bord vorher gar nicht ausgemalt. Gut auch, dass Eve sich bestimmt nicht vorzustellen vermocht hatte, wie eng, wie dicht hier beieinander geschlafen wurde. Es klopfte. Pete streckte seinen strubbeligen Kopf herein, ein feiner Stoppelbart gab ihm ein ungewohnt grimmiges Aussehen.

»Der Tee ist fertig. Kaffee gibt's bei diesen Engländern wohl keinen. Dafür wunderbares Baguette und *Croissants comme chez nous*! Deinen Seesack habe ich übrigens mitgebracht.«

»Super, danke. Mach die Klappe zu, ich komme gleich«, antwortete sie. Im Liegen, sehr an Zeiten im Zelt erinnert, zog sie sich an, schlüpfte in der Beckenbrücke, nur auf Schulterblättern und Ferse liegend, in die Hosenbeine hinein.

Das Außendeck bot Platz für einen kleinen Klapptisch. Gilliatt besprach den Tagesablauf.

»*Well*, wir trainieren erst einmal, im Windschatten der Insel, dort, wo auch die Dünung nicht so stark aufläuft. Wenn alle Handgriffe sitzen, und damit rechne ich, geht es dann gleich weiter, Richtung Kontinent. Ihr befindet euch auf einem kleinen, aber feinen Boot. Einem Rennboot unter den Seglern dieser Länge. Da wir keinen Kiel mitschleppen müssen, beschleunigen wir enorm schnell. Dafür müssen wir aber auch mit größerer Abdrift rechnen. Das Schwert, das der Drift nicht ganz so viel Widerstand wie ein Kiel entgegensetzen kann, ist bei Untiefen oder Ebbe dafür vollständig einziehbar. Womit wir die kleinsten und heimlichsten

Buchten der Inseln anlaufen können.« Er lächelte verschmitzt ob der Qualitäten seines Schiffes. »Der Rudergänger, also der Mann oder die Frau am Steuer, muss Kurs halten und auf Hindernisse wie andere Boote, Treibholz und Klippen achten. Da wir über Radar verfügen, könnt ihr euch auch nur nach den Instrumenten richten und den Kurs am Rechner überprüfen. Auch sollte ich nicht vergessen, die Klippen und Untiefen zu erwähnen.« Er kletterte nach vorne.

»Vorsicht, wenn möglich, bitte nicht auf meine Solarzellen treten. Kommt mal mit.« Er zeigte ihnen, wie die Leinen geführt wurden, ließ Sven das Großsegel hissen, und demonstrierte, wie das Vorsegel, die große Genua, korrekt verstaut wurde. Es folgte eine Übung zum Sichern und Anleinen in Gurt und Karabiner bei starkem Seegang. Mittlerweile hatte es zu regnen begonnen.

»Alles klar? Dann folgen jetzt der Abwasch, noch ein kurzes Briefing und ein letzter Tee, bis das Wasser die ausreichende Höhe hat, und dann laufen wir aus.« Susanne fand den Skipper ziemlich wichtigtuerisch, aber Petes Augen funkelten.

»Was sagst du zu dem Wind?«, fragte er den Skipper, nachdem sie den Kajütentisch ausgeklappt und die Reste des Frühstücks mit hineingenommen hatten. Pete hielt den Becher mit dem kräftigen, bitteren Schwarztee mit beiden Händen fest umschlossen.

»Sehr gute Frage. Das kommt jetzt. Den Wetterbericht bekommen wir immer über Mittelwelle, oder, wenn du nicht so lange im rauschenden Broadcast suchen willst –« »Wieso Brotkasten?«, unterbrach Pete den Skipper.

Gilliatt schaute ihn verständnislos an, Sven hätte fast seinen Tee vergossen und gluckste prustend, Hilfe kam von Susanne: »Broadcast, Pete, er meint das Radio.«

Dieser reagierte alles andere als beleidigt.

»Man lernt nie aus. Also, was sagt dein Brotkasten?«

»Hier im Hafen gehe ich über WLAN ins Internet und habe den Bericht noch komfortabler. Da brauche ich kein Radio.« Er spielte mit den Fingerspitzen auf dem Mauspad. »Uns erwarten also«, er zeigte auf den Bildschirm unten in der Kajüte, »vier bis fünf Windstärken aus Nordost, leichte See bei kalten Luftmassen, eventuelle Nebelfelder.«

Nebel konnte schnell auf die Stimmung schlagen. Susanne erinnerte sich an einen Ferienaufenthalt an der amerikanischen Westküste. Ein Schüleraustausch hatte sie dorthin verschlagen, wo sie nach einigen Tagen nur noch im Bett hatte liegen bleiben wollen, so grau in grau war dort die Welt gewesen, statt der erhofften Frühlingstemperaturen. Warme Luft speicherte mehr Feuchtigkeit als kalte. Traf sie auf die kalte Meeresoberfläche, kondensierte sie zu dichtem Nebel. Oder war es umgekehrt? Kalte ankommende Luftmassen prallten auf die feuchtigkeitsgesättigte Warmluft und ließen das Wasser als Nebel auftreten? Beide Möglichkeiten schienen ihr plausibel. Wie war das als Brillenträger? Beschlug nicht das Brillenglas beim Eintreten ins Warme, wenn man aus der Kälte kam? Doch dieser Vergleich hinkte, überlegte sie sich weiter. Das Brillenglas an sich konnte im Gegensatz zu den Luftmassen keine Feuchtigkeit mitbringen. Einen Moment lang spielte sie mit dem Gedanken, die anderen zu fragen. Jeder der Männer hätte im Brustton der Überzeugung eine Antwort gehabt. Allein, geglaubt hätte sie diese noch lange nicht. Sie würde sich ein andermal darum kümmern. So ganz ungefährlich war die Sache mit dem Nebel sicher auch nicht. Gilliatt schien seinem GPS mehr zu vertrauen als sich selbst. Und von Untiefen und Klippen hatte Sven gesprochen. Ob das Navigationsgerät auch den extremen Tidenhub mit einberechnete? Sie bereute aufs Neue, sich nicht etwas genauer über die Freuden eines Urlaubes auf dem Segelboot informiert zu haben.

»Das bedeutet, wenn wir nach Jersey wollen, müssen wir kreuzen«, ergänzte Sven zu Susanne gewandt Gilliatts Ausführungen.

»Was heißt kreuzen?«, fragte sie nach. An den Augenaufschlägen von Gilliatt und Sven bemerkte sie, dass sie sich spätestens jetzt als nicht Segelkundige geoutet hatte.

»Wir können nicht gegen den Wind segeln«, erklärte ihr Gilliatt freundlich. »Es ist nicht so, dass der Wind nur von der Seite ins Segel fällt und das Schiff schiebt. Vielmehr profiliert die anströmende Luft, der Wind, die Wölbung des Segels, erzeugt wie ein Flügel einen Unterdruck auf der konvexen Seite. Dieser zieht uns förmlich vorwärts, dadurch kommen wir in Fahrt.«

Susanne überlegte kurz. »Dann können wir umso steiler am Wind segeln, je schneller wir sind, richtig?«

Jetzt war Sven wirklich verblüfft. Gilliatt wirkte ebenfalls überrascht, und es war ihm anzusehen, wie er überlegte, ob sie ihn nur auf die Probe hatte stellen wollen.

»Ja, richtig. Da sich der Wind, mit dem wir fahren, aus dem tatsächlichen Wind und dem Fahrtwind zusammensetzt, ist das so richtig.«

»Und wie ist das mit der Abdrift beim Kreuzen?«, fragte Pete nach.

»Genug theoretisiert. Das wird schon hinhauen. Zur Not brauchen wir zwei Schläge mehr. Sven, bereite mal das Groß vor!«

»Die Schläge kriegt er gleich ins Kreuz«, flüsterte Sven in Susannes Richtung, und sie beschlich das Gefühl, er könne seinen Blick piratengleich einhaken, auch wenn er ihr heute morgen etwas blass vorkam.

Gilliatt warf den Motor an und die Dragonfly verließ den Hafen. Vorbei an dem kanonenbewehrten Kastell mit seinen moosbewachsenen Mauern, vom Wasser aus den Blick freigebend auf Svens Wanderpfad und, weiter hinten, auf die kleine, golden schimmernd unter den Klippenfels geduckte Bucht. Jetzt stellte Gilliatt den Motor ab, drehte das Boot leicht aus dem Wind heraus, das Segel füllte sich, hörte auf zu schlagen und der Trimaran nahm Fahrt auf. Während Pete sich von Gilliatt als Rudergänger einweisen ließ, lernte, den Kurs zu halten und zu korrigieren, erklärte Sven Susanne die Funktion der Winsch an Hand des Setzens der Genua, des großen Segels vor dem Mast. Gemeinsam legten sie die Leine, die das hintere untere freie Ende des Segeldreiecks fixierte, um die Rolle.

»Wenn du jetzt ziehst, nutzt du die Arretierung der Winsch und die Vorschot, wie das hier heißt, kann nicht zurückrutschen. Je straffer die Schot, desto weniger bauchig das Segel. Es sollte immer gerade so gespannt sein, dass es nicht schlägt und flattert, nicht killt, wie man sagt. Zudem gilt wenig Bauch bei starkem Wind, viel Bauch bei schwachem. Und wenn du es leichter willst, nimmst du die Elektrik.« Kurz hatte er gezögert, ihr diesen Trick auch noch zu offenbaren.

»Kopf runter!«, brüllte Pete plötzlich.

»Das heißt hier: Klar zur Wende!«, korrigierte Gilliatt. »Wenn deine Vorschotfrau dir antwortet: Klar!, dann kommt die Wende.«

»Klar!«, rief Susanne durch den Wind. Sven beeilte sich, die Vorschot zu lösen. Gilliatt grinste zufrieden.

»Rhe!«, kam es vom Ruder. Der Kurs änderte sich um 45 Grad. Großsegel und Genua flatterten kurz, der Bug der Dragonfly wanderte durch die Position,s aus der der Wind kam, mit einem Knall füllten sich die Segel wieder. Der linke Ausleger tauchte kurz, bis das Boot wieder Fahrt aufgenommen hatte. Sie spürte den Wind auf Haut und Haaren, den Salzgeschmack auf den Lippen. Gelegentlich blinzelte die Sonne durch den sich lichtenden Nebel. Sie vernahm das Glucksen des Wassers am Rumpf, seinen hohlen Widerhall in der Kajüte, genoss die gleichmäßig schaukelnde Bewegung des Bootes, sah plötzlich Eve auf dem Pferd reitend vor sich und fühlte sich stark und selbstbewusst. Schlagartig wusste sie, was sie entbehrt hatte, all die Tage und Nächte unter Neonlicht über die Linoleumgänge der Klinik streifend.

»Das klappt ja alles bestens mit meiner neuen Mannschaft! Ich erkläre die Trainingseinheit für beendet! Auf, zu neuen Ufern! Pete, nimm Kurs auf die Kreuz nach Jersey!« Gilliatt verschwand im Bauch seines Schiffes. Sven streckte sich unter völliger Missachtung der Solarzellen auf dem Vorschiff aus. Träumend folgte Susanne den Seemöwen, die sie, auf Nahrung hoffend oder einem Spieltrieb folgend, seit dem Hafen begleiteten. Suchte sie Jonathan, als der sie sich fühlte, hin und her gerissen zwischen den Aufgaben und Normen der Gemeinschaft? Zwischen Zielen, Ehrgeiz und Selbstverwirklichung? Zwischen Frauen und Männern?

Nein, sagte sie sich. Sven ist eben ein schöner Junge, das ist nichts als der Mutterinstinkt.

»Was sagt der Zeitplan?«, nach einigen Stunden hatte Pete das Gefühl, kaum mehr voranzukommen. Ein Gefühl, das ihn nicht trog, wenn er seine schwarze Zickzacklinie auf der elektronischen Seekarte mit der rot markierten Zielstrecke verglich.

»Keine Sorge«, meldete sich der Skipper von drinnen und steckte den Kopf heraus. »Das ist nur die Strömung hier zwischen den Inseln. An dieser Stelle ist sie am stärksten. Das Wasser drückt hier an unterseeischen Gebirgen durch. Auf der Kreuz manchmal nicht ganz einfach.«

»Gelegentlich soll es auch schon mal Strudel gegeben haben«, fügte Sven hinzu. »Aber bei dem Wind heute ist das kein Problem, wir haben genug Fahrt.«

Er schwieg und blickte übers Wasser. »Nach einer halben Seemeile müssten wir durch sein. Nur dumm, dass der Nebel dichter wird«, ergänzte er. Petes Gesicht zeigte keinerlei Zeichen von Entspannung. »Sonst nehmen wir den Südhafen in St. Helier, den erreichen wir leichter.« Tatsächlich sah man kurz darauf kaum noch die Hand vor Augen. Sven verzog sich in die Kajüte. Im Nu war Susannes Pullover von zahllosen winzigen Wassertropfen übersät.

Plötzlich ging alles sehr schnell. Der Schiff drehte immer schneller auf Nord, Nordwest, West, jetzt hatten sie Jersey im Rücken. »Gilliatt!«, schrie Pete. »Das Ruder! Es reagiert nicht!« »Großschot straffen, schnell!« Ein riesiger Hechtsprung hatte Sven an die Großschot gebracht. Der Wind kam jetzt von hinten. »Achtung, Halse!«, brüllte er sich fast die Lunge aus dem Leib. Mit einem unglaublichen Schwung fuhr der Wind nun von der anderen Seite in das wuchtig durchschwingende Großsegel. Gerade noch rechtzeitig hatte Sven dessen Führungsleine, die Großschot, gestrafft. So schwang es nicht bis zur anderen Seite durch, sondern wurde nahe der Mittelstellung von der Leine abrupt gestoppt. Durch den Impuls, den enormen Schwung des umschlagenden Segels und den zusätzlichen Druck des Windes von hinten tauchte der Bug des Trimarans. Ein Teil des Wassers, das jetzt nach hinten schwappte, wurde von der noch auf dem falschen Bug fixierten Genua abgehalten. Der Rest lief an den Seiten über die Solarzellen ins Meer zurück. Beherzt zog Sven mit der Vorschot das Vorsegel auf die richtige Seite und registrierte, dass sich das Boot langsam weiterdrehte.

»Hilf mir, das Schwert anziehen!«, rief ihm der Skipper zu.

Was soll das denn, was will er denn jetzt, dachte Sven, keinerlei Angst spürend. Und warf stattdessen den Motor an, bevor er zu Gilliatt sprang. »Ein Strudel denke ich, die Strömung. Wir müssen die Angriffsfläche verkleinern und das Schwert heben. Dann driften wir vielleicht raus!«

»Gut so. Jetzt du an den Motor! Nimm ihn außen, von Hand. Natürlich Vollgas.« Der Rest kam nur noch geflüstert, er hatte sich wieder seiner Passagiere erinnert.

Der Kurs stabilisierte sich. Sven spähte ins Wasser. Kein Strudel zu sehen, keine Strömung erkennbar. Sein Blick fiel auf Susanne, die direkt neben der Einstiegsluke kauerte, während Pete das Vorsegel straffte.

»Alles wieder im grünen Bereich«, meldete er Gilliatt und beruhigte damit auch Susanne. »Ich dachte erst, das Ruder sei gebrochen!« Er lachte.

»Und ich war nur noch mit der Balance beschäftigt! Als die Welle rüberkam, dachte ich, wir kentern.« Auch Susannes Anspannung löste sich und sie lachte zurück, konnte gar nicht mehr aufhören zu lachen.

Die Emotionen pendeln wie das Boot auf den Wellen, dachte sie. Jetzt fehlt nur noch die Sonne.

»Das Schwert ist wieder unten. Mach den Motor aus, Sven. Neuer Kurs: Südhafen Jersey.« Gilliatt ging selbst wieder ans Ruder. »Ist doch alles in Ordnung mit dem Ruder, Pete! Hast du etwa in der Welle losgelassen?« Jetzt wirkte auch der Skipper entspannter. »Schon gut, das kommt vor. Schau her, Pete. Jetzt zeigen wir Sven mal, was richtig Wellenreiten heißt.« Er veränderte etwas die Spannung der segelführenden Leinen und der Trimaran begann, auf dem neuen Kurs die Wellen abzureiten. Langsamer, wenn er noch hinter der Welle lag, rasant beschleunigend, wenn der Schub der nächsten einsetzte. Immer unterstützt von den kleinen Kursänderungen Gilliatts, die ihn an die jeweils beste Position brachten.

»Du bist Surfer?«

Sven freute sich. Er hatte sie richtig eingeschätzt. Die verschlossene Intellektuelle musste das Wort zuerst an den Mann richten dürfen. Er hatte sich zurückgehalten, seine Arbeit getan und nur gelegentlich zu ihr hinüber gespechtet, wenn sie sich unbeobachtet wähnte. Es war nicht ganz leicht für ihn gewesen, neben so einer Dame einzuschlafen.

»Was hast du denn gedacht?«, antwortete er mit einer Gegenfrage.

»Student auf Ferienjob beispielsweise.«

»Oh, vielen Dank, nein, ich bin nur Fulltime-Surfer.«

»Und von was lebst du?«

»Ich brauche nicht viel«, wich er ihrer Frage aus. »Ich habe meinen VW-Bus. In dem lebe ich. Und sonst bin ich immer da, wo es am schönsten ist.«

»Für viele ist es immer da am schönsten, wo sie gerade nicht sind«, erwiderte Susanne.

»Das ist bei mir anders. Ich brauche zum Zufriedensein eigentlich nur viel Natur und der Menschen wenige.«

»Aber vom Lebensmittelmarkt, dem Discounter um die Ecke holst du dir dein Essen. Und fährst mit Benzin aus dem Irak.« Wenn sie jetzt die Studenten von Attac gehört hätten.

»Natürlich bin ich Teil vom Ganzen. Aber ein wenig ein Sonderling, wenn du so willst. Und zufrieden dabei.«

Noch so eine Möwe wie ich, dachte Susanne.

Laut sagte sie: »Und was machst du dann hier auf dem Boot?«

»Bin jetzt nicht ich mal dran mit fragen?«

»Okay, okay.«

»Du bist keine Seglerin, nicht mit Pete zusammen, was treibt dich hierher?«

»Belohnung für die Arbeit. Oder Bestechung, wie man's nimmt.«

»Werdet ihr nicht schon gut bezahlt?«

»Wir hatten einen Vortrag in Florida. Und das hier war mir eigentlich als Erholung angekündigt worden.« Susanne liebte normalerweise den Moment, in dem sie nach ihrer Arbeit gefragt wurde. Heute ging ihr das nicht so. Sie fühlte sich bei etwas Unerlaubtem ertappt.

»Also doch intellektuell.« Sven gab sich unbeeindruckt.

»Du könntest mal mein Auge ansehen.«

Susanne stockte. War das jetzt Anmache?

»Warum, was hast du für ein Problem?«

»Es begann ganz normal, mit Halsschmerzen. Dann kamen Schwindelattacken und zuletzt hatte ich fürchterliches Magengrimmen.«

»Du siehst auch gar nicht gut aus.« Sie lachte.

»Nein, ehrlich, mir ist es ernst. Ich habe sogar eine Behandlung begonnen: Schröpfen, Akupressur und Massage und so.«

»Ich verstehe nicht ganz. Was soll das mit dem Auge zu tun haben? Siehst du schlecht, hast du ein rotes Auge gehabt, Blitze oder einen Vorhang in der Optik?«

»Quatsch, nein, zum Glück nicht. Ich dachte, du könntest mal meine Iris diagnostizieren.«

Susanne fiel fast vom Boot. Der meinte es ernst.

»Hör mal, das geht doch gar nicht. Also das mit der Irisdiagnostik, das ist völliger Unsinn. Ich kannte mal eine, der haben sie bei der Irisdiagnostik eine Prostataentzündung diagnostiziert. Frag Pete.«

Sven war anzusehen, wie er enttäuscht er war. Er wendete sich mit dem ganzen Körper von ihr ab, obwohl er trotzig weitersprach.

»Der Inder auf der Insel hat genau gesehen, was ich habe. Und die Behandlung hat geholfen.«

»Um so besser«, wollte Susanne das Thema beenden, »was hat er denn festgestellt?«

»Eine Erkrankung des Blutes«, entgegnete Sven lapidar.

»He ihr Turteltauben! Genug gequatscht! Ich denke, bei diesem Sauwetter ist es jetzt Zeit für einen Tee, Sven! Mach dich mal an die Arbeit!« Das graue Seemannsgarn von Gilliatts Pullovers verschwamm mit dem Nebel. Nur seine rote Stirn strahlte mit der Positionslampe um die Wette. »Wir sind gut in der Zeit, wahrscheinlich müssen wir sogar warten, bis der Hafen zur Flut aufmacht! Pete hat uns gut rübergesurft. Jetzt bist du dran, Susi!«

Ganz wohl war ihr bei dieser Aufgabe nicht. Anfangs versuchte sie krampfhaft, den eingeschlagenen Kurs exakt zu halten, bis sie merkte, dass sie die kurzen kleinen Ausschläge nach beiden Seiten auch ignorieren konnte, ohne stärker abzuweichen. Im Gegenteil, ohne ihre starken Korrekturversuche hielt die Dragonfly genauer ihren Kurs, den sie mit einem Blick auf den Bildschirm in der geöffneten Luke immer wieder kontrollierte. Das Segeln begann, ihr Spaß zu machen. Gelegentlich stampfte das Boot, wenn sie eine Welle überholte, oder legte sich zur Seite, aber das machte ihr schon nichts mehr aus. Vorne und an den Auslegern spritzte die Gischt auf. Bis auf die Geräusche des Schiffs in den Wellen, das Pfeifen des Windes im Mast und den Leinen war nichts zu hören. Da störte das Fluchen des Engländers den Einklang von Schiff und See.

»Hi, Susi, was machst du da! Uns geht das Licht aus!« Gilliatt und Pete kamen heraufgeklettert.

»Tatsächlich, die Positionslampen sind auch verloschen! Was ist denn nun wieder los!« Gilliatt wandte sich dem Computer zu. »Wenigstens läuft die Kiste noch.« Er wechselte das Menü und kontrollierte die Batteriespannung.

»Tatsächlich. Kaum noch Spannung. Aber warum läuft dann der Computer noch?«

»Na weil er einen Akku hat. Aber der ist schon halb leer, wie du siehst«, antwortete Pete.

»Irgendetwas stimmt mit deinen Solarzellen nicht. Wie lange habt ihr denn schon Nebel?«

»So etwa ein bis zwei Wochen, was weiß ich«, entgegnete Gilliatt. Das kann doch nicht alleine der Grund sein!«

»Wahrscheinlich ist deinem Silizium da vorne das Salzwasser nicht bekommen. Und der Radar hat dann den Rest aus der Batterie gesaugt. Hast du denn wenigstens normales Kartenmaterial dabei?«, wollte Pete von ihm wissen.

Er bekam keine Antwort. Ganz in der Ferne war ein Nebelhorn zu hören.

»Ich hoffe, dass wenigstens das Radar der anderen Schiffe in der Nähe funktioniert«, gab Susanne vom Ruder aus ihren Kommentar dazu.

»Der Motor muss doch eine Lichtmaschine haben«, mischte Sven sich ein und steckte seinen Blondschopf aus der Luke. »Lasst mich mal nachsehen.« An der seitlichen Abdeckung des Motorgehäuses befand sich tatsächlich ein abgedeckter Stecker.

»Ich nehme an, für das passende Kabel müsste ich zu Williams fahren. Wo sind eigentlich die Batterien?«

»Hier, du Schlaumeier, unter der Klappe, gleich vor dem Motor. Da liegen auch noch ein Paar Meter Kabel drinnen. Vielleicht können wir die auch direkt anschließen«, grummelte der Skipper und öffnete die Teakholztür hinter Susannes Fersen. Sie bemühte sich, etwas zu erkennen und gleichzeitig den Kurs zu halten. Das Tuten des Nebelhorns schien näher zu kommen. Die Männer versuchten alle gleichzeitig, ihren Kopf in die Versenkung zu stecken.

»Wartet mal«, rief Susanne. »Lasst doch erst mal den Motor an, vielleicht ist er ja schon angeschlossen!«

Kurz darauf signalisierte ihr das wieder erstarkte Radar ein sich rasch näherndes Schiff auf dem Monitor. Gilliatt neigte den Kopf zur Seite.

»Den müssten wir gleich sehen. Das muss die Jetfähre sein. Laut Monitor besteht kein Kollisionskurs.« Ein dumpfes Dröhnen schwoll rasch zu einem schier unerträglichen Lärm an. Einige Sekunden später sahen sie die Silhouette eines Dampfers in schier unglaublicher Geschwindigkeit an sich vorbeirasen. Dann folgte die Kielwelle. Gilliatt hatte sicherheitshalber das Ruder übernommen. Doch die Auswirkungen blieben gering.

»Das liegt am Jetantrieb«, kommentierte Sven. »Bei einem schraubengetriebenen Boot hätten wir jetzt den Mast auffischen können. Lass Susanne wieder ans Steuer, Gil.«

Bis kurz vor St. Helier führte Susanne das Ruder. Bei stetigem Wind auf Halbwindkurs, fast sogar mit Rückenwind gleitend, kam Jersey rasch näher. Auch wenn sie nach Susannes Meinung schon schnell genug liefen, wurde Sven zum Schluss noch angewiesen, den Spinnaker, den Blister, zu setzen. Wie die Dragonfly jetzt fast so schnell wie der Wind lief, mit einem wunderbar grünen, riesigen Bauch aus leichtem Tuch, vor ihnen an Leinen schwebend, sie ziehend, konnte das Schiff sich mit dem Wind messen, nahm seine Geschwindigkeit an, so dass die Segler keinen Hauch mehr spürten, wie Möwen schwebten.

D ie Brille der Hafentoilette war hölzern und daher wenigstens nicht kalt. Im ganzen Sanitärbungalow roch es nach scharfem Desinfektionsmittel. Der Haken auf der Innenseite der Klosetttür trug seine Hose und Unterhose. An Badeschlappen hatte er gedacht. Dass ausgerechnet er nicht kontrolliert hatte, ob auch genügend Papier auf der Rolle war, wurmte ihn gewaltig. Lange überlegte er deshalb nicht. Nebenan war die Dusche. Er hängte auch noch Hemd und Pullover zur Hose und watschelte im Entengang hinüber. Glücklicherweise sparten sie hier nicht auch noch am warmen Wasser. Er duschte ausgiebig, seine Stimmung stieg, fast hätte er gesungen. Eigentlich war sie doch ganz nett, die Susanne. Begeisterung für alternative Heilmethoden konnte er von einer Ärztin wohl nicht erwarten. Sehr fraulich wirkte sie, aber nicht aufgetakelt. Hochnäsig schon eher. Nun, Angst und Abwehr kleideten sich oft wie Arroganz. Arrogant war sie sicher nicht. Selbstbewusst, emanzipiert, das auf alle Fälle. Er seifte sich ausgiebig mit dem Duschgel ein, das Pete in der Nasszelle des Schiffes hatte stehen lassen, und widerstand nicht ohne Hintergedanken an den Abend der Versuchung, seine Stimmung noch etwas weiter zu heben.

Danach ging er einkaufen. Frisches Baguette, südafrikanische Weintrauben, echten Schafskäse und Ziegenkäse von der Rolle. Eine Knolle Knoblauch. Die schrumpelig braune Haut der Auberginen verriet ihre Konsistenz wie alter Schaumstoff. Große Alternativen bot ihm das englische Gemüseregal leider nicht. Er entschied sich für die Fleischtomaten und nahm noch eine Schale Erdbeeren dazu, in klarer Hartplastikschale mit Klappdeckel. Die Rechnung beglich er aus Gils Geldbörse.

Als er aus dem Laden trat, regnete es und die Pflastersteine der kleinen Gasse glänzten schwarz. Der Nebel hatte sich aufgelöst.

Wie schnell das Wetter hier wechselt, dachte er sich. Der Himmel war zwar von zahlreichen Wolken bedeckt, dazwischen rissen aber immer wieder große blaue Lücken auf und verliehen durch ihre Tiefe den Wolkengestalten Plastizität. Auf der *Durande* hatten sie das kleine Zeltdach aufgestellt. Sven verschwand in der Kajüte und servierte zuerst das frische Baguette. Dazu hatte er kleine Butterstückchen gehackt, auf einem Unterteller leicht mit Wasser benetzt und auf den großen Teller gestellt, der die Erdbeeren trug.

»Wie in Wimbledon!«, rief Pete begeistert, als er die Erdbeeren sah.

»Dem Etikett nach sogar englische«, erwiderte Sven. »Cream Tea.«

»Na hör mal«, mischte Gilliatt sich ein. »Natürlich sind das englische. Die Kanalinseln sind berühmt für ihre Erdbeeren. Und Tomaten«, fügte er hinzu.

»Funktioniert der Herd auch mit Solarstrom?«, Susanne war zu Sven in die Kombüsenecke gestiegen.

»Der hier sicher nicht, der läuft mit Gas, wie in meinem Bus«, er machte eine Pause, um sie anzusehen, »ich bin auch nicht sicher, ob das gehen würde.«

»Meine Rede. Solarstrom taugt nicht zur Lösung des Energieproblems, wie wir spätestens seit heute Mittag wissen. Der ist viel zu schwach. Meiner Meinung nach muss man die Energie tatsächlich in Form von reinem Wasserstoff speichern. Das wäre ein Herd, an den ich mich auch stellen würde: ein Wasserstoffherd. Oder wenigstens ein katalysegetriebener E-Herd, damit's nicht so knallt beim Kochen. Für Notebooks gibt es solche Energiespeicher mit Wasserstofftank doch auch schon.«

»Für ein solches Boot sind die sicher zu schwer.« Sven würfelte mangels Presse die Knoblauchscheiben. Der Duft zog offensichtlich auch nach draußen, denn von Gilliatt drangen Anfeuerungsrufe in die Kombüse.

»Deshalb muss die Hydrolyseanlage direkt neben das Kernkraftwerk gestellt werden. In Zeiten niedriger Last kann dann Wasserstoff produziert werden, ohne dass die Kraftwerkleistung gedrosselt werden muss. Vor allem versinken die Machtansprüche der Ölstaaten wieder im Sand der Wüste.«

»Worüber forschst du eigentlich?«, wollte Sven wissen. »Über Energiebilanzen?«

»Allenfalls bei Zellkulturen.«

»Und was hast du gegen Heilpraktiker?« Er setzte etwas Wasser für die Tomaten auf. »Jeder hat das Recht, Rat zu suchen, wo er will. Deshalb ist es auch nur konsequent, dass das Beratungsmonopol für Rechtsanwälte gestrichen wurde. Aber oft kann der Ratsuchende nicht beurteilen, ob der Beratende kompetent ist. Wenn ich ein neues Surfbrett brauche, bin ich informiert. Versagt ein elektronisches Bauteil meines Busses den Dienst, muss ich glauben, was mir in der Werkstatt erzählt wird. Das ist beim Arzt doch nicht anders.«

»Ja, aber der Arzt ist kompetent, hat nach sechs Jahren Studium oft noch mehrere Jahre in der Klinik gearbeitet. Heilpraktiker wirst du in Wochenendkursen.«

»Wer heilt, hat recht, finde ich.«

»Genau, aber wenn der Heilpraktiker nicht heilt?«

Sven übergoss die Tomaten mit dem kochenden Wasser. »Dann gehe ich zum Arzt.«

»Das Problem ist aber, dass der Arztbesuch kostenlos ist und du den Heilpraktiker selbst bezahlst. Wenn es dir besser geht, hat der Heilpraktiker geholfen. Wenn nicht, konnte der Arzt nicht mehr helfen.«

»Der Inder auf der Insel hat mir wirklich zugehört. Und er hat mir geholfen.« Die Haut der Tomaten löste sich jetzt leicht vom Fleisch.

»Die Ärzte werden durch die schlechte Bezahlung in dieser gesundheitspolitischen Planwirtschaft gezwungen, so schnell zu arbeiten, dass ihnen gar keine Zeit bleibt, dem Patienten zuzuhören. Sie veranlassen Untersuchungen, die ihnen sagen, woran ihr Patient leidet.«

»Aber ich bin doch keine Abfolge elektrischer Signale in Geräten, die es durchzuchecken gilt.« Er schob die gehackten Knoblauchwürfel in die Pfanne und gab etwas Olivenöl hinzu.

»Genau das sehe ich anders. Was gibt das jetzt?«

»Jetzt würfele ich noch die geschälten Tomaten und dünste sie dann kurz im Knoblauchöl. Wir müssen noch die Nudeln aufsetzen, ich bin heute ganz unkoordiniert. Gib mal Wasser in den großen Topf, und das Salz dazu, bitte.«

Während die Nudeln sprudelnd kochten, servierte Sven einen Teil der gedünsteten Tomatenwürfel an Weißbrot. »Ecco! Bruschetta! Wo hast du denn den Rotwein versteckt, Gilliatt?« Pete wirkte ganz euphorisch.

»Oh verzeiht, wie konnte ich den vergessen. Einen Moment, bitte.« Absicht oder Versehen, jedenfalls kam Gilliatt mit zwei Flaschen Barolo aus der Segelkammer zurück.

»Jetzt kennt ihr den Segelsport vollständig«, lachte er. »Frühstück bis elf, dann ein kurzes Abenteuer auf dem Wasser, anschließend gut Essen und Trinken. Wo bleiben die Nudeln?« Sven hatte zum Glück noch eine große Plastikschüssel entdeckt und gab die Spaghetti drauf. Pete blickte, eine gewundene Pastaspirale schon auf der Gabel, als Erster verstört auf. Gilliatt war direkter.

»Ja, kann man denn zu blöd zum Nudelkochen sein?«
Erschrocken probierte jetzt auch Sven. Sein Blick traf den Susannes.

»*So sorry.* Ich muss Zucker und Salz verwechselt haben.«
Gilliatt spülte kräftig mit Rotwein nach .
»Mir reicht's. Die Vorspeise war ja recht, aber das hier isst nicht mal ein Engländer. Geh und hol uns *fish and chips* dort drüben, wir essen solange Tomaten an Weißbrot.«

Sven sprang auf den Ausleger, sodass das Boot schwankte. Der ehemals weiße Wohnwagen mit den selbstgebauten fettverkrusteten Plexiglasscheiben drumherum stand, dem Reifendruck und Unkrautbewuchs nach zu urteilen, schon lange an seinem Platz am Rande des Hafens. Während Sven auf das Essen wartete, registrierte er das klare Band des Abendrots im Westen. Nur ganz schmal, aber ungetrübt war die untergehende Sonne zwischen Wolken und Horizont zu sehen. Er war sich sicher, dass sie morgen gutes Wetter bekommen würden. Der Wind hatte nachgelassen. Wehmütig begutachtete er die Welle vor der Mole. Lange würde er das hier nicht mitmachen. Er bekam vier Portionen frittierten Fisch mit Pommes frites, in Wachspapier eingewickelt, und auf sein Nachfragen hin auch noch eine Plastiktüte zum Tragen dazu. In der einen Hand die Tüte, in der anderen Ketchup und Mayonnaise betrat er balancierend wieder das Boot. Der Wein hatte seine Wirkung nicht verfehlt, die drei Segler begrüßten freudig Ersatzessen und Boten. Bald hingen sie gesättigt in den Ecken des Außendecks.

»Der gute Skipper hat sicher irgendwo auch eine Flasche Linie versteckt«, begann Pete.

»Für mich bitte erst mal was zum Abwischen der Hände«, bat Susanne.

»Sven, wenn du das Papier holst, im Regal hinter den Tassen ist zwar keine Linie – den Äquator haben wir noch nicht überfahren – aber ein Calvados müsste noch da sein.«

Sven trank gar keinen Alkohol. Die entspannte Ausgelassenheit, die Skipper und Gäste ergriffen hatte, offenbarte sich ihm dafür umso mehr. Es war kühler geworden und nach dem Abwasch stellte Sven einige Titel auf Gilliatts iPod zusammen. Außen von Deck trieb die nasskalte neblige Luft die Segelfreunde trotz Calvados in die warmfeuchte Kabine, wo Svens selbstgemischte Sampler lockten.

Während Pete und Gilliatt bei Gitarrenmusik Erinnerungen an Pfadfinderlager tauschten, der eine an französische, an englische der andere, gaben Susanne und Sven Karaoke zum Besten. Als Sven schließlich Stones, Foreigner und Deep Purple auswählte, war die Flasche bereits halb leer.

Susanne musste lange zurückgehen, wenn sie sich zu erinnern suchte, wann Musik sie so ergriffen, so aufgebaut hatte. Im Grunde war Musik nichts als Emotion. Emotion und Wahrnehmung des Ich, Selbstfindung und Trance in einem. Sie fühlte sich zeitlos, unbelastet und sorgenfrei. Spürte den Rhythmus in Kopf, Bauch und Muskeln. War eine frühere Susanne. Susanne in Studentenzeiten, als die Welt und all ihre Optionen noch offen, der nächste Tag ungeplant waren. Ihre Arme, der Kopf, die Beine, alles wippte im Beat, wollte Tanz, wollte Bewegung ausleben. Gil füllte die Gläser. Vom sonnenwarmen Fels hatte Sven gesprochen. In welchem Zusammenhang? War es um Leben, um Sinn und Tun gegangen? War da schon eine Erinnerungslücke? Egal. Susanne schob Pete von der Sitzbank, griff seine Hände und schon tanzten alle vier auf der winzigen Fläche, groovten im Stehen, tanzten wild wippend, summend und singend, als wollte die Nacht kein Ende nehmen.

Im Vorderdeck schließlich, spät in der Nacht, konnte selbst das Schnarchen der Männer das letzte Lied nicht mehr verdrängen. Musik, die wohlig in ihr kreiste, bis ihr leicht schwindelte. Oder kam das vom Boot? Sie drehte sich um, warum hatte der nichts angezogen, war ihm zu warm? Die Taille lachte sie an, so auf der Seite liegend, die kräftigen Muskeln am Ende des Beines, wie die weiß leuchteten. Fixationsreiz, dachte sie noch und streckte den Arm zur Versicherung, dass sie nicht träumte, aus – ja schlief der denn nicht? Und wurde umfangen, fand sich kundig geborgen, umschmiegt, ganz sanft, ganz warm – das durfte sie nicht, das wollte sie nicht. Hatte nicht Eve es gewollt? Ihr Bauch erlaubte, den benebelten Kopf ignorierend, dem Bein, sich aufzustellen.

icht dass du denkst, da wär jetzt was.«
»War denn was?« Sven drehte sich zu ihr um. »Oh, so schlimm?«

Susanne war froh, keinen Spiegel zur Hand zu haben.

»Ich setz dir eine Nadel. KS sechs gegen Übelkeit und Leber drei gegen Kopfschmerzen.«

»Untersteh dich. Ein Matjes wäre besser.«

»Ich geh schon. Kein Hafen ohne Matjes.« Lärmend weckte er beim Übersteigen die beiden anderen Schlafenden.

»Die Sonne scheint, die Luft ist klar, der Wind steht richtig. Raus ihr Seeleute!«

Hatten die kleine Augen.

Als er zurückkam, diesmal Matjes und Brötchen in der weißen Plastiktüte schwingend, wartete schon der kleine Teakholztisch auf Deck, dampfte Tee aus den Tassen. In dem klaren Licht der noch tief im Osten stehenden Sonne fühlte er kalte, reine Luft seine Lungen durchströmen, fühlte sich stark, froh und glücklich wie lange nicht. Langsam wärmten die Strahlen seinen Rücken.

»Ein traumhafter Morgen, findet ihr nicht?«

Gilliatt steckte den Kopf aus der Kajüte und musterte ihn boshaft.

»Du bist schon ein komischer Kauz. Füll mal den Wassertank.«

»Jeder Tag hat seine Plage«, murmelte Susanne. Sie dachte nach, versuchte sich zu erinnern, konnte es beim besten Willen nicht mehr genau sagen. War es zwei oder drei Wochen her? Sie wusste es einfach nicht. Fühlte sich hin und her gerissen. Schlechten Gewissens freudig erfüllt. Beneika wäre schlimmer gewesen. Viel schlimmer. Kommt vielleicht auch noch. Mal sehen, dachte sie.

Pete und Gilliatt setzten sich zu ihr an den Tisch.

»Es gibt Tee und Matjes, dachte ich. Darf ich euch etwas geben?«

»Für mich nur Tee, bitte«, brummte Pete. Ein dumpfer Schlag aus dem Inneren des Schiffes ließ sie aufschrecken.

»Sven? Alles okay mit dir? Ich geh mal nachsehen.« Pete stand stöhnend auf und kroch unter Deck.

»Susanne? Komm mal runter, bitte!«

Sven lag auf dem Bauch, seitlich auf den Sitz gerutscht. Er sah sehr blass aus, blutete an der Stirn. Pete deckte wechselseitig seine Augen ab und befragte ihn zu Ort und Datum.

»Hol mal die Taschenlampe. Eine Pinkelsynkope wahrscheinlich. Der Calvados. *Merde.* Pupillen isokor, seitengleich«, und zu Gilliatt gewandt, der ebenfalls heruntergekommen war: »Nicht so schlimm, da erholt man sich rasch davon.«

»Und das hier?« Susanne zeigte auf die zahllosen winzigen roten Punkte an Svens Unterarmen. »Und hier auch!« Sie hatte seine Hosenbeine nach oben geschoben. »Das sind Petechien, Pete. Das ist keine normale Synkope.«

Sven drehte den Kopf.

»Was soll denn das sein. Jetzt regt euch mal nicht so auf. Bisschen wenig geschlafen. Ich muss meine Balance wiederfinden. Habt ihr nichts zum Entschlacken dabei?«

»Das kriegt man, wenn das Blut in die Haut austritt. Gilliatt, gib mir die Nummer der Ambulanz. Lauter Laienspieler, hier. Das mache ich nicht länger mit!« Gilliatt zeigte auf den kleinen Aufkleber neben dem Funkgerät. Susanne suchte eine Verbindung.

»Lass mal, ich mach das.« Er drehte an dem roten Knöpfchen, schilderte kurz die Lage und wies darauf hin, dass bereits zwei Ärzte an Bord waren.

»Hol seine Sachen und nimm die Schaumstoffmatte hier. Wir bringen ihn nach draußen.« Susanne griff noch einen Schlafsack und auf Pete gestützt kletterte Sven selbstständig aus dem Boot.

»Mir ist so schwindelig.«

Ohne weitere Worte betteten sie ihn neben der Hafenmauer auf die Matte. Susanne hielt seine Beine hoch, während Pete ihn mit dem Schlafsack zudeckte. Wenige Minuten später hielt der weiße Krankenwagen am Pier.

Das Hospital lag in einer kleinen Senke, eingebettet in eine kieferbestandene Hügellandschaft am Rande der Stadt. Die Flure rochen nach Arbeit, die Atmosphäre war vertraut. Nach Susannes ruhiger fachlich bestimmter Schilderung hatte die Krankenschwester, ohne zuvor einen Kollegen zu konsultieren, ein EKG abgeleitet und Blut abgenommen. Das EKG war unauffällig gewesen. Aber was Susanne da in den Händen hielt, war nicht normal. Die Analyse der Blutwerte zeigte eine exorbitant hohe Zahl weißer Blutkörperchen. Es waren so viele, dass die Zahl der anderen Blutzellen, der roten und der Plättchen, bereits deutlich gefallen war.

Daher die Blässe, der Schwindel, die Petechien. Ohne Sven weiter zu informieren, ließ sie sich eine Amtsleitung geben und wählte die Nummer der Ambulanz der medizinischen Klinik von zu Hause. »Hi, Konrad, Susanne Suter am Apparat.« Sie kannte den Pfleger von Besuchen auf der Wachstation, wohin sie gelegentlich zur Erhebung von Augenbefunden, zu sogenannten Konsilen, gebeten wurde.

»Ich bin hier in England, das heißt nicht ganz, auf Jersey, und bei einem Bekannten wurde gerade eine noch nicht klassifizierte Leukämie festgestellt. Kannst du mir ein Bett freihalten? Ganz normal Kasse.«

»Klar, mache ich für dich«, antwortete es aus dem Hörer. »Gib mir noch die Daten durch.«

Susanne zuckte kurz – sie kannte nicht einmal Svens Nachnamen.

»Du, ich kläre zunächst mit der Leitstelle den Transport ab, erst mal vielen Dank, ich rufe gleich noch einmal an.« Sie bat die Schwester um Svens Karte und ein weiteres Amt. Von der Leitstelle bekam sie die Nummer der zentralen Organisationsstelle in München. Der Kollege versprach, sie in wenigen Minuten zurückzurufen. Susanne fixierte den Fußboden. Dort, wo das Linoleum in die glasfaserverstärkte Tapete überging, war die Schutzleiste lose, bildeten Putzmittelreste einen schwarzen Rand. Sie drückte mit der Fußspitze dagegen, die Leiste federte. Sie wusste, was jetzt kommen würde. Knochenmarkentnahme, Klassifikation, Chemotherapie oder Bestrahlung. Ungewissheit. Sie registrierte, dass sie Angst empfand. Angst für den Unbekannten, der den sonnenwarmen Felsen liebte. Was hatte er da gestern alles erzählt? War er nicht Surfer? Und irgendwo ganz hinten in der hintersten Windung ihres Gehirns, versteckte sich da nicht noch ein Gedanke? Sie wollte ihn nicht denken. Noch nicht.

Das Telefon klingelte.

»Frau Suter? Ich darf mich nochmals rückversichern, sie sind eine Kollegin?« Susanne bestätigte. »In Ordnung. Wir landen heute Nachmittag gegen 17 Uhr Ortszeit. Verbinden Sie mich bitte mit«, der Gesprächspartner zögerte, sie hörte es rascheln, » – mit Dr. Weston bei Ihnen in der Klinik. Nur, um die Richtlinien einzuhalten.«

Susanne reichte den Hörer an die Schwester weiter. Der Transport war organisiert. Das hatte besser geklappt, als sie erwartet hatte.

Jetzt musste sie das alles Sven erklären. Viele Gedanken zur Überbringung der schlechtesten aller Nachrichten, viele Diskussionen, wie sie am besten dem Empfänger mitgeteilt werden sollte, und die stete Wiederholung der Abläufe hatten ihr eine gewisse Routine im Umgang mit der Rolle als Schreckensbotin eingebracht. Dennoch war ihr jedes dieser Gespräche im Gedächtnis geblieben. Allen voran das erste. Während des Praktischen Jahres war Susanne dabei gewesen, wie einer Schwangeren gesagt wurde, dass ihr Kind nicht mehr lebte. Die Erinnerung daran war so schrecklich gewesen, dass sie sich fortan intensiver mit der Kommunikation von Schicksalsnachrichten auseinandergesetzt hatte als viele ihrer Kommilitonen. Eine Ausbildung hatten sie dazu nicht erhalten. Der eine strich seinen Feierabend, der andere warf es dem Patienten an den Kopf, um keine Zeit zu verlieren – je nachdem, wie sehr der ewige Kampf den Mittler schon abgestumpft hatte. Natürlich stumpfte man ab. Und das umso stärker, je häufiger man es mit Sterbenden zu tun hatte. Der Mangel an Anteilnahme verdrängte damit die Angst vor dem eigenen Schicksal. Nur durch die intensive Auseinandersetzung mit dem Tod, sei es mit oder ohne Transzendenz, gewann dieser die Natürlichkeit zurück, mit der ihm seit Existenz des Lebens gegenüberzutreten war. Deshalb durfte die Würde des Einzelnen trotzdem nicht auf der Strecke bleiben.

Sven saß auf der Untersuchungsliege und sah aus, als wollte er jetzt gehen.

»Was macht ihr eigentlich für ein Theater wegen einer Kopfplatzwunde? Bei Gilliatt bin ich nach alldem sowieso raus aus dem Geschäft, aber ich hätte gerne, dass er mich noch zurückbringt. Was soll ich ohne meinen Bus hier auf Jersey?«

»Richtig. Das müssen wir auch noch organisieren. Hast du nicht die roten Pünktchen hier an deinen Armen und Beinen bemerkt?« Sie zeigte auf seine Unterarme und Füße. Ohne eine Antwort abzuwarten, fuhr Susanne fort.

»Das spricht für eine Gerinnungsstörung des Blutes und ist nicht so lustig. Deshalb haben wir dich hierher gebracht. Das Blutbild zeigt, dass du viel zu viele weiße Blutkörperchen hast.«

»Dann hat der Inder doch recht gehabt. Sag du noch mal was gegen Heilpraktiker.«

Susanne schluckte. »Ich hab's dir vielleicht noch nicht deutlich genug gesagt. Du hast Leukämie, Sven.«

Er schaute sie verständnislos an, ohne zu antworten.

»Heute Nachmittag kommt der Flieger nach Stuttgart. Ein Learjet. Dann bringen sie dich gleich weiter an die Uniklinik.«

»Und was soll das? Du hättest mich dazu vielleicht mal fragen können. Ich kann mich doch auch hier behandeln lassen.«

»Da wäre ich mir an deiner Stelle nicht so sicher, ob deine Kasse die Kosten dafür übernähme. Solange du transportfähig bist, musst du heimatnah behandelt werden. Und bevor jetzt Wochen vergehen, bis hier einer anfängt, nur weil die Kostenübernahme nicht geklärt ist, denke ich, ist es besser, den direkten Weg zu gehen. Zudem sind die Abläufe vielleicht doch etwas harmonischer, wenn sie gelegentlich ärztlich hinterfragt werden.«

»Aber du bist doch Augenärztin, oder?«

Diese Frage begegnete ihr häufig. So, als ob der Augenarzt von Medizin sonst nichts verstünde. Laut sagte sie:

»In erster Linie bin ich Forscherin. Ich hüte und züchte Stammzellen. Das ist nicht wie bei den Zahnärzten. Wir studieren sechs Jahre lang Medizin, arbeiten dann allgemein in der Klinik, manche lernen Chirurgie, andere Narkosearzt oder Innere Medizin, bevor sie bei den Augen landen. Dadurch lernst du die Abläufe im Menschen besser kennen. Wie die Organe zusammenarbeiten und wie eine Fehlfunktion Krankheiten auslösen kann. Danach erst darfst du dich niederlassen. Falls nicht, betreibst du nebenbei etwas Forschung und beginnst beispielsweise mit der Augenheilkunde. Dann vergehen noch mal vier bis fünf Jahre, bis du Facharzt bist.«

»Und wie entsteht eine Bluterkrankung?«

»Da gibt es auch die verschiedensten Krankheiten. In deinem Fall weiß ich zunächst nur, dass du eine im Verhältnis zu den anderen Zellen zu große Zahl weißer Blutkörperchen bildest. Das kann passieren, wenn die Produzenten zu viele davon herstellen. Da ist die Regulation durcheinandergekommen.« Sie merkte, dass sie eine Hand auf seinen Oberschenkel gelegt hatte und zog sie so unauffällig wie möglich zurück.

»Dann gib mir doch ein paar von deinen Laborzellen zum Ausgleich. Aber ich habe sicher nur einen Infekt. Dabei werden doch auch mehr weiße Blutkörperchen gebildet, oder etwa nicht? Deswegen fliege ich doch nicht gleich per Jet nach Deutschland. Überhaupt, was passiert mit meinem Auto? Ich habe noch Milch und Quark im Kühlschrank, und was weiß ich noch. Da kommen doch Ameisen rein und Mäuse, die kriegst du nie wieder aus der

Kiste raus! Nee, du, das war ganz nett mit dir, aber ich lasse mich nicht anbinden. Mit dem Learjet, das hat ja noch keine versucht.« Susanne war über seine Reaktion nicht unglücklich. Sie hatte knapp davor gestanden, ihm von Eve zu erzählen. So machte er es ihr einfacher.

In diesem Augenblick betrat ein weiß gekleideter, braun gebrannter Glatzkopf den Raum. Das Schild am Revers seines Kittels wies ihn als den Senior der Inneren Abteilung aus. Er machte ein besorgtes Gesicht, trug Mundschutz und desinfizierte sorgfältig seine Hände, bevor er Svens schüttelte.

»Guten Tag, Herr Muschg. Ich bin Dr. Weston. Schlechte Nachrichten, so im Urlaub. Verzeihen Sie die Maskerade, aber das ist sicherer für Sie. Sie sind sehr gefährdet. Ihre Freundin hat Ihnen das bestimmt erklärt. Auch harmlose Keime, die sich überall, vor allem aber an den Händen befinden, könnten Ihnen sehr gefährlich werden. Ich habe Ihnen deshalb auch eine Maske mitgebracht. Es gibt gleich noch etwas zu essen, aber dann werden Sie von der Ambulanz zum Flughafen gebracht. Ich mache Ihre Papiere fertig.«

Auftreten und Aussehen des Arztes verfehlten ihre Wirkung nicht. Schließlich musste Sven zugeben, dass es ihm in letzter Zeit immer häufiger schlecht gegangen war.

»Also gut«, wandte er sich an Susanne. »In meiner Sporttasche ist der Autoschlüssel. Sei so nett, den Kühlschrank leer zu räumen und ihn abschlepp- und krampensicher zu parken.«

»Den Kühlschrank?«

»Nein, Frau Doktor, meinen VW-Bus.«

»Hast du denn keine feste Wohnung?«

»Ja was dachtest du denn. Dass ich im Hotel absteige, so zwischen zwei Golfturnieren?«

Susanne stellte kokett ein Bein auf die Zehenspitzen und antwortete gespielt: »Ich weiß eigentlich überhaupt nichts von dir. Du erzählst ja auch nichts. Bis eben kannte ich nicht einmal deinen Nachnamen.«

Zum erstenmal an diesem Tag verzog Sven den Mund zu einem breiten Grinsen.

»Normalerweise gelingt es mir auch, es dabei zu belassen.«

»Macho. Ich gehe jetzt und rede mit Pete und Gilliatt. Wir sehen uns dann in Deutschland wieder.« Sie widerstand dem ersten Impuls, ihn in den Arm zu nehmen. »Wenn du nichts dagegen hast. Rein medizinisch gesehen, natürlich.« Sie winkte ihm vom Ausgang aus nochmals kurz zu, aber Sven hatte sich schon wieder hingelegt.

Die Rückreise der übrigen drei nach Jersey verlief ohne Zwischenfälle. Susanne führte die meiste Zeit über das Ruder, Gilliatt kontrollierte und half Pete bei der Erledigung von Svens Aufgaben. Viel wurde nicht gesprochen. Einmal fragte Pete ganz nebenbei an der Pinne stehend:

»War da was zwischen euch?«

Susanne hatte ihn entrüstet angeschaut.

»Geht das schon wieder los? Männer dienen allenfalls der Unterhaltung und machen sonst nur Arbeit, wie du siehst. Wir waren eben die nächste Uniklinik zu seinem Heimatort, und wo hätte ich ihn denn sonst anmelden sollen? Weißt du eine bessere Adresse? Ich habe seinen Wohnort erst während des Telefonats erfahren. Überhaupt blieb völlig unklar, ob er am Bodensee überhaupt Angehörige hat und seit wie vielen Jahren er schon in seinem Auto lebt!«

Der VW-Bus war nicht zu übersehen. Grün, deutsches Kennzeichen, KN für Konstanz, überzogen von Möwendreck. Strafzettel hinter den Wischblättern. Sie hatten sich von Gilliatt verabschiedet, Pete überschwänglich, unter Austausch von Adressen, sie dagegen eher förmlich. Er hatte ihnen noch eine Adresse genannt, wo sie das Auto in einer Hofeinfahrt bei einem Freund von Gil parken konnten, da öffentliche Stellplätze auf der Insel rar waren. Ein Taxi hatte sie hingebracht.

Sie öffnete die Schiebetür. Ein Geruch nach feuchtem Moder schlug ihr entgegen. Die Wäsche auf der Matratze schien seit der Abreise aus Deutschland nicht gewaschen worden zu sein. Der Fußboden war mit Sand bedeckt, unter das Bett wollte sie lieber nicht schauen. Männer, dachte sie. Ganz schön versifft, die Kiste. Obwohl sie ihm sehr am Herzen gelegen hatte.

Mit angehaltener Luft und spitzen Fingern räumte Susanne den Inhalt des Kühlschranks in eine Plastiktüte, die am Beifahrersitz hing und schon reichlich Müll enthielt. Vom Inhalt des kleinen Spülbeckens beschloss sie Abstand zu nehmen und ließ lediglich den Inhalt des Wasserkanisters darüber laufen, bis er leer war.

»Sieh mal den Strafzettel an.«

Pete hielt ihr einen verwaschenen Zettel unter die Nase und beobachtete genau ihre Reaktion. »Bist hoffentlich nicht untergegangen, meld dich mal, Myriel.« Es folgte eine Telefonnummer. Susanne blieb innerlich wie äußerlich unbeeindruckt. Gut so. »Steck den ein. Vielleicht gibt es doch jemand, der ihn ein wenig unterstützen kann. Komm jetzt, wir müssen uns beeilen. In zwei Stunden geht unsere Maschine.«

Später im Flugzeug merkten beide erst, wie erschlagen sie waren.

»Mit dir erlebt man in vier Tagen so viel wie mit anderen das ganze Jahr über nicht«, brummte Pete zufrieden. Drehte den Kopf zur Seite und war eingeschlafen.

Sie stellte die Sitzlehne zurück und beobachtete aus den Augenwinkeln die Mitreisenden. Neben ihr blätterte ein Angehöriger des Finanzsektors in schwarz glänzendem Schuhwerk und topaktuellem Anzug aus leichtestem Tuch in den rosa Seiten einer Zeitung. Vor ihr saß eine Dame, etwa in den Siebzigern, zumindest der Haut zwischen den steinern beclippten Ohren nach zu urteilen, und wippte unablässig mit den Füßen. Hat Angst vor einer Thrombose, dachte Susanne und schloss die Augen, um die Unruhe unter dem Vordersitz nicht auf sich übergehen zu lassen. Ob das hochfrequente Rauschen im Innern der Kabine durch die Windgeräusche entstand? Oder die Turbinen? Wahrscheinlich durch beides. Piloten wurden früh schwerhörig. Typische Senke im Audiogramm. Berufskrankheit. Ob Sven schon gelandet war? Sie dachte an die vergangene Nacht. Unangenehm war es nicht gewesen. Bei ehrlicher Antwort musste sie sich das zugeben. Ein warmes Gefühl durchströmte sie. Plötzlich musste sie blinzeln. Feuchte Augen. War sie jetzt schwanger? Waren das schon die Hormone? Ihr Herz klopfte plötzlich bis in den Hals hinauf. Quatsch. Sie beruhigte sich. Völliger Quatsch. Das musste von der Übermüdung kommen. Die Spermien waren jetzt allenfalls im Eileiter angekommen. Diese Vorstellung hingegen war weniger angenehm. Sie zwang sich zu einer nüchternen Analyse. Alles hing davon ab, in welcher Zyklusphase sie sich befand. Sie versuchte sich vorzustellen, wo sich die Eizelle jetzt befand. Vielleicht schon unnütz im Uterus? Vielleicht nicht mehr ausreichend energiebestückt, eine Verschmelzung mit einem Spermium einzugehen? Ihr wurde bewusst, wie unzureichend die Erkenntnisse hierzu waren. Vielleicht sollte sie in speziellen Publikationen nachsehen. 24 bis 48 Stunden, hatte sie gelernt. Aber konnten nicht die begeißelten Genträger des Mannes bis zu einer Woche aktiv bleiben? Quasi im Eileiter auf die Eizelle warten, bis diese sprang und sie dann infizieren? Na ja, eine Infektion war es vielleicht nicht gerade. In gewisser Weise dann aber doch wieder. Wie ein Tumor wuchs die befruchtete Eizelle schließlich aggressiv in ihre Gebärmutterschleimhaut hinein, koppelte sich an Adern an, teilte sich unaufhaltsam, wuchs und wuchs, bildete Mutterkuchen und Kind. Susanne wurde gewahr, wie schwanger sie sich plötzlich fühlte. War das alles Einbildung? Sie brauchte Gewissheit. Aber auch einen Tag später würde ein negativer Test keine Gewissheit bedeuten. Sie zwang sich zur Ruhe. Schwanger oder nicht schwanger.

Plötzlich fühlte sie wieder diese tiefe Verbundenheit mit allen Geschlechtsgenossinnen. Noch vor Kurzem, in manchen Kulturen noch heute, war dies eine Frage von Leben oder Tod. Obwohl an sich völlig banal. Aber dennoch von Bedeutung für das Individuum. Für sie ganz allein.

Also von vorn: Angenommen nicht schwanger. Alles bliebe beim Alten. Würde sie Eve von der Nacht erzählen? Sie könnte Zwang andeuten. Sofort verwarf sie die Überlegung wieder. Würde Sven überleben? Spielte das für sie eine Rolle?

Susanne atmete tief durch. Die Stewardess arbeitete sich mit ihrem Wagen langsam bis zu ihnen vor. Tomatensaft? Warum in aller Welt trank man nur im Flugzeug Tomatensaft? Niemand trank Tomatensaft zu Hause. Schwangere vielleicht.

Also wieder von vorn. Nicht schwanger. Sie würde nichts erzählen. Basta. Ganz einfach. Keine Missverständnisse. Wann konnte sie das frühestens erfahren? In zwei Wochen mit Gewissheit. Konnte man um zwei Wochen mit dem Termin danebenliegen? Würde es Eve nicht schon bemerken, falls sie doch schwanger war?

Also angenommen, sie bekäme ein Kind, sie wäre schwanger.

Konnte Eve die Wahrheit akzeptieren? Würde sie den Abend – sie grinste bei geschlossenen Augen – den Beischlaf mit Sven als Samenspender verarbeiten können? Sie versuchte, sich die Situation vorzustellen, wie Eve auf eine solche Offenbarung reagierte. Höchstwahrscheinlich würde sie ihr heterosexuelle Neigungen unterstellen. Sich zurückziehen. Sich als Ersatzobjekt der vergangenen Jahre fühlen.

Plötzlich wusste sie Bescheid. Sie durfte Eve nichts sagen. Das hieß, sie musste der Wahrheit nachhelfen.

Womit ich schon mit Weplers Vortrag in Sarasota begonnen habe, dachte sie. Also gut. Bin ich eben schon bei Beneika gewesen. Der hat sich bereit erklärt auszuhelfen. Nicht selbst. Aber er hatte eine kleine Spritze mit sterilem Schlauch im Zimmer gelassen und sei dann gegangen. Ohne jeden Akteneintrag. So würde sie es machen. Das würde sie erzählen. Gleich Donnerstag, nach dem Dienstfrei. Und Sven als erkrankten Mitreisenden vorstellen, den sie ausgeflogen hätten.

»Ich nehme einen Tomatensaft, bitte. Mit einem Schuss Zitrone. Vielen Dank.«

Mit einem freundlichen Lächeln reichte die Stewardess den in eine kleine blaue Serviette eingewickelten Becher.

Die schwarzen Lamellen des Förderbandes in der Ankunftshalle der Landeshauptstadt mäanderten minutenlang, ohne ein Gepäckstück aus der Tiefe der Kellerräume heraufzutragen. Sie fühlte sich jetzt wirklich erschlagen.

»Kann es wirklich so lange dauern, ein Flugzeug zu entladen? Es ist doch bestimmt längst wieder in der Luft«, wandte sie sich an Pete. Der wirkte nach seinem Kurzschlaf wie neugeboren: Eine in jahrelangen Dienstnächten antrainierte Fähigkeit, die Energiespeicher ultraschnell aufzusättigen.

»Nur Geduld. Wahrscheinlich ist Sven mit dem Learjet dazwischengekommen. Du hattest doch mit der Medizinischen telefoniert, oder? Ich werde mich heute Abend noch mal nach ihm erkundigen. Holt Evelyn dich ab?«

»Ich hoffe. Ich kann jetzt nicht mehr auf die S-Bahn warten. Und womöglich in Rohr und Herrenberg noch einmal umsteigen.«

»Sabine und die Kinder stehen schon draußen. Wenn du willst, nehmen wir dich mit.«

Die ersten Koffer schoben sich unter den Kunststoffvorhängen ans Licht. Zwei Mitflieger stritten sich um einen Handgepäcktrolley. Ein Reißverschluss wurde geöffnet, der Besitzer triumphierte.

Jetzt kamen ihre Taschen und Seesäcke. Beladen wie Matrosen auf Heimurlaub passierten sie die opaken Schiebetüren. Eve stand direkt am Ausgang, die Arme weit ausgebreitet, das seidene Karohemd offen über einer ausgewaschenen Flicken-Jeans, über dem Becken von einem Gürtel mit einer Cowboyschnalle zusammengehalten .

Sie schloss Susanne fest in die Arme, küsste sie trotz Pete, an dem bereits vier Kinderhände hingen und ihn auf den Boden zu zerren suchten, auf den Mund.

»Ich hab dich so vermisst, du. Wie war's denn?«

»Kurzweilig. Komm, lass uns gehen. Ich erzähle es dir gleich. Wo stehst du ?«

Sie verabschiedeten sich von Pete und seiner Familie.

»Mir war es auch nicht langweilig. Im Lila Café war Bauchtanz. Wir hatten eine irre Fete.«

Wenn du mich damit eifersüchtig machen willst, scheiterst du, dachte Susanne und freute sich, keine vorwurfsvolle Stimmung vorzufinden.

»Und wir haben Sarasota nach dem Vortrag so rasch wie möglich verlassen und einen Ausflug nach Key West gemacht. Aber vom Segeln bin ich geheilt.«

Die Heimfahrt reichte kaum aus, das Erlebte zusammenzufassen. Ihre Schilderung von Svens Erkrankung geriet so dramatisch, dass über den Vorabend keine Fragen aufkamen.

»Eines verstehe ich nicht«, meinte Eve, als sie die Tür aufschloss. »Warum hast du nicht gleich mich angerufen?«

Das Öffnen der Tür gab ihr Zeit für eine ausweichende Antwort.

»Dazu war schlicht keine Zeit. Ratzfatz musste alles organisiert werden und dann ging doch schon der Flieger.«

Eve hatte das Wohnzimmer mit orientalischen Seidentüchern ausgeschmückt. Wände, Sofa, von den Decken, überall hingen und lagen Tücher. Aus den Lautsprechern erklangen sanfte Dissonanzen, ein Geruch nach Duftstäbchen hing im Raum. Susanne fühlte sich unwillkürlich an einen Wasserpfeifensalon erinnert.

»Warst du während meiner Abwesenheit in Marokko?«

»Nein, aber beim Bauchtanzabend. Eine Wahnsinnsparty. Habe ich dir doch erzählt!«

Evelyn wiegte die Hüften im Takt der fürchterlich schräg klingenden Rhythmen, erwartete offensichtlich Bewunderung.

»Du bist wunderbar. So geschmeidig in der Bewegung. Ich habe auch eine Überraschung für dich.« Evelyns Kopf in beiden Händen haltend berührte Susi mit ihren Lippen Eves kleines Ohr.

»Übermorgen gehe ich zu Beneika. Gleich nach dem Dienst. Sprich ihn nicht darauf an, aber er hat eine Lösung gefunden. Er hat mir eine SMS geschickt.«

Evelyns Arme drückten so fest zu, dass sie einen Moment lang glaubte, keine Luft mehr zu bekommen. Bereitwillig ließ Susanne sich ins Bad ziehen. Sie konnte kaum noch die Augen offen halten. Aus dem Wohnzimmer tönten weiter die Bauchtanzklänge.

Ob das Gehör für harmonische Klänge nur erlernt wird? Würden Orientalen eine Oktave spontan so angeben wie wir? Mit Halbtonschritten bei drei/vier und sieben/acht? Wohl kaum. Sicher ist das Empfinden für Harmonie nur erlernt. Sicher sind schon die Instrumente ganz anders gestimmt, überlegte sie sich beim Ausziehen.

Die große Eckbadewanne war bereits fast bis zum Überlaufen gefüllt. Evelyn saß schon. Erst einen Fuß eintauchend, die Hitze ertragend, wartete sie, bis sich die Haut an die Wassertemperatur gewöhnt hatte. Dann setzte auch sie sich ganz hinein und schloss die Augen.

Dann müssten sie aber auch ein anderes System der Notenschreibung haben, setzte sie den Gedankengang fort.

Evelyn hatte begonnen, ihre Füße einzuseifen, massierte mit sanftem Fingerdruck und kreisenden Bewegungen erst die Sohlen, dann die Zehen.

Oder eben dauernd die Tonart wechseln, dann ist auch unser Notensystem möglich.

An dieser Stelle konnte sie die Überlegung nicht mehr fortsetzen. Andere, archaischere, sinnlichere Empfindungen spülten jene fort, besetzten jeden Gedanken.

D er Dienst war ruhig, die Post konnte warten. Das Labor war wichtiger. Susanne öffnete die Kellertür, der vertraute Geruch nach Akten, Staub, Desinfektionsmittel und altem Kaffee schlug ihr entgegen. Die UV-Lampe brannte noch. Die Zelllösung in dem gläsernen Brutschrank darunter schimmerte grün.

Den ganzen Tag über hatte sie sich beobachtet. Auf etwaige Anzeichen einer Schwangerschaft geachtet. Sich so oft gefragt, ob ihr übel war, dass sie es tatsächlich nicht mehr zu sagen wusste. Überlegt, auf den Namen einer Patientin einen Schwangerschaftstest ins Labor zu schicken. Wegen der Möglichkeit eines positiven Ergebnisses hatte sie den Gedanken wieder verworfen. Aber jetzt krampfte ihr Magen, dass ihr schlecht wurde. Eine der Lösungen war vergammelt. Umgekippt. Die ganze Arbeit umsonst. Sie setzte sich. Selbst schuld. Oder nicht? Vielmehr Pete war schuld. Hatte nicht er die Zellen unter das UV-Licht gestellt? Sie sortierte die Erinnerungen der letzten Tage, bis es ihr wieder einfiel. Sie selbst hatte zuvor die Chloroplasten mit den Enzymen verwechselt und in die Gläserreihe Stammzelllösung gefüllt. Und die hatten jetzt unter der UV-Lampe gestanden und stanken vor sich hin. Aber offensichtlich nicht alle. Einige schienen äußerlich unversehrt. Ihr Interesse war geweckt. Anstatt die Gläser wegzukippen, nahm sie eine Mikropipette und betrachtete den Tropfen eines intakt scheinenden Glases unter dem Mikroskop. Köhlerte ein bisschen. Hielt die Luft an. Setzte sich zurück. Schaute nochmals. Kein Zweifel, diese Zelle teilte sich eben. Ihre Stammzelle. Aber, sie trug Organellen in sich. Grüne Organellen. Susannes Mund war schlagartig ausgetrocknet, die Halsschlagader trommelte ihr Druckwellen in die Ohren. Sie schloss die Augen. Besann sich. Das Photosystem II mit seinem Mangan-Sauerstoff-Komplex enthielt das Chlorophyll. Aber in ihren Stammzellen? Unmöglich. Diente doch das Chlorophyll zum Einfangen des Lichts und gleichzeitig zur Aufspaltung des Wassers in Sauerstoff und Wasserstoff. Gelang das Wunder der Verbindung von Wasserstoff, Lichtelektronen und Sauerstoff zu Kohlenhydraten. Zuckerarten also, dem Motor des Muskels, des Lebens. Das gab es nur in Pflanzenzellen. Unvorstellbar. Unmöglich. Das konnte nicht sein. Nicht in ihren Hamsterzellen.

Jetzt nichts ändern. Ich muss alles rekapitulieren, protokollieren, jedes Detail. Susanne begann mit der Sicherung ihrer Dateien. Brannte zwei DVDs. Dann las sie Luftdruck und Raumtemperatur ab, ging die Protokolle des Brutschranks durch und speicherte alles. Nährstofflösung, Zelldichte, pH-Wert, Glucose- und Adenosintriphosphatgehalt, Konzentration der Lösungen, Abstand der Lösungen von der UV-Lampe. Deren Leistung. Ausgangszusammensetzungen. Zwei Stunden später war sie sicher, niemanden informieren zu wollen. Vorsichtig entnahm sie die Hälfte ihrer grünen Hamsterzellen und verteilte sie auf vier Einheiten, behielt aber Konzentration und Zusammensetzung der Nährlösung exakt bei. In jeden Brutschrank kam eine davon. Heftige Sorge vor einem Stromausfall überkam sie. Plötzlich fielen ihr die Notstromsteckdosen im OP ein. Sie waren alle mit einem roten Punkt markiert. Bisher hatte sie dem keine Beachtung geschenkt. Susanne kroch unter den Tisch und schob die Schubladenwagen zur Seite. Der aufsteigende Staub brachte sie zum Niesen. Beim Aufrichten schlug sie mit dem Hinterkopf gegen die Tischplatte. Kaum, dass sie den Schmerz wahrnahm. Tatsächlich klebte auf einer der Steckdosen ein roter Punkt. Natürlich auf der leeren. Der Fehler war rasch korrigiert. Sie setzte sich wieder, stützte den Kopf in die Hände und versuchte, sich zu sammeln. Sie musste ihr Ergebnis veröffentlichen. So rasch wie möglich. Aber was war passiert, wie war die Verschmelzung zustande gekommen, was war der Vektor gewesen? Warum übersäuerten die Zellen nicht? Wie hielt die Zelle dem osmolaren Druck unter diesen Bedingungen stand, was geschah mit den Zuckern? Und der Stickstoffkreislauf, das Nitrit, der Harnstoff, was war damit? Sie würde diese Fragen nicht alleine lösen können.

Andererseits, dachte sie, wenn ich recht habe mit meiner Vermutung, darf ich erst nach der Veröffentlichung andere einschalten. Und dann? Attac, Gentechnikgegner, die Industrie? Plötzlich wurde sie sich ihrer Gefährdung bewusst.

»Frau Dr. Suter?« Susanne erschrak. Das Handy erinnerte sie wieder an ihren Dienst. Sie drückte den kleinen schwarzen Balken auf ihrem Mobilfunk.

»Ja, bitte?«

»Da ist noch eine Verblitzung gekommen.« Susanne stöhnte.

»Ist gut, ich komme gleich.«

Zum ersten Mal, soweit sie sich erinnern konnte, schloss sie die Tür zum Labor ab. In der Ambulanz wartete ein junger Mann mit augenscheinlich starken Augenschmerzen. Er hatte ohne Schutzbrille seine Autotür geschweißt. Sie zwang sich, ihn freundlich zu untersuchen. Während der helle Streifen ihrer Lampe auf die verschiedenen Anteile des Auges fiel und in unterschiedlichen Reflexen dessen Medien widerspiegelte, rasten die Ideenfetzen in immer schnelleren Kreisen durch ihren Kopf.

Wenn du jetzt keine Migräne bekommst, dann nie in deinem Leben, war einer davon. Schwanger von einem Mann, der nächste. Sven besuchen, wieder einer. HCG-Test kaufen, Eve die Wahrheit sagen, Paper diktieren, Analysemethode für Kohlendioxid recherchieren, nitrifizierende Enzyme googeln.

»Ich kann nicht mehr, Frau Doktor!« Der junge Mann weinte. Sie hatte ihn schlicht vergessen. Wie lange hatte sie ihn untersucht?

»Nicht so schlimm, so eine Verblitzung. Da kann ich nichts machen. Ich gebe Ihnen ein Schmerzmittel und Sie versuchen zu schlafen. Nehmen Sie nächstes Mal eine UV-Brille!«

»Werde ich denn auch bestimmt nicht blind?«

»Nein, nein. Die Hornhaut erholt sich meistens wieder vollständig. Ich gebe Ihnen noch ein paar Tropfen hinein.« Normalerweise bekamen Verblitzungen keine Kokaintropfen, auch keine anderen Betäubungsmittel. Sonst hätte man die ganze Nacht nur Verblitzungen zu tropfen, das hatte sie als Studentin schon gelernt. Eine schmerzhafte Nacht wirkte einer Wiederholung der Nachlässigkeit der Schweißer entgegen und schützte so auch die Hornhaut. Aber sie war von dem Argument nie ganz überzeugt gewesen.

Der Flur zu ihrem Dienstzimmer grenzte direkt an eine gläserne Brandschutztür mit elektrischem Türöffner. Für jeden Dienstgang musste die Laborassistentin dort hindurch. Susanne lag im Bett und verfolgte das näherkommende Geräusch der hölzernen Clogs, wartete auf den dumpfen Schlag ihrer Trägerin gegen den elektrischen Türöffner, nahm innerlich den summenden Ton des Motors bis zur selbstständig quietschenden Schließung vorweg und versuchte sich dann in autogenem Training.

Du musst dir nur vorstellen, wie du selbst ganz schwer wirst, hatte Sven gesagt. Wahrscheinlich lag er ebenso wie sie wach auf einem gestärkten frischen Laken, umgeben von Neonlicht und Desinfektionsgeruch, und versuchte sich auszubalancieren. Komisch eigentlich, dass schon sein Heilpraktiker eine Bluterkrankung vermutet hatte. Wahrscheinlich waren ihm einfach Svens blasse Lippen aufgefallen. Wenn er ihn doch nur gleich zu einem Arzt geschickt hätte. Plötzlich wusste sie, wer auch so blasse Lippen gehabt hatte. Früher noch, in der Schule. Tilmann. Einige lange Nächte hatten sie seinerzeit nach dem Abitur gemeinsam an Bartheken über Mathematik und die Welt diskutiert. Damals, als nach dem Schulabschluss die Welt noch offen stand. Abenteuer hatte sie damals gefühlt. Wissensdurst. Ehrgeiz. Selbstbewusst waren sie beide lediglich, was ihre Ausbildung anging, gewesen. Und gerade das hatte ihnen Vertrauen in die Zukunft gegeben. Hatte der damals etwas von ihr gewollt? Sie war sich nicht sicher. Eigentlich wollte jeder Mann, der sich mit einer Frau unterhielt, etwas mehr, als er vorgab. Spätestens seit Meg Ryan alias Sally im Kino von Harry darüber aufgeklärt worden war, glaubte auch sie daran. Aber Tilmann? Na, vielleicht doch. Er hatte intellektuell scharfsinnig entschieden, dass er vor allem eine Frau mit Kopf brauchte. Oder hat es einfach probiert. Wie alle Männer. Susanne stöhnte und drehte sich auf die Seite. Die Schritte kamen jetzt etwas gedämpfter von der anderen Seite der Tür zurück. Dumpfer Schlag, Türöffner. Tilmann. Natürlich. Den würde sie fragen. Der konnte wenigstens den Mund halten. Besser als sie selbst wahrscheinlich. Irgendwie war ihr jetzt doch übel. Wenn ich schwanger bin, muss ich mit den Chemotherapeutika aufpassen, vor allem wenn ich Sven besuche, war ihr letzter Gedanke vor dem Einschlafen.

Das Telefon weckte sie. Auf immer war dieser Klingelton mit Arbeit und unangenehmen Emotionen verknüpft. Da genügte es, wenn sie an einem offenen Fenster vorbeilief und ein Telefon mit dem gleichen Signal läutete.

»Suter, ja bitte?«

»Aufstehen, es ist halb sieben!« Susanne bedankte sich beim Pförtner für den Weckruf und ging ins Bad. Sicher würde der komische Geschmack im Mund nach dem Zähneputzen verschwinden. Sie duschte ausgiebig, freute sich unter dem warmen Wasserstrahl über den ruhigen Dienst der vergangenen Nacht und plante die nächsten Schritte. Zunächst weitere Versuche im Labor, dann Tilmann anrufen, Sven besuchen, einen Test kaufen und sie durfte keinesfalls vergessen, dass sie heute eigentlich bei Beneika zu sein hatte.

Ihren Zellen ging es unverändert gut. Bis auf die Reihe, die sie weiter unter dem UV-Licht gelassen hatte. Hier schienen die Zellen gequollen, einzelne Zellteile lagen frei in der trüben Lösung als Hinweis auf den stattgehabten Zelltod. Susanne hatte keinerlei Vorstellung davon, wie viel Licht ihre neuen Freunde benötigten. Sie startete eine Vergleichsreihe der Lösung mit der maladen Population und den gesunden Zellen, um festzustellen, welche Stoffe in unterschiedlicher Konzentration vorlagen. Dann machte sie sich an ein Protokoll, um den Zufallstreffer von Pete reproduzierbar zu machen. Schnell wurde ihr klar, dass ihre labortechnischen Gerätschaften und Möglichkeiten für eine genaue Analyse um einige Zehnerpotenzen zu klein waren. Sie würde gleich mit Tilmann sprechen müssen. Als sie im Outlookmenü versuchte, dessen Telefonnummer herauszufinden, verfluchte sie Bill Gates. Sie war sicher, Tilmanns Adresse gespeichert zu haben. Im Suchmenü aber verweigerte das Programm jede Auskunft. Da stand sie vor einer Entdeckung, die zu einem Meilenstein wie das DOS-Betriebssystem werden würde. Und scheiterte an dieser Garagenfirma Microsoft. Sie ging die Adressen unter den Buchstaben S und T einzeln durch. Da war die Nummer. Damit hatte sie auch ein gutes Anknüpfthema für ein Gespräch. Tilmann hatte bei jeder Gelegenheit die Schwächen von DOS aufgezeigt und immer daraufhingewiesen, dass selbst die neuesten Windows-Programme immer noch auf diesem Standard aus den Achtzigern basierten. Natürlich vergaß sie bei ihrem Telefonat die Zeitverschiebung zu Kalifornien. Und wie früher machte er sich erst einmal über ihre Ideen lustig. Andererseits war es aber auch, als hätten sie erst gestern miteinander geredet. Je älter man wird, desto mehr stellt man fest, wie der Mensch sich doch als Persönlichkeit nicht verändert, dachte sie, während sie mit ihm sprach. Offensichtlich war sie so überzeugend, dass er einem Treffen zustimmte.

»In 14 Tagen hat meine Mutter Geburtstag, da bin ich im Land. Ich melde mich. Und jetzt lass mich weiterschlafen, bitte«, sagte er mit Zeitverzögerung und deutlich amerikanischem Akzent.

Susanne lachte, verabschiedete sich und begann, nachdem sie das Telefonkabel entzwirbelt hatte, den Gaschromatographen zu programmieren.

Die Mittagspause ließ sie ausfallen. Alles kam ihr unwirklich vor, wie in einem Traum. Aber sooft sie ihre Stammzellen auch analysierte, ob unter fluoreszierendem Licht oder beim Nachweis chloroplastenspezifischer Enzyme, es bestand kein Zweifel an ihrer Synthese. Die möglichen Folgen daraus ließen sie unbeeindruckt. Dazu war alles noch zu unsicher. Das Potenzial zumindest war unermesslich. Dennoch verschwendete sie keinen Gedanken daran. Noch weniger als an die Folgen der etwaigen Verschmelzung, die sich gerade im Inneren eines Hohlorgans in ihrem eigenen Körper vollziehen konnte. Susanne stellte sich vor, wie sie in der Apotheke einen Test kaufte. In diesem Zusammenhang kam ihr das reichlich profan vor. Sie entschied sich für eine Versandapothekenbestellung übers Internet. Das barg zudem die Überraschung eines Paketes für Eve. Irgendwie sollte sie doch auch teilhaben dürfen. Auch wenn sie ihr von ihrer Entdeckung zunächst nichts erzählen wollte.

Der Berg war steil und zog sich. Es dämmerte schon. Eine große Gewitterwolke ragte drohend über den Waldrand, während Susanne ihr Fahrrad hinaufschob. Die Medizinische Klinik, eben frisch renoviert, teilweise sogar neu errichtet, befand sich fast ganz oben auf der Hügelkette, überragt nur noch von der Unfallklinik, welche weiß und glänzend dort die Spitze des Fortschritts und der Ausstattung symbolisierte. Ein Rettungswagen mit Blaulicht raste ohne Signal talwärts, dicht gefolgt von dem Einsatzfahrzeug mit dem Notarzt. Susanne wusste um den Ehrgeiz der Fahrer, sich auf einem Blitzlichtfoto der Polizei wiederzuerkennen, welches hier gelegentlich stationiert war. Sie versuchte zu erkennen, ob Eve auf dem Beifahrersitz saß, konnte es nicht mit Sicherheit sagen. Auf ihrer Seite der Straße leuchteten gelb die Mirabellen von einem alten knorrigen Busch. Susanne legte ihr Rad in die Wiese voller Spitzwegerich am Rand des Fahrradwegs, um sich einige der Früchte zu pflücken. Pflaumig schmeckten sie, überreif, fast schon mehlig. Leicht flutschten die Kerne aus dem Fruchtfleisch, während ihre Zunge sie zerdrückte und das harte Holz langsam im Mund hin und her schob. Susanne nahm ihr Fahrrad wieder auf.

Sie musste Sven über ihre Beziehung zu Eve aufklären. Und auch über seine Erkrankung. Nicht jedoch über seine eventuelle Vaterschaft, da war sie sich auch sicher.

Der Stapel Akten vor dem Fenster von Evelyns Arztzimmer ließ kaum noch das Tageslicht herein. Sie saß vor dem alten Diktiergerät und blätterte in einer dicken Registraturmappe. Als Susanne hereinkam, sprang sie auf und ein Strahlen lief über ihr blasses Gesicht, während sie auf sie zulief.

»Und, war's schlimm? Nicht gerade ein Lusterlebnis nehme ich an, oder? Erzähl doch mal!«

Susanne holte tief Luft. Ohne sie anzusehen antwortete sie: »Ich habe es hinter mich gebracht. Und ich möchte es so schnell wie möglich vergessen. Wenn es nicht klappt, bist du als Nächste dran.«

Evelyn schaute betroffen auf ihren Schreibtisch.

»Vielen Dank, Susi, vielen, vielen Dank. Warst du danach noch im Labor?«

»Ja, woher weiß du das?«

»Na ja, du bist mit dem Rad gekommen. Du solltest dich nicht so anstrengen, jetzt.«

»Na hör mal. Schwangerschaft ist keine Krankheit. Und bis jetzt bin ich allenfalls befleckt, sicher noch nicht schwanger! Aber im Labor läuft was aus dem Ruder, das ist unglaublich. Ich muss nachher noch einmal hin. Hast du was von Sven gehört?«

»Er liegt auf der West eins. Zimmer 244. Heute morgen war Knochenmarkpunktion. Ziemlich sicher eine akute myeloische Leukämie. Ich habe mich ein wenig dahintergeklemmt, damit die anderen Untersuchungen alle noch heute laufen. Morgen ist dann Konferenz, da kann dann das Regime festgelegt werden, falls die Botan schon fertig ist. Dann beginnt übermorgen die Therapie.«

Frau Professor Botan, angesehene Pathologin mit einer Schwäche für Alfa-Romeo-Cabrios und junge Doktoranden, war eine Koryphäe ihres Fachs, eine Institution. Susanne hatte sofort ihren Halsschmuck vor Augen, einen großer Stein an einem Silberband, vielleicht auch eine Versteinerung. Hinter vorgehaltener Hand wurde von einem eingelegten Lymphknoten gemunkelt.

»Hat er denn jetzt seine Angehörigen informiert?«, wollte Susanne wissen.

»Soviel ich weiß, nein. Er trägt es bislang mit Fassung. Oder verdrängt es, wie auch immer.«

»Ich geh mal zu ihm runter. Anschließend fahre ich noch mal ins Labor. Bis heute Abend, du.« Sie küsste Evelyn zärtlich und fuhr ihr mit der Hand durchs Haar.

»Ich freue mich so, vielen Dank, dass du das auf dich genommen hast.« Evelyn stand in der Tür und winkte, bis Susanne hinter der Kante des Treppenhauses verschwunden war. Die fühlte sich gar nicht gut. Und das kam sicher nicht vom Schwangersein.

Sven war nicht in dem Zimmer, das Eve ihr genannt hatte. Die Schwesternschülerin lief rot an, als sie auf ihn angesprochen wurde, wusste aber, dass er sich in den Gärten hinter der Klinik aufhielt. Sie fand ihn in der lauen Sommernacht unter einem knorrigen alten Streuobstbaum im Lotussitz.

»Hallo Sven!« Bevor er noch anders reagieren konnte, klopfte sie ihm zur Begrüßung auf die Schulter, deutlich genug Distanz wahrend.

»Hoho, die Augenforscherin persönlich!« Er wahrte die unbequeme Sitzposition. »Setz dich, ich sehe den Fledermäusen zu. Das ist ja das reinste Gefängnis da drüben. Um so wunderbarer diese Idylle gleich nebenan. Ich werte die fliegenden Säuger als Zeichen intakter Natur, hoffentlich fern jeder Bedeutung für meine persönliche Zukunft.«

Die uralten Streuobstwiesen mit ihren riesigen Birn- und Apfelbäumen, Rosen- und Schlehenhecken fielen erst sanft, dann plötzlich steil in weitgehend unberührten Wald übergehend ins Tal hinab. Susanne setzte sich neben ihn und nahm erstmals die Natur hinter dem Klinikum wahr. Heimchen zirpten, es roch nach Wacholder und Kiefer, im Tal leuchtete die Stadt.

»Dort im Westen, am Ende des Tales wohne ich mit Evelyn, meiner Partnerin, zusammen«, zeigte sie ihm die Richtung. »Wir ...«, es knackte und rappelte hinter ihnen, doch als sie sich umdrehten, sahen sie statt des vermuteten Tieres einen Mountainbiker querfeldein talwärts rasen.

»Wir sind besondere Freundinnen, wenn du verstehst, was ich meine.« Die Unterbrechung hatte es ihr leichter gemacht. »Deshalb habe ich ihr auch«, jetzt zögerte sie doch, »deshalb habe ich ihr auch nicht alles erzählt. Aber entschuldige, dass ich mit mir anfange, wie geht es dir denn?«

Sven schaute ihr direkt in die Augen. Nichts darin verriet ihr, wie er über ihre Beziehung zu Eve dachte. Sehr sicher und ruhig antwortete er:

»Ich muss dir wohl sehr dankbar sein, einerseits. Andererseits weiß ich nicht, ob ich das hier aushalten werde. Wenn die Therapie anfängt, lassen sie mich nicht mehr raus. Ich kann das nicht glauben, dass ich sterben soll, weißt du? Wenn ich versuche, mir vorzustellen, wie das ist, falle ich in ein riesiges schwarzes Loch. Nicht das Sterben macht mir Angst. Es ist die Vorstellung, weder etwas zu denken noch etwas wahrnehmen zu können. Einfach nicht mehr zu sein. Dann ist die Welt doch auch nicht mehr, wenn ich sie nicht realisiere. Und das ist der Widerspruch. Da hilft mir nur noch Gott. Und die Fledermäuse in der Sommernacht. Heute noch wenigstens«, fügte er hinzu.

Susanne sagte nichts. Warum bist du jetzt getroffen?, fragte sie sich. Weil er vom Sterben spricht oder weil er sich nichts aus dir macht? Die gemeinsame Nacht ebenso wenig erwähnt wie ihr Bekenntnis von eben? So hatte sie es doch erhofft, ja sogar geplant gehabt!

»Wir bleiben dieselben, auch angesichts des Todes«, antwortete sie stattdessen. »Wer weiß, vielleicht bin ich noch vor dir dran. Die Aussichten auf Heilung stehen nicht schlecht, weißt du.« Sie hatte sich auf ihre Rolle als betreuende Ärztin besonnen. »Und du solltest jetzt reingehen, sonst suchen sie dich noch.«

»Noch zehn Minuten. Komm, wir legen uns einfach zurück und schauen Sterne.«

Sie legten sich nebeneinander auf den Rücken. Hart war der Boden, hart und ausgetrocknet. Nach und nach erschienen immer mehr der zahllosen fernen Sonnen als winzige Punkte im schwarzen Nichts. Im äußeren Gesichtsfeld waren sie heller verteilt, verschwanden aber, wenn sie direkt angesehen wurden. Keine Stäbchen in der Macula der Netzhaut, dachte die Augenärztin. Armer Kerl, dachte die Frau in ihr. Sie sprachen nichts. Plötzlich leuchtete für Sekundenbruchteile ein schneller heller Streifen weit über ihnen im Firmament. Eine Sternschnuppe, durchfuhr es sie. Hoffentlich wird das was mit meinen Zellen. Susanne setzte sich auf. Ihr war übel. Ihre Ohren glühten, der Kopf schien zu zerspringen.

Das gab's doch nicht. Svens Krankheit, Evelyn, die geplante Schwangerschaft und was war ihr erster Wunsch, der erste Impuls? Sie musste geträumt haben. Langsam wurde es auch für sie zu viel.

»Hast du sie auch gesehen, die Sternschnuppe, Sven?«

»Nein, was hast du dir gewünscht?«

»Das darf man doch nicht sagen, Mensch, das weißt du doch. Und außerdem muss ich jetzt gehen. Und du auch. Ich bringe dich noch vor.«

Schweigend gingen sie zurück. Wortlos nahm er sie zum Abschied in den Arm, bevor er im Qualm der Raucher am Eingangsbereich der Halle untertauchte. Der Dynamo ihres Fahrrades sirrte im gerade noch hörbaren Frequenzbereich, als sie ohne zu bremsen die langgestreckte Kurve am Fuß des Berges nahm. Wahrscheinlich hatte sie deshalb Tränen in den Augen.

D ie Übelkeit erfasste ihn. Sie war überall. Nicht nur im Magen. Sie zog ihn mit, zerrte an allen Gliedern, erweiterte sich in alle Richtungen. Er wehrte sich nicht, ließ sich mitziehen, wartete auf die nächste Welle. Keine Abwehr, keine Panik. In besseren Phasen wieder durchatmen, Luft holen, weiterkämpfen. Positiv denken. Nur nicht die wunde Mundschleimhaut abreiben, diese Aphten, die seine Zungenspitze ganz unwillkürlich immer wieder suchte. Deren Tiefen Eintrittstellen für Keime waren. Harmlose Keime normalerweise. Tödliche Keime in seiner Situation. Er konnte kämpfen. Er wollte kämpfen. Fest und konzentriert verdrängte er den Sensenmann. Dachte stattdessen an den notgelandeten Piloten Guillaumet, der sich aus 4000 Metern Höhe aus den Anden allein bis ins Tal durchgeschlagen hatte. »Kein Tier hätte das geschafft«, war dessen einziger Kommentar gewesen, als er angekommen war. Der Sieg des Willens, des Wissens, der Vernunft.

Nur keine Panik.

Die Nacht hatte ihn nicht erlöst, nicht der Schlaf seine erleichternde Ruhe, nicht Schmerzlosigkeit, nicht seine Lösung von Schwindel und Übelkeit gebracht. Er hatte wohl immer wieder kurz gedöst, aber nur, um bei jeder Drehung des Körpers wieder aufzuwachen, nicht wissend was Traum, was Wirklichkeit. Hatte er von seinem Bruder geträumt? Von der elterlichen Küche, in der sie beide beim Tee saßen und einem Hörbuch im Radio folgten? Ruhige Stunden gemeinsamer Konzentration, des gemeinsamen Fühlens und Erlebens in einer täglich fortgesetzten halben Stunde ohne Konversation, ohne Wettstreit zwischen ihnen. Er hatte geträumt, der Oberarzt komme herein, feist, mit Schnurrbart, mit von Weitem auf dem Krankenhausflur hörbaren Ledersohlen. Nichts hatte der gesagt, Svens Werte mit der begleitenden Krankenschwester besprochen und war wieder verschwunden.

Wieder die Übelkeit, der hämmernde Kopfschmerz. Brechreiz beim Gedanken an die Farbe der täglichen Infusion. Dazu den Geschmack ihres Blaus. Und dann, schon wieder im Traum, die tröstenden, Hoffnung spendenden Worte seines Bruders:

»Keine Sorge, das wird schon.«

Das hatte geholfen. Sonst nichts.

Diese fünf Worte hielten ihn oben, so oft er auch unterging. Hatte er Susi von seinem Bruder erzählt, als sie hier gewesen war? Er wusste es nicht mehr. Hätte sie ihn doch auf den Inseln gelassen, vielleicht hätte die nächste Ohnmacht ihn vom Brett geholt. Dann hätte er das hier nicht mitmachen müssen, nichts weiter mehr gemerkt. Wäre einfach ins Blaue gesunken, dorthin, wo sich das Unterwasserlicht im unendlichen Horizont des Ozeans verliert.

»Nicht Denken diesen Gedanken. Weiterschwimmen, weiterkämpfen«, sprach er sich laut Mut zu. »Du bist stärker als ein Tier. Ein Tier hätte sich jetzt hingelegt, um Ruhe zu finden. Erlösung. Freiheit von Schwindel und Übelkeit. Nicht denken, den Gedanken. Guillaumet war sogar ohne Handschuhe weitergegangen. Auf 4000 Metern Höhe. Im Eis.«

Es klopfte. Ein Student mit Mundschutz fuhr den Infusionswagen herein. Sven sah den Beutel und erbrach sich. Der Student half ihm, sich aufzusetzen, füllte ein Glas mit Wasser und reichte es ihm.

»Der Oberarzt hat ein neues Medikament gegen den Brechreiz angeordnet. Ich gebe es Ihnen heute vor der Therapie.« Sven würgte schon wieder. Der Student wollte die Spritze ansetzen.

»Stopp«, bat ihn Sven. »Erst noch mal desinfizieren. Ich hab nur den einen Port.«

Er hatte viel dazugelernt. Susi hatte es ihm erklärt. Eine kleine Dose mit Membran, unter seiner Haut eingebaut in einer kurzen Narkose, noch bevor die Chemo begonnen hatte. Erst von der Dose aus gelangte das Medikament in seine Vene. »In eine ganz große«, hatte Susi gesagt, »damit es gleich verdünnt wird und nicht alle Adern kaputtgehen von dem Zeug.«

Der Student desinfizierte gehorsam und wartete, bis die Haut trocken war, bevor er die Spritze gab und die Lösung anschloss. Sven wartete auf das Erbrechen. Aber das neue Medikament war gut. Mit dem Geschmack stellte sich die Übelkeit ein. Aber kein Erbrechen.

»Was war das für eine Droge jetzt?«, fragte er den Studenten.

»Ultimalin. Das Beste. Und das Teuerste«, fügte er hinzu.

»Und warum erst jetzt?«

»Man muss vielleicht erst herausfinden, was wirklich hilft.«

»Tu mir einen Gefallen. Wenn du mal selbst entscheidest, gib allen Ultimalin, bitte. Was sagen eigentlich meine Werte?

»Tja, sieht nicht so gut aus. Die entarteten Zellen sind wohl nicht ganz verschwunden. Haben Sie eigentlich Geschwister?«

»Einen Bruder, warum?«

»Eventuell brauchen Sie doch eine Transplantation.«

Da war sie wieder, die Welle. Überrollte ihn von vorne. Mit Geschmack. Bitterem Geschmack. Nach Metall irgendwie. Nicht nachdenken. Das wird schon wieder. Sven holte tief Luft.

»Okay, vielen Dank für die Info.«

»Klingeln Sie, wenn die Infusion durch ist?«

»Wie immer.«

Zu Beginn der Behandlung hatte er sich wie eingesperrt gefühlt in dem Zimmer. Einzelzimmer. Sterbezimmer? Er war umhergetigert, hatte Liegestützen gemacht, hier, auf dem Fußboden, Fluchtpläne entwickelt. Und war doch geblieben. Er hatte gebetet, er betete immer noch. Vertraute darauf, dass da jemand war, der half. Weniger, dass er an das Paradies oder solche Versprechungen glaubte. Aber da gab es jemand, der helfen konnte. Vielleicht. Vielleicht beruhigte sich sein Gehirn auch nur selbst. Ein uralter Trick, um nicht durchzudrehen.

Denen im Krieg half er auch nicht. Wie auch nicht den Kindern in der Klinik gegenüber. Leben und Sterben auf der Morgenstelle. So hieß hier der Campus. Der lag dem Klinikum gegenüber.

Dann waren die Infusionen gekommen. Und er dachte nicht mehr an Flucht. Kämpfte gegen die Übelkeit, kämpfte gegen die Schwäche, gegen die Darmkrämpfe. Minute für Minute. Stunde für Stunde. Immer im Weißwasser. Nach der Welle ist vor der Welle. Aber er kam nie raus, kam nie raus aufs Meer. Noch nicht.

Doch, jetzt gab es etwas. Ultimalin. Er kam doch etwas vorwärts. Konnte wieder klarer denken.

Er musste geschlafen haben. Jemand hatte den leeren Beutel mitgenommen. Und erfreulicherweise auch den Ständer dazu. Zum ersten Mal registrierte er durchs Fenster die Berge in der Ferne. Wahrscheinlich die Alb, dachte er. Ein großer heller Fleck leuchtete dreieckig im Abendlicht aus dem dunklen Baumgrün der steilen Abhänge. Ein rechtwinkliges Dreieck mit langer Hypotenuse, zumindest aus seinem Blickwinkel heraus. Er konnte sich nicht erklären, was das war. Ein Fels? Ein so großer Fels, so hell? Sven kannte den grauen, ausgewaschenen, häufig brüchigen Fels der schwäbischen Alb. Das Donautal versteckte viele herrliche Kletterfelsen in seinen Buchenwäldern. Er vertiefte den Gedanken. Schon spürte er den sonnenwarmen Fels unter seinen Händen, so realistisch, als ob er an ihm hinge.

Es klopfte wieder. Susanne war noch in Weiß gekleidet, ihre Haare hingen in Strähnen herab. Sie wirkte müde.

»Hi, Sven, dir geht es besser, sehe ich.« Sie setzte sich zu ihm ans Bett.

»Gesund wie eine Fledermaus, aber noch nicht ganz der alte Vampir. Sag mal, was ist das für ein heller Fleck, da hinten auf der Alb?«

Susanne trat ans Fenster und schaute in die angezeigte Richtung.

»Dort hinten, neben dem Roßberg, meinst du? Das ist ein Bergrutsch. Da ist vor einigen Jahren der ganze Hang runtergekommen. Sehr interessantes Forschungsgebiet, vor allem was die Neubesiedlung mit Pflanzen und Tieren angeht.« Sie drehte sich zu ihm um.

»Du, Sven, ich habe schlechte Nachrichten. Die Krebszellen verschwinden leider nicht ganz. Und eine noch stärkere Chemotherapie tötete auch die gesunden Blutzellen. Wir müssen einen neuen Weg gehen.«

»Das bedeutet?«

»Wir geben dir eine so hohe Dosis, dass alle blutbildenden Zellen, gute wie schlechte, zugrunde gehen. Und damit das auch gründlich ist, zusätzlich eine Ganzkörperbestrahlung dazu.«

»Ihr seid mir lustig. Da nehme ich lieber gleich einen Tsunami zum Surfen!«

»Und anschließend, nach dem erfolgreichen Tod aller Zellen, die irgendetwas mit dem Blut und der Bildung von Blutzellen zu tun haben, bekommst du neue blutbildende Zellen eines Spenders übertragen.« Sie überging seine Antwort. »Diese ersetzen nicht nur die untergegangenen Zellen von dir, sondern können auch eventuell wieder auftretende Krebszellen besser abtöten, als es deine eigene Abwehr konnte. Du bekommst quasi eine Neuausstattung mit blutbildenden Knochenmarkszellen. Das nennt man Knochenmarkstransplantation.«

»Und deshalb braucht ihr meinen Bruder«, stellte Sven fest.

»Schnell geschaltet. Ja. Besser sogar die Analyse, die sogenannte Typisierung aller nahen Verwandten. Gleichzeitig wird in einer großen Spenderdatei ebenfalls nach einer Übereinstimmung gesucht. Am besten wäre ein eineiiger Zwilling. Wir wollen vermeiden, dass die neue Abwehr, die neuen Spenderblutzellen deine eigenen Organe als fremd erkennen und sie zerstören.« Susanne strich sich die Haare aus dem Gesicht.

»Das wäre wirklich schade. Da gibt es ein oder zwei, die liegen mir wirklich am Herzen.« Er setzte sich im Bett auf, spürte, wie sich sein Darm wieder zusammenkrampfte.

»Soll ich deine Eltern anrufen? Sie bräuchten dazu gar nicht herkommen. Die Analyse kann jedes Labor vornehmen.«

»Werden sie aber. Trotzdem wäre ich dir dankbar, wenn du anrufst. Ich gebe dir gleich die Nummer. Jetzt muss ich dich aber rausschicken, ich platze gleich. Holst du mir die Schwester?«

Susanne nickte, verschwand und kam mit dem Schieber zurück.

»Die Medikamente gehen leider auch auf die Darmschleimhaut.«

»Das merke ich«, entgegnete Sven, »hier ist die Telefonnummer. Wenn du mich jetzt bitte allein lässt.«

Sven wusste nicht, wie Susanne es geschafft hatte, seine Eltern davon abzuhalten, ins Klinikum zu kommen. Am nächsten Abend jedenfalls stand plötzlich Andreas im Zimmer. Mit dem Mundschutz wirkte er in seinem Anzug reichlich deplatziert. Er nahm sich den einzigen Stuhl, zog ihn ans Bett und blickte zum Fenster hinaus. Eine Weile saßen sie schweigend nebeneinander.

»Ich freue mich so, dass du da bist. Das gibt mir Kraft, weißt du? Wenn ich nicht mehr konnte, in den letzten Tagen, habe ich an dich gedacht.« Sven sprach ruhig, ohne ihn anzusehen. Andreas drehte sich ihm zu. Auch er war blass, von der vielen Arbeit, wie Sven dachte, drehte nervös an seinem Piaget-Chronometer. Jetzt standen ihm Tränen in den Augen.

»Warum hast du dich denn nicht gemeldet?«, wollte Andreas wissen.

»Es ging alles so schnell. Bis ich verstanden habe, was richtig los ist, hing ich schon am Tropf. Ich wollte es alleine schaffen.«

Andreas sah ihn fest an.

»Ich bin immer da, wenn du Hilfe brauchst. Egal zu welcher Zeit, unter welchen Umständen. Schwamm drüber. Ab heute geht es wieder aufwärts. Die Untersuchungen laufen schon, sie wollten mein Blut sogar noch heute Abend analysieren. HLA-typisieren, nennen sie das. Und die Kosten interessieren mich nicht. Ich war bereits in der Verwaltung.«

Sven hörte immer nur halb hin, wenn Andreas sprach. Er war von klein auf an die langen Monologe gewöhnt, Andreas' Unfähigkeit, anderen zuzuhören oder gar andere Meinungen zuzulassen. Das war im Moment unwichtig. Was zählte, war seine Anwesenheit. Dass er gekommen war. Hier neben ihm saß. Das gab ihm Kraft.

»Wohnst du im Hotel?«, wollte er wissen.

»In der Krone. Direkt am Neckar. Ganz im klassischen Stil. Sehr vornehm.«

»Ich war auf Guernsey, bis ich krank wurde. Tolle Insel. Das wäre auch was für euch. Mein Bus steht noch dort.«

»Sven, meine Zellen passen sicher für dich. Ich habe eine super Abwehr, das weißt du doch. Ich spende etwas Blut, die Zellen werden extrahiert und dann bekommst du was besonders Gutes. Und anschließend gehen wir zusammen segeln. Das wird schon wieder.«

Da war er wieder, der tröstende Satz. Lange schwang er durch den Raum. Seinen Kopf würde er nicht mehr verlassen. Trotz der selbstbewusst arroganten Art war er ihm unendlich dankbar, dass er gekommen war. Und dennoch hätte er ihn selbst nicht gerufen. Schon seltsam.

Es klopfte. Die Nachtschwester, eine ältere, strenge schlanke Frau mit kurzen grauen Haaren, klapperte auf dem Wagen mit ihren Utensilien.

»Die Besuchszeit ist zu Ende mein Herr.« Sie machte keine Anstalten, das Zimmer vor Andreas zu verlassen. Wahrscheinlich musste bei der auch korrekt nach Regeln gestorben werden. Andreas erhob sich, fasste ihn bei der Schulter.

»Bis morgen, Sven.«

S usanne stand im Badezimmer, hatte eben die Hose wieder hochgezogen und zugeknöpft. Das Päckchen vom Internet-Apothekenversand hatte ziemlich zerknautscht ausgesehen, wie es da seit heute morgen wohl schon im Briefkasten, zwischen Telefonrechnung und Wurfsendungen, lag. Zwölf Tage nach seiner Bestellung. Zum Glück hatte der Briefträger etwas nachgeholfen, denn sonst wäre es wohl wieder an den Absender zurückgegangen, bevor Susanne oder Evelyn es geschafft hätten, bei der Post vorbeizugehen. Nun war der Inhalt seiner Zweckbestimmung zugeführt worden. Sie hatte darübergepinkelt. Unter dem ersten hellblauen Streifen wurde jetzt ein zweiter dem ersten in der Farbe immer ähnlicher. Zum zweiten Mal las Susanne die Gebrauchsanweisung durch. Ein Rest von Zweifel nagte noch an ihr, allein: Dieser Test hier war eindeutig positiv.

»Evelyn!« – Keine Antwort.

»Eve! Komm doch mal schnell!« Susanne stand immer noch wie angewurzelt vor dem weißen Plastikbriefchen. Auf dem Gewebe in seiner Mitte leuchteten zwei hellblaue Streifen. Sie fasste den Test mit spitzen Fingern und schob ihn der hereinstürmenden Freundin direkt unter die Nase.

»Was ist denn passiert?« Evelyn erkannte zunächst gar nicht, was sie da vorgehalten bekam.

»Was machst du denn für ein Geschrei?«

»Schöne Bescherung. Wenn man da nicht schreien darf. Schau doch mal hin!« Susanne konnte nicht gerade sagen, dass sie sich freute. Wahrlich, sie hatte schon genug Sorgen. Das hatte ihr noch gefehlt. Aber da war ihr Evelyn schon um den Hals gefallen, schob eine Hand unter ihr Hemd und streichelte ihr den Bauch.

»Aber das ist doch wunderbar! Gleich beim ersten Mal!« Sie führte einen wahren Freudentanz auf. »Und das sogar ohne Heiratsformalitäten, ohne Schwiegermuttern! Komm, lass uns das feiern. Ich lade dich ins Gärtle ein. Auf, keine Widerrede. Ab jetzt muss ich dich verwöhnen. – Noch mehr verwöhnen«, setzte sie mit einem selbstzufriedenen Lächeln hinzu.

Das Gärtle lag am Rand des Schönbuchs in Halbhöhenlage. Sparsam beleuchtete alte Rotbuchen und mediterrane Kiefern, beklettert von Efeu, wurden von Trockenmauern kunstvoll zu einem kleinen Park eingesäumt. Auf mehreren Ebenen standen einzelne Tische, während sich oben auf der Veranda die Glastüren zu einem Buffet öffneten. Ein Pianist spielte am Flügel. Der Vater des Gastronoms, selbst Maler, hatte einst das versteckte Restaurant gegründet, in gelungener Anlehnung an La Colombe d'Or in St. Paul de Vence, dem ehemals berühmten Lokal in den Wäldern über der Côte d'Azur.

Heute warteten sardische Spezialitäten auf die Gäste. Bereitwillig ließen sich die beiden Freundinnen von ihnen verführen. Mit Schafskäse gefüllte gegrillte Tomaten, Scheiben von ausgebackenen Auberginen und Zucchini, Lachs im Salzteig und marinierte Fischfilets sowie Jakobsmuscheln an Nudelcurry standen als Vorspeisen zur Auswahl. Sie saßen im Garten und Evelyn schmiedete Zukunftspläne. Laut zirpten die Grillen im Dunkeln. Susanne dachte an die Sternschnuppe. Angst und Trauer erfüllten sie.

»Jetzt reicht es. Zwölf Wochen. Vorher zu keinem ein Wort.

Und nicht zu viel Vorfreude. Du weißt selbst, was noch alles passieren kann. Ich bin auch nicht mehr die Jüngste.«

Evelyn nickte erschrocken und fasste Susannes Hand auf dem Tisch.

»Schon gut. Ich freue mich einfach nur so.«

Eine Weile sprachen beide kein Wort. Vom Piano perlten einzelne Melodiefetzen zu ihnen herab. »Penny Lane«.

»Wie war es denn bei der Arbeit?«

Susanne schwenkte darauf ein. »Kannst du dir vorstellen, was die sich schon wieder ausgedacht haben, in der Regierung? Es gibt doch jetzt tatsächlich eine Kommission, ein Institut, das entscheidet, welche Behandlungen sinnvoll, also von den Kassen erstattungsfähig sind, und welche nicht. Da sind die doch tatsächlich der Meinung, dass die Knochenmarkstransplantation keinen Vorteil gegenüber den anderen Methoden bringt, und wollen die Übernahme dieser Therapie durch die Krankenkassen stoppen!«

Evelyn war nicht verwundert. »Das ist seit über einem Jahr ein Thema. Nach Ansicht internationaler Experten ist die Methode nicht nur sicher, sondern oft für viele die einzige Rettung. Eine Methode, die vollständige Heilung von einer tödlichen Krankheit ermöglicht! Ich kenne selbst einen Jungen mit einem Immunozytom, der würde heute nicht mehr leben ohne die KMT. Der kleine Bernd, erinnerst du dich? Keine der Therapien hatte geholfen, die bösartigen Zellen kamen immer wieder. Jetzt ist er seit über fünf Jahren rezidivfrei. Geheilt. Und dann kommt da so ein Statistiker daher und sagt, seine Zahlen sprächen dagegen. Die Heidelberger meinen, das liege daran, dass die ganze Serien von Studien einfach ausgeschlossen haben bei ihrer Bewertung. Mein Chef ist der Meinung, dass die Zahl der Erkrankten viel zu klein ist, als dass eine statistische Überlegenheit der einen Methode gegen die andere nachzuweisen wäre. Aber das darf doch kein Grund sein, eine Methode ganz zu stoppen. Nur, weil sie teuer ist. Welcher Politiker hat nur einem einzelnen Institut so viel Entscheidungsfreiheit eingeräumt?« Bei den letzten Worten war Evelyn aufgestanden.

»Komm, die Hauptspeisen werden serviert, sonst wird die Schlange zu lang.«

Sie konnten wählen zwischen sardischen Kartoffeln in Rosmarinbutter, Kartoffelgratin, gefüllter Lammkeule oder Lammsteaks mit Bohnen. Auch Spanferkel wurde gereicht. Sie entschieden sich beide für das Lamm.

»Das ist wirklich unglaublich. Svens Bruder war doch heute da. Er wurde gleich in die Verwaltung geschickt und musste unterschrieben, dass er im Falle einer Ablehnung der Kostenübernahme durch Svens Krankenkasse selbst dafür einsteht. Glücklicherweise scheint er solvent zu sein, für ihn war das gar keine Frage. Ich habe Sven lieber erst gar nichts davon erzählt. Aber im Ernst: Warum leisten wir uns überhaupt noch eine Universität, warum forschen wir überhaupt noch in Deutschland, wenn die Ergebnisse dann nicht für die Allgemeinheit zur Verfügung stehen? Mit der Positronen-Emissions-Tomographie ist es doch genau das Gleiche! Da haben wir allerfeinste Nachweismethoden und keine Kasse bezahlt sie mehr!« Susanne hatte sich in Rage geredet.

»Wenn du das so allgemein diskutieren willst, musst du an die Öffentlichkeit. Denn, schau her, wie soll denn eine neue Behandlungsmethode ihre Wirksamkeit unter Beweis stellen, wenn sie für die Kostenübernahme schon bewiesen haben muss, dass sie wirkt? Und zwar in großer Zahl! Soll das in Studien geklärt werden, die über zehn Jahre angelegt werden müssten? Sollen das die Pharmakonzerne bezahlen? Oder die Tabakindustrie? Entscheiden, wer behandelt wird und wer nicht? Ist das nicht doch Aufgabe der Universität und somit der Allgemeinheit, so wie es bisher war?« Ihr Lamm war kalt geworden über dieser Debatte.

»Aber ich habe gewiss andere Probleme, als damit jetzt an die Presse zugehen«, meinte Susanne. »Das fängt bei meinem auslaufenden Vertrag an und hört bei meinem Kind auf.«

Ihre Worte noch im Ohr wusste sie, dass sie etwas Falsches gesagt hatte. Evelyns Miene versteinerte. Sie blickte auf ihren Teller.

»Ich dachte, es wäre unser Kind«, murmelte sie.

Beige streckte die Kerze ihr Flammenhäubchen in die Nacht. Der kleine See aus flüssigem Wachs spiegelte das Licht über dem schmutzig schwarzen Grund voller Dochtreste wider. Susanne war wütend. Wütend über die Missachtung der Forschung und ihrer Ergebnisse, wütend über den Unverstand gesundheitspolitischer Entscheidungen, wütend über die mangelnde Ausstattung ihres Labors, wütend auf sich selbst, über die Folgen ihrer eigenen Inkonsequenz. Aber sie wusste eines ganz genau: Dieses Kind war ihr eigenes Kind. So, wie die Forschungsergebnisse ihre eigenen Ergebnisse waren. Sie gehörte nicht zu denen, die, um schnell an eine Chefarztposition zu kommen, die Datenbank der Uni anzapften und immer gleiches Datenmaterial unter immer neuen

Titeln veröffentlichen. Die nicht einmal für ihre Habilitationsschrift davor zurückschreckten, all diesen PowerPoint-Müll als Antrittsvorlesung vor dem Fakultätsrat zu präsentieren.

»Und es ist doch mein Kind. Mein Zellhaufen, bislang. Wer trägt es denn? Wer nimmt die Konsequenzen auf sich, wer verzichtet hier? Von wem stammen denn die Gene, wenn nicht von mir?«

Evelyn starrte sie entsetzt an. Susanne überschritt alle Grenzen.

»Zum Glück nicht nur die deinen!«, entgegnete sie. »Es brauchte wohl doch auch einen Mann dazu! Einen ganz profanen Mann. Ohne zu wissen wer, welche Intelligenz, welche Hautfarbe. Du hast mich nicht einmal gefragt!« Sie schrie jetzt fast. Die Situation eskalierte. Am Nachbartisch drehte sich die Trägerin eines engen gelben Tops amüsiert zu ihnen um.

»Und ob ich das weiß! Du kennst ihn sogar!«

Evelyn war aufgestanden. Viel fehlte nicht, dass sie handgreiflich wurde.

»Sag, dass das nicht wahr ist!«

Susanne schwieg. So hatte sie seit ihrer Pubertät, als sie wegen einer Nichtigkeit die gläserne Küchentür zerschmettert hatte, nicht mehr die Beherrschung verloren. Den letzten Satz sprach sie nicht mehr aus. Das ging keinen etwas an. Sie stand auf, schritt, an Evelyn vorbei, die Neugierige im gelben Top streifend zur Rezeption und erbat die Rechnung. Die Steintreppen führten sie hinunter, an den dunklen Eiben vorbei zum Auto. Sie fühlte sich wie in Trance. Nur langsam kam sie zur Ruhe. In der warmen Nachtluft wartete sie auf Evelyn. Erst als ihre Blase drückte, realisierte Susanne, dass Eve nicht mehr kommen würde. Sie fand den Weg zurück ins Lokal, ihre Blicke überflogen die Tische, aber Eve war nicht mehr da. Sie musste über die Wiesen gegangen sein. Wahrscheinlich hat sie ab der Straße ein Taxi genommen, dachte Susanne verbittert.

Zu Hause auf dem Wohnzimmertisch lag ein Zettel.

»Bin bei meinen Eltern. Kann eine Schwangere ja nicht rauswerfen. Eve.«

In weitem Bogen flog Susannes Jacke durch das Badezimmer. Die Jeans und der BH folgten. Die Unterhose landete in der Badewanne.

Missmutig starrte sie auf die Kalkflecken an der Duschkabinenwand. Hat sie schon wieder nicht das Wasser abgeputzt, dachte Susanne und legte den Mischhebel um, drehte den Kopf zur Seite und verstellte den Brausekopf so, dass ihre Haare nicht nass wurden. Sie würde sie morgen waschen. Nur kurz genoss sie die Wasserstrahlen. Den Moment der Gewöhnung, des Träumens galt es erst gar nicht zu erreichen. Sie hasste es, die Kontrolle zu verlieren, und sei es nur die über die Duschzeit. So etwas wie heute Abend durfte ihr nicht noch einmal passieren. Mit einem Ruck an der Armatur warf sie den Hebel zur Gegenseite. Stoisch erwartete sie das kalte Wasser ohne auszuweichen. Mit der Kälte kam die Ernüchterung. Ihre Wut verebbte. Sie stellte die Brause ab. Sorgfältig zog die Gummilippe des Abziehers die Wassertropfen von der Plexiglasscheibe in die weiße Kunststoffwanne. Erst jetzt griff sie nach dem Handtuch, vermied es, den Fuß auf den nackten Boden zu setzen, und trocknete sich ab. Die Nivea-Creme war schon wieder leer. Warum stellte nur sie allein die Flasche immer umgedreht ab, sodass auch der Rest der Lotion immer gleich zur Verfügung stand, wenn man den Deckel abschraubte? Sie griff nach der Reserve unter dem Waschbecken und begann sich einzucremen. Den Bauch behandelte sie sorgfältiger als sonst.

Eigentlich habe ich bald zwei Kinder, dachte sie beim Zähneputzen. Meine Zellen im Glas und die in der Gebärmutter, sozusagen. Und das womöglich alleinerziehend. Diese Vorstellung hatte bei aller Dramatik auch einen Vorteil. Sie konnte allein entscheiden. Mit dieser Überlegung wischte sie die Sorgen beiseite, löschte das Licht und zog die Decke bis fast über den Kopf. Zur Not würde sie sich auch so einen T4 zulegen.

D ie frühe Morgensonne warf einen rötlichen Schein auf den Asphalt. Susannes Schatten schimmerte in einem leichten Grünton dagegen. Die Kette sirrte über die Ritzel, kalt strich die Morgenluft über die Finger am Lenker. Die Sonne wärmte den Rücken schon wohlig angenehm. Die Anstrengung auf dem Rad brachte den ersehnten Ausgleich für ihren übervollen Kopf. Abgelenkt vom Auf und Ab des Schattens der Pedale stellte Susanne überrascht fest, dass sie das damit verbundene geometrische Problem mehr beschäftigte als der Ärger mit Evelyn. Sie wollte das nicht als Hinweis werten, aber im Hinterkopf behalten. Tatsächlich beschrieb der Schatten, wenn sie so fuhr, dass ihr die Sonne im Rücken stand, nur ein geradliniges Höher und Tiefer auf dem

Asphalt. Aber wie gestaltete sich die Funktion des Übergangs? Das parallel projizierte Bild eines Kreises ergab eine Ellipse. Die Sonnenstrahlen waren ob ihrer Entfernung als Parallelen zu behandeln. Stellte sie sich die Bewegung der Pedale an der Kurbel zweidimensional vom Pedal aus betrachtet vor, ergab sich eine Sinuskurve.

Mittlerweile war sie an der Augenklinik angekommen und verschob die Lösung des Problems auf unbestimmt. Über das Schloss ihres Fahrrades gebückt hörte sie den Porsche der Alten, bevor sie ihn sah. Der Chef-Parkplatz lag, sorgfältig mit dem Schild »Direktorin« gekennzeichnet, direkt neben dem Hintereingang, wo Susanne gerade ihr Fahrrad am Geländer sicherte. Was um alles in der Welt machte die jetzt schon in der Klinik? Das Aufeinandertreffen war nicht mehr zu vermeiden. Frau Professor Zunder schritt in Kostüm und eleganten Schuhen auf sie zu und musterte näherkommend Susannes Jeans und Turnschuhe. Susanne richtete sich auf, zog die Schultern zurück und zwang sich, ihr nicht auszuweichen. Versuchte sich stattdessen vorzustellen, wie der Vergleich ohne Kostüm und Unterwäsche ausgehen würde. Das gab ihr Selbstbewusstsein.

»Guten Morgen, Frau Suter. Mit Ihnen wollte ich gerade etwas besprechen.«

Susanne murmelte ein: »Guten Morgen, Frau Professor.«

»Ich hatte vor, Sie mit den onkologischen Operationen, sprich mit den Radio-Ops, zu betreuen. Das wäre doch ein guter Einstieg in die Ophthalmochirurgie. Was meinen Sie?«

Die Radio-Ops waren Operationen, bei denen auf den Anteil des Augapfels, der von einem Tumor befallen war, eine radioaktive Plombe aufgenäht wurde. Diese bestrahlte den Tumor eine Zeit lang, wurde also nach wenigen Tagen wieder entfernt. Natürlich war dabei auch die Strahlenbelastung des Operateurs nicht ganz unerheblich. Zudem ersetzte eine genau geplante Strahlenfeldaddition eines Teilchenbeschleunigers mit Neutronen oder Photonen dieses Verfahren nach Susannes Ansicht ersatzlos.

Vor den beiden etwa gleich großen Frauen, die in Kleidung, Gang und Habitus kaum unterschiedlicher sein konnten, schwang die Eingangstür zur Augenklinik auf. Susannes Blick fiel auf das seit Ewigkeiten reparaturbedürftige Geländer, von dem in großen Platten der weiße Lack abplatzte und darunter das viel schönere Originalholz hervortreten ließ. Ihre Hand ergriff den Lauf, der Oberkörper drehte sich der Chefin zu und in ruhigem und selbstsicherem Ton antwortete sie: »Vielen Dank für Ihr Vertrauen, Frau Professor. Aber das kann ich nicht. Ich bin schwanger.« Leicht war ihr dieser Satz von den Lippen gegangen. Stolz hatte sie es vorgebracht. Die Antwort ließ nicht auf sich warten. »Wie, wenn ich es geahnt hätte. Na ja. Bis dahin kann noch allerhand passieren. Wissen Sie, ich habe noch einiges vor mit Ihnen. In zwei, drei Jahren sind Sie bei mir Oberärztin. Überlegen Sie sich das noch einmal. Bis später.«

Susannes Hand lag immer noch ruhig auf dem Treppengeländer. Jetzt erst zitterten die Knie ein wenig. Alles Wichtige war gesagt. So war es besser. Deutlicher hätte sich die Alte ihr nicht präsentieren können. Was sollte das heißen: Überlegen Sie es sich noch einmal. Die war ja zum Fürchten. Wollte die Alte sie tatsächlich zu einer Abtreibung überreden? Da fiel es ihr schlagartig wie Schuppen von den Augen: Die Chefin beneidete sie. Tief im Inneren musste die Alte früher einmal verletzt worden sein. Wer weiß, was sie selbst alles erlebt hatte. Susanne wollte sich lieber nicht vorstellen, welchen Preis die Chefin für ihre eigene Karriere bezahlt hatte.

Sie ging an der Tür zum Konferenzzimmer vorbei direkt in den Keller und öffnete die Tür ihres Labors, um nach ihren Zöglingen zu schauen. Einige der älteren Zellreihen waren wieder abgestorben. Sie hatte zwar herausgefunden, nach welcher Zeit sie durch Neuansatz und Aufteilung entsprechend der Anfangskonstellation lebensfähige verschmolzene Zellen erhalten und vermehren konnte, aber zur Aufklärung der Zusammenhänge fehlte ihr die Zeit und die Ressourcen. Sie benötigte vor allem viel bessere, viel schnellere Geräte. Den üblichen Weg, dem schmidtschen Labor die Proben zu überlassen und um die Ergebnisse zu bitten, schloss sie aus. Zu groß war ihr die Gefahr, ihrer Entdeckung beraubt zu werden. Sie brauchte ein eigenes Labor. Durch ein eigenes Labor würde sie auch mit niemandem teilen müssen. Natürlich. Das war es. Sowieso wurde jeder Preis, jede Entdeckung dem Institutsleiter, nicht dem Forscher selbst zugestanden. In ihrem Fall also der Alten. Wenn ihr Vertrag aber ausliefe, würde sie hier alles aufgeben müssen, würde sie kaum ihre Zellen über die Runden bringen.

Nach der Erledigung der Routinearbeiten setzte sie den Wasserkocher in Gang. Bald erfüllte der Duft von Bergamotteöl den kleinen Kellerraum. Sie umschloss ihre Tasse mit beiden Händen und verlor sich im Betrachten des aufsteigenden Teedampfes. Es gab nur diese eine Lösung. Sie musste ein eigenes Institut aufbauen. Also brauchte sie eine Investitionsliste, einen Personalschlüssel, einen Zeitplan und vor allem einen Kredit. Zudem ein Konzept, durchschlagend, überzeugend und dennoch für Laien und Banker formuliert. Übermorgen würde sie sich mit Tilmann treffen.

Die aufsteigende Übelkeit war jetzt etwas leichter zu ertragen. Was hatte Evelyn gesagt? Kalendertag minus zwölf Wochen. Sie schob die Tasse beiseite, nahm einen Tischkalender und machte sich an einen Zeitplan. Als Erstes trug sie den Geburtstermin ein. Angenommen, und das war nun eigentlich nach diesem Morgen ausgemacht, ihr Vertrag würde nicht verlängert. Dann wären sie und das Kind auch finanziell bald auf Unterstützung angewiesen. Ohne Sponsoren sah sie harten Zeiten entgegen. Ohne Arbeit. Ohne Partnerin. Mit Kind. Und einer Idee, über die jeder den Kopf schütteln würde.

Sie hatte noch vier Wochen einen Vertrag. Ziemlich genau so viel, wie ihr Resturlaub ausmachte. Positiv denken, sagte sie sich. Verglichen mit Sven ging es ihr doch fantastisch. Zehn Minuten später lag ihr Urlaubsantrag bei Pete im Fach.

S ven ging es nicht wirklich besser. Die Nachricht einer nochmaligen Chemotherapie plus Bestrahlung zur Vorbereitung der Stammzellübertragung hatte ihn offensichtlich doch niedergebügelt. Ob sein Bruder oder ein Elternteil als Spender in Frage kam, stand noch nicht fest. In der zentralen Knochenmarkspenderdatei der DKMS lief parallel die Suche nach einem nicht verwandten, zufälligen genetischen Zwilling. Susanne war es nicht gelungen, ihn aufzumuntern. Nicht einmal die Nachricht dieser Myriel, die sie ihm bisher verschwiegen hatte, vermochte ihn aufzuheitern. Fast hätte sie ihm von seiner Vaterschaft erzählt. Allein die Sorge, er könne es in seiner Situation nicht für sich behalten, hatte sie ihre Absicht ändern lassen und rasch hatte sie sich verabschiedet.

Freundin ausgezogen, ohne Job und schwanger, aber wissenschaftlich erfolgreich. Irgendwie spornt mich das an, stellte Susanne fest und gab die Handbremse frei. Der warme Abendwind füllte ihre Jacke, streichelte erst und kühlte dann ihr Gesicht. Für einen Moment spielte sie mit dem Gedanken, das Rad einfach laufen zu lassen. Sie fühlte keine Angst. Einfach nicht mehr bremsen. Diese Idee gab ihr ein Gefühl der Überlegenheit, ein Gefühl der Macht. Sie sah sich abstrahiert, fern ihres Körpers, fühlte sich unverwundbar. Das Klappern einiger Obstkisten auf dem Hänger eines aufwärtstuckernden Traktors holte sie in die Realität zurück. Die Bremsen folgten dem Impuls der Finger und die Fliehkräfte in der engen Kurve der Ammertalbrücke blieben sieglos am Eisengeländer zurück.

Still war es in der Wohnung. In der Küche empfing sie ein eigenartig modriger Geruch. Seltsam, wie sensibel ihre Nase seit einigen Tagen reagierte. Dann entdeckte sie auch den Ursprung. Auf den Resten des Frühstücksmüslis hatte sich im Laufe des Tages ein Schimmelpilzrasen entwickelt.

Besser im Müsli als in meinen Zellen, dachte Susanne und hielt die Luft an, während sie die Kultur in den Abfalleimer löffelte. Sorgfältig knotete sie den Beutel zu und stellte ihn auf den Balkon. Evelyn war offensichtlich noch nicht wieder zurückgekehrt. Der Kleiderschrank verriet, dass sie zwischenzeitlich hier gewesen sein musste. Susanne öffnete den Badewasserzulauf, leerte ein wenig von der ölig leuchtenden Wellness-Lösung hinein, zog sich aus, ging in die Küche, nahm sich die letzte Käsekuchenschnitte aus dem Kühlschrank und setzte sich in den langsam steigenden Schaum.

Das Schwererwerden beim Ablaufen nimmt man viel stärker wahr als das Leichterwerden beim Einlaufen, ging ihr durch den Kopf.

Vielleicht sollte ich doch bei Evelyns Eltern vorbeischauen und nach ihr fragen. Aber seit wann kam der Knochen zum Hund. Sie hatte auch ihren Stolz.

Tief in der Nacht erwachte sie, weil sich jemand im Dunkeln neben sie legte. Susanne stellte sich schlafend. Voll aufs Atmen konzentriert bemühte sie sich, weder durch die Atemzugtiefe noch durch deren Frequenz ihr Wachsein zu offenbaren. Lange lag sie so. Bis die Gelenke schmerzten. Versuchte zu erraten, was Evelyn machte. Streichelte sie sich etwa? Die Bettdecke raschelte. Das hätte sie doch auch haben können, als sie alleine war.

Wahrscheinlich spielen dir die Sinne im Halbschlaf einen Streich.

Ich sollte meine eigenen Gedanken nicht auf Evelyn übertragen, versuchte Susanne sich zu beruhigen. Aber Evelyn schlief sicher noch nicht. Das schloss sie aus der Art, wie sie sich hin und her drehte. Susanne öffnete vorsichtig die Augen, konnte aber nichts erkennen. Der Arm schmerzte bis in die Schulter. Mit einem Stöhnen drehte sie sich auf den Rücken, legte den eingeschlafenen Arm auf den Bauch und mimte weiter die Schlafende. Evelyn atmete jetzt regelmäßiger. Beobachtete sie Susanne womöglich ebenso? Susanne raschelte etwas mit der Hand unter der Bettdecke. Keine Reaktion. Sie zwang sich zur Ruhe. Besser, ich versuche einzuschlafen, sagte sie sich. Autogenes Training. Sie legte sich flach auf den Rücken, streckte die Arme neben sich aus, die Handflächen nach unten und begann mit den schweren Beinen.

Meine Beine werden ganz schwer, sagte sie sich. Sie konzentrierte sich darauf, wie schwer die Beine auf der Matratze lagen. Dann kam der Rücken an die Reihe. Ganz langsam, entspannt, wurde er ebenfalls immer schwerer. Zurück zu den Beinen. Noch schwerer. Gar nicht mehr anzuheben, so schwer. Dann wieder die Arme und der Kopf. Ganz schwer. Und wieder die Beine.

Meine Beine sind ganz schwer.

Jetzt kam die Wärme.

Meine Füße werden warm. Ganz warm, dachte sie. Tatsächlich fühlte sie die Wärme in den Sohlen. Die Wärme stieg auf, sie ließ sie weiterlaufen, mit dem Blut in den Venen, die Beine hinauf. Neben ihr atmete Evelyn. Die Konzentration gelang ihr nicht so gut wie sonst. Ihre Gedanken wanderten zu Eve. Die Wärme erfasste ihren Bauch. Breitete sich aus. Angenehm. Susanne ließ es geschehen. Die Wärme strömte zusammen im Becken. Schwoll an, schwoll ab. Susanne verfolgte ihren Puls, begleitete ihn, konzentrierte sich auf ihn. Dadurch verschwand er wieder. Sie nahm die Wärme wieder auf. Fühlte die Weite, die Wärme wieder. Ein Kribbeln erklomm ihre Glieder. Bilder erschienen vor ihrem Auge. Evelyn. Träume. Feuchte Träume.

Sie drehte sich leise um. Evelyn schlief.

Langsam, ganz ganz langsam schob sie ihre Hand unter die Nachbardecke. Versuchte, sich zu orientieren. Spürte etwas Haut, spürte Haare.

Ihre Hand verharrte bewegungslos. Susanne zelebrierte den Moment. Sie hatte Zeit, viel Zeit. Sacht drückten ihre Fingerkuppen von rechts nach links. Vor allem langsam und sanft. Und regelmäßig. Immer wiederkehrend. Mit dem Takt der Atemzüge. Das Gewebe unter ihrer Hand erwachte, wo der Kopf noch schlief. Bis die beugende Beckenbewegung auch sein Erwachen signalisierte.

Im alten Industrieviertel hinter dem Neckar und den Eisenbahnlinien lag zwischen Autohäusern, TÜV und Industriebaracken das japanische Restaurant. Zierliche Tische in dunklem Holz standen an Sommerabenden unter weiten Schirmen, die kein Licht abhalten, aber Ambiente spenden durften. Gelegentlich erinnerte ein kalter Luftzug an den nahen Fluss. Einige stählerne Gasampeln mit Wärmestrahlern standen zur Sicherung der Einnahmen bei kühlen Nächten auf dem Gelände verteilt. Im Restaurant war es so laut, dass der große, bis zum englischen Schuhwerk hin perfekt gekleidete schlanke Mann und Susanne ihr eigenes Wort kaum verstanden. Ein einsames Pärchen versuchte sich neben der Bar in Tanzübungen. Das restliche Publikum füllte bei Whisky und Cocktails die lange Bar. Galant bot Tilmann Susanne den Arm und führte sie zur Bedienungsaufsicht.

»Wir suchen einen Tisch für zwei Personen im Außenbereich, bitte.«

Der Angesprochene antwortete zuvorkommend. »Gerne, mein Herr. Hatten Sie reserviert?«

»Leider nein. Vielleicht darf ich Ihnen aber meine Karte reichen.« Tilmann hatte sein Portemonnaie gezückt und reichte der Bedienung eine Visitenkarte. Die 20-Euro-Note dahinter, fingerfertig längs gefaltet, war dabei kaum zu sehen.

»Einen kleinen Moment, bitte.«

Ein weiterer Ober begleitete sie zu ihrem Tisch. Tilmann schien aufgekratzt und gut gelaunt. Er wird doch nicht unter die Kokser gegangen sein, hoffte Susanne. Aber das würde nicht zu ihm passen. Prinzipientreu, liberal, der Macht des Geldes und den Gesetzen des Marktes vertrauend, stets aber den Intellekt am höchsten bewertend. Sie vermied es, ihn auf ROBKAT anzusprechen, obschon die Geschichte aus seiner Sicht zu hören, sie schon sehr interessiert hätte. Auch wusste sie nicht, ob er noch mit der Mutter seiner Kinder, einer ebenso eloquenten Juristin wie er selbst, zusammenlebte.

»Wie geht es den Kindern?«, tastete sie sich vor.

»Danke, sehr gut. Der Große kommt jetzt bald in das schwierige Alter, aber momentan ist ihm der Sport noch wichtiger. Und bei dir?«

»Wir planen auch Nachwuchs«, antwortete Susanne ausweichend. »Aber da gibt es einige kleinere Schwierigkeiten, wie du dir denken kannst.« Tilmann wusste von ihrer Beziehung zu Eve. Er hielt sich nicht lange mit Small Talk auf.

»Wie kann ich dir helfen?«

Susanne schaute sich kurz um, bevor sie die Unterarme auf den Tisch stützte, um sich zu ihm zu beugen. Sie senkte die Stimme.

»Ich habe tierische Stammzellen mit ganz neuen Eigenschaften gezüchtet. Durch einen«, sie zögerte kurz, suchte nach einem passenden Wort, »sagen wir vereinfachend Gentransfer ist es mir gelungen, Chloroplasten tragende tierische Stammzellen zu züchten.«

Sie machte eine Pause und spielte mit dem Teelichtglas, welches die Rose in der kleinen Vase zu versengen drohte.

»Du willst damit sagen, dass du grüne Einzeller entwickelt hast? Zellen, die Blattgrün bilden, Chlorophyll? Die hole ich dir mit meinem Sohn zusammen wie die Kaulquappen aus jedem Wiesenteich!«

Susanne hatte sich auf bissige Bemerkungen von ihm eingestellt.

»Das sind Eukaryonten. Aber jetzt denk mal ein bisschen großzügiger. An Hautzellen, zum Beispiel.«

»Grüne Haut? Froschhaut? Das musst du mir erklären.«

»Also gut.« Susanne hatte eigentlich erwartet, dass er die Dimension sofort erfassen würde.

»Die Chloroplasten haben die einzigartige Fähigkeit, die Energie des Sonnenlichtes in kleinsten Molekülen zu speichern. Diese werden dann in weiteren Schritten in der Pflanze zu Zucker und Stärke umgewandelt.«

»Oder zu Zellulose zum Beispiel«, ergänzte Tilmann. »Und dazu willst du deine Stammzellen bringen. Ich verstehe. Schweine mit grüner Haut anstelle von Fröschen. Du stellst sie in die Sonne und brauchst sie nicht mehr zu füttern. Wüstenschweine, sozusagen. Aber Wasser benötigen sie dafür umso mehr. Und wenn sie Zellulose bilden sollten, werden sie vielleicht doch etwas unverdaulich. Dann hast du ganze Baumstämme im Kotelett.«

»Ich sehe, du hast verstanden. Nur, so weit bin ich noch lange nicht. Aber genau da liegt mein Problem. Bislang habe ich diese Stammzellen. Zellen, die man heute schon zur Weiterentwicklung bis zu dem Tier bringen kann, von dem sie stammen. Meine Zöglinge zu chinesischen Hamstern zum Beispiel. Aber abgesehen davon, dass es auch darum geht, die Verschmelzung auch an Stammzellen anderer Tiere zu testen, ist eigentlich fast alles Weitere ungeklärt. Wie läuft der Stoffwechsel? Was passiert mit den für Pflanzen lebensnotwendigen Stoffen, die für meine tierischen Zellen Gift sind, dem Nitrit beispielsweise?«

»Das ist ja letztlich der Stickstoffkreislauf. Da lassen sich die Abfallstoffe des Tieres doch als Nahrung für die Pflanze nützen. Direkter Übergang des Harnstoffes in die Chloroplasten sozusagen.«

»Ja genau, aber umgekehrt? Da sind noch so viele Fragen offen. Warum überleben meine Stammzellen mit dem Chlorophyll überhaupt? Und wie verhält es sich mit dem Sauerstoff? Wir benötigen Sauerstoff ebenso wie die Tiere. Sauerstoff, den die Pflanzen ausatmen. Und im Gegenzug benötigen diese das Kohlendioxid, das wir ausatmen. Wie funktioniert dieser Übergang in der Zelle? Was sind die Transport-Proteine, wie sehen die Puffersysteme aus?«

Tilmann war begeistert. Die Details interessierten ihn weniger. »Dann braucht dein grünes Wüstenschwein nicht mal Luft zum Atmen! Nur Sonne und Wasser. Das würde nicht nur Ernährungsprobleme lösen, sondern die gesamte Viehzucht revolutionieren!«

»Nicht so laut bitte!« Susanne blickte sich vorsichtig um. Die Bedienung brachte die Vorspeisen. Sorgfältig mit Algenblättern umwickelter Fisch an zwei klebrigen Reiswürfelchen. Geschickt packte Tilmann das Paket zwischen die Spitzen der Stäbchen.

»Denkbar wären auch Fische. Wasser haben die genug. Und bis zehn Meter Tiefe auch genug Sonne. Oder ...«, er zögerte, so, als ob er etwas Verbotenes aussprechen wollte, »oder direkt die menschliche Haut. Kein Hunger mehr in der Wüste. Nur in die Sonne legen ...«

»Du siehst, wir müssen sehr vorsichtig sein.« Susannes Stirn legte sich in Falten. »Mein Problem ist, neben anderen, dass ich das natürlich nicht alleine durchziehen kann. Wem kann ich noch vertrauen? Ich muss die Entwicklung zunächst schützen lassen. Andererseits gebe ich sie dadurch auch preis. Die Diskussion, die dann einsetzt, können wir uns gar nicht heftig genug vorstellen. Deshalb dachte ich zunächst an eine Fortentwicklung der

Methode, an eine Analyse der Grundlagen wenigstens. Aber dazu bräuchte ich ein eigenes Institut, das sich in Größe und Ausstattung mit der biochemischen Fakultät messen könnte. Und deshalb habe ich dich angerufen.«

Tilmann lächelte verwegen.

»Das gefällt mir. Das gefällt mir sogar außerordentlich gut. Aber du erwähntest noch andere Probleme?«

Susanne schob den grünen Meerrettich beiseite. Dessen scharfer Geruch war kaum zu ertragen.

»Rein privat. Erzähl ich dir später. Vielleicht.«

Die Hauptspeise wurde serviert. Sie aßen schweigend. Tilmann dachte nach. Plötzlich schepperte es am Nachbartisch. Sie drehten sich um. Ein Teller war in tausend Stücke zersprungen. Weiß leuchteten die Überreste auf dem dunklen Boden. Tilmann wandte sich wieder Susanne zu.

»Du bist sicher, dass es funktioniert?«

»Ganz sicher.«

»Du könntest damit an ein größeres Unternehmen herantreten. Eine Abteilung nach deinen Wünschen wäre dir sicher. Und das Gehalt kannst du dir fast aussuchen. 200.000 im Jahr, schätze ich mal grob. Während ein Patentschutz nie Sicherheit bietet. Vieles kann man gar nicht patentieren. Das meiste läuft über den Wettbewerb. Der Markt entscheidet. Wo ist dein Markt?«

»Der beginnt bei der Nahrungsmittelindustrie, von Kraft bis Nestlé, und endet bei Ernährungsprogrammen für die dritte Welt. Stell dir nur einmal vor, du treibst deine Reispflanzen bei Monsun einfach zurück in die Stallungen ...« Susanne wirkte überzeugend.

»Ich bin mir sicher. Ich möchte das alleine durchziehen. Aber glaub mir. Für eine Idee allein bekommst du von keiner Bank Geld. Die geben nur denen, die sowieso schon haben. Da bräuchte ich Umsätze, eigentlich sogar schon Gewinne. Wer, wenn nicht du, wüsste das besser?«

»Ich stimme dir zu. Als wir angefangen haben, hat uns jeder, wirklich jeder abgelehnt. Wenn nicht sogar ausgelacht. Dabei waren wir professionell, ehrlich, seriös im Auftritt bis zur Zahnsanierung. Nur die Kreissparkasse gab uns Kredit. Ohne kommunale oder staatliche Förderung gibt es heutzutage keine Neugründungen mehr. Aber dein Ding ist eine Nummer größer als unseres damals, gleich von Beginn weg ist es eine riesige Investition. Deine einzige Chance ist es, an private Investoren heranzutreten. Private Equity nennt sich so etwas. Leute, die Geld haben, eine hohe Rendite suchen. Viele sind bereit, dafür ein hohes Risiko zu akzeptieren. So hoch, dass sie in Kauf nehmen, ihr Geld auch zu verlieren. Sie prüfen jede Idee streng, das ist klar. Ist sie – und das Konzept! – aber schlüssig, geben sie es dir auch. Sie wollen profitieren. In der Regel gründet man dann eine Gesellschaft, an der sowohl du als auch die Geldgeber beteiligt sind. Du steuerst dafür deine Idee bei, sie das Geld. Dafür haben sie auch ein starkes Mitspracherecht. Wie stark, das ist Verhandlungssache. Nach einigen Jahren, damit musst du rechnen, wollen sie ihren Anteil verkaufen. Im besten Fall an der Börse. Dann ist ihr Zeitpunkt gekommen, dann sie streichen ihren Gewinn ein.« Tilmann strich mit Daumen und Zeigefinger über sein Kinn. Er wirkte sehr zufrieden. Susanne bemerkte das. Ein Kompliment konnte da nicht schaden.

»Du hättest Professor werden sollen. War da nicht sogar mal ein Angebot?«

»Das stimmt, ja, da gab es eines. War aber nur eine unbedeutende FH, die einen billigen Lehrer gegen Verleihung des Titels suchte. Das war nichts für mich. Aber du siehst, es ist reiner Populismus, private Investoren als Heuschreckenschwarm zu diffamieren. Ich will doch was Sinnvolles tun mit meinem Geld. Ameisen, der Vergleich wäre besser gewesen. Die Waldpolizei. Wer marode Unternehmen aufkauft, um sie vor der Pleite zu retten, rettet wenigstens geistiges Eigentum und sogar ein paar Arbeitsplätze. Wer aber in junge Unternehmer investiert, übernimmt sogar Aufgaben, die selbst dem Staat zu riskant sind. Ich denke jedenfalls nicht, dass du bei der KfW etwas bekommen würdest.«

»Und, du«, Susanne schaute ihm in die Augen, »würdest du bei solchen Equity Fonds für mich werben gehen?«

Tilmann sagte eine Weile nichts. Er nahm sein Bierglas in die Hand, spielte mit dem Stiel, stellte es wieder ab.

»Ganz selbstlos natürlich nicht.« Seine Stimme war ernst und fest, aber er lächelte jetzt. »Wenn du mich beteiligst, gehe ich das an.«

Damit hatte sie gerechnet. Auf diesen Satz war sie vorbereitet.

»Natürlich beteilige ich dich. Aber dann musst du auch investieren. Das steigert die Motivation.«

Tilmann trank sein Glas in einem Zug leer.

»Ganz schön scharf, was ich da zum Essen hatte. Also gut, abgemacht. Ich brauche möglichst bald alle Details. Kostenplan,

Zeitplan, Investitionsliste.« Hinter ihm erschien die Bedienung und er bestellte noch ein Glas.

»Für dich auch?« Susanne zögerte kurz. So ein kleiner Schluck Alkohol schadete wohl nicht. Das packten ihre Enzyme. Ihre Alkoholdehydrogenase, um genau zu sein. Ihre Leber war wenigstens bis zur Schwangerschaft gut trainiert worden.

»Ich nehme ein Glas Champagner, bitte. Aber nicht von der Witwe.« Der Ober nickte, murmelte ein »sehr wohl gerne« und zog sich zurück.

»Das habe ich schon für dich vorbereitet. Pass gut darauf auf. Passwort: Verschmelzung.« Sie schob einen USB-Stick über den Tisch. »Vielen Dank, Tilmann.«

Zum Nachtisch wurde ganz konventionell ein Sorbet serviert. Von der Bar her wehten einige Takte Tanzmusik herüber.

»Slave to the Rhythm, erinnerst du dich? Das war der Hit damals.«

»Du meinst, als wir alle nach der Disco noch nachts ins Freibad eingestiegen sind, um die Rutsche auszuprobieren?«, fragte Susanne wissend.

Tilmann lachte auf.

»Ja genau. Weißt du noch, wie Franz die lange Rutsche runter ist, so schnell, dass er in der untersten Kurve fast rausgeflogen ist, und unten im Becken dann fast kein Wasser mehr drin war?« Er glucke vor Lachen. »Und wie wir die Pärchen immer nackt aus dem Bad gescheucht haben? Halt! Polizei! Verlassen Sie sofort das Wasser! Das waren einfach die besten Zeiten.«

»Das war eine tolle Zeit«, bestätigte Susanne.

Plötzlich senkte Tilmann die Stimme und beugte sich zu ihr hin.

»Darf ich dich auch etwas Vertrauliches fragen?«

Ach du Schande, dachte Susanne. Besser nicht. Doch schließlich hatte sie ihn um etwas gebeten. So nickte sie nur.

»Als Ärztin. Und als …«, er zögerte, »… und als erfahrene Frau. Aber ebenfalls ganz unter uns.« Er senkte die Stimme noch weiter. Hatte er sie eben noch fest angeschaut, so blickte er jetzt in die Kerze und hielt sein wiederum fast leeres Bierglas fest. Als ob er das Auftauchen des Obers während seiner Ausführungen fürchtete, hob er sein Glas und bestellte ein weiteres. Er sprach erst weiter, nachdem es serviert worden war. Susanne hatte die ganze Zeit nichts gesagt. Jetzt war offensichtlich Zuhören gefragt.

»Ich wollte dich etwas Privates fragen«, hob er wieder an, »etwas Intimes sogar. Macht dir das etwas aus?« Das war also der Grund, warum er sie hatte treffen wollen. Sie konnte jetzt schlecht nein sagen.

»Das kommt darauf an. Frag einfach. Dem Arzt und der Frau ist nichts Menschliches fremd.«

»Also das ist so.« Er flüsterte wieder, jetzt fast unhörbar. »Beim Verkehr komme ich immer zu früh. Ejaculatio praecox, sagt ihr dazu. Für mich kein Problem mehr, ich habe mich damit arrangiert. Aber für meine Partnerin.« Er hielt inne und sah Susanne an, die jetzt doch gespannt war, worauf er hinaus wollte.

»Für die ist das nicht einfach. Daher dachte ich, ich frage die Ärztin und erfahrene Frau, was ich beim Cunnilingus falsch mache.«

Susanne gab sich Mühe, nicht zu lachen. Dieses Gespräch gefiel ihr. Sie hatte Tilmann immer für einen Macho gehalten. Sie ließ sich Zeit mit der Antwort und überlegte, wie sie diese formulieren sollte. Und in welchem Rahmen. Dabei stimmte sie seinem Vorgehen zu. Das hätte er schlecht am Telefon besprechen können. Und zu Hause auch nicht. Und dass sie seine Hilfe benötigt hatte, war sicher ganz in seinem Sinne. Jetzt konnte sie sich revanchieren.

»Deine eloquente Zunge braucht also Unterricht«, setzte sie an. »Das ist schon wieder typisch für euch Männer. Du willst eine Gebrauchsanweisung. Das ist viel zu mechanisch gedacht. Entscheidend für das Gefühl, konkret, für das Erleben, das Genießen bis hin zum Höhepunkt ist doch die Stimmung, die Atmosphäre. Das geht wirklich nur, wenn deine Frau entspannt ist. Wenn sie keine Sorgen hat, keinen Terminstress und nicht zu müde ist. Du musst dir und ihr einfach unendlich viel Zeit lassen. Ein Gefühl für Romantik entwickeln. Verstehst du? – Hast du darüber überhaupt schon einmal nachgedacht?« Susanne wartete nicht auf seine Antwort. »Und das Wichtigste überhaupt ist, dass du ihr zeigen musst, dass du sie liebst.«

Sie hatte wieder die Kerze in die Hand genommen und drehte sie zwischen Daumen und Zeigefinger.

Tilmann schwieg. Er hörte aufmerksam zu. Susannes Redefluss stockte.

»Das darf man nicht einfach so erzählen, Tilmann, das ergibt sich doch aus der Situation! So tue ich dir keinen Gefallen.«

Er blickte sie bittend an. Als sie nicht weitersprach, entgegnete er: »Stell dir vor, du bist die Ärztin. Wegen mir auch eine Therapeutin, die einen Patienten von einer Last, einem Zwang befreien kann. Du hilfst mir, bitte. Und meiner Frau ebenfalls.«

»Also gut.« Jetzt sprach auch Susanne leise. Sehr leise. »Ganz gut ist, wenn du deine Hände unter ihrem Po liegen hast. So unterstützt du ihr Becken ein wenig.« Sie überlegte, spürte ein Kribbeln im Bauch. War das eine Hilfe, was sie hier erklärte? Oder Verrat? Wer weiß, wie er ihr das später auslegte. Aber andererseits hatte er ja zuerst von seiner Schwäche gesprochen. Gut möglich, dass er auch schon einen Therapeuten konsultiert hatte. Einen Mann, wahrscheinlich.

»Du stellst dir das zu einfach vor«, fuhr sie fort, »zu mechanisch. Genau darin liegt ein Teil des Problems.« Sie dachte nach, suchte nach einem Beispiel, nach Bildern und lächelte plötzlich. »Die unterschiedliche Erregbarkeit und Sensibilität der männlichen und weiblichen Geschlechtsorgane manifestiert sich schon bei der Masturbation. Du weißt, wie Männer onanieren. Bei uns ist das anders.« Sie blickte ihn, das Kinn auf der Hand, von unten an und freute sich, dass er ob dieser Erinnerung lächelte. Sie fasste das als Bestätigung auf.

»Und daher glaubt der Mann nun, wenn er erste Erfahrungen sammelt, er müsse das bei seiner Partnerin auch so tun. Das liegt der ganze Fehler. Zu wissen, wie Frauen sich dabei fühlen, das ist das ganze Geheimnis.« Susanne richtete sich auf, sog die kalte, nach Regen riechende Abendluft ein und beugte sich dann wieder zu Tilmann hinüber, um sehr leise weiterzusprechen.

»Immer drückt ihr Männer an uns rum. Das gefällt keiner Frau. Im Gegenteil. Das schmerzt!« Susanne trank einen Schluck und fixierte wieder die tanzende Flamme, das helle weiße Licht der Kerze, das sich fast übergangslos aus dem kälteren Blauton entwickelte, der den Docht umgab. Gelegentlich drohte ein zunehmender Wind sie trotz des Glases auszulöschen. Sie spürte plötzlich, dass es ein Fehler wäre, konkreter zu werden.

»So geht das nicht, Tilmann. Da kannst du dir auch ein Buch drüber kaufen. Gibt's in Englisch, Männerliteratur, von Mann zu Mann. ›Banane und Mango‹, heißt es, glaube ich.« Susanne unterbrach sich wieder und fing seinen Blick ein. »Sei mir nicht böse. Aber wenn du meinst, du müsstest etwas anders machen, warum fragst du deine Frau dann nicht selbst?«

Sie spielte mit dem Stiel des Champagnerkelches, besann sich dann aber auf das Kind in ihrem Bauch, wechselte das Glas und nahm einen Schluck Mineralwasser.

»Aber vielleicht kann ich dir dennoch helfen. Es gibt große Studien über die Folgen der Beschneidung von Männern, die besagen, dass Frauen von Männern ohne Vorhaut mit diesen zufriedener waren als die Partnerinnen der Unbeschnittenen. Das liegt daran, dass sich durch eine Beschneidung der Zeitraum vor dem Höhepunkt deutlich streckt – und eine solche Streckung käme euch beiden doch nur entgegen.«

Susanne lächelte verträumt in die Kerze und nahm jetzt doch einen winzigen Schluck Champagner. Sie hatte den Kopf zur Seite gelegt und blickte ihn kokett von unten an.

»Du willst doch damit nicht etwa sagen, dass ich mich deswegen operieren lassen soll?«, erwiderte Tilmann verständnislos.

Oft hatte sie sich nicht mit Männerproblemen beschäftigt, aber dass Opfer gebracht werden mussten, lag auf der Hand. Die zweite Lösungsmöglichkeit würde ihm besser gefallen, da war sie sicher, und genau darum zögerte sie noch ein wenig und spielte mit ihren Haaren.

»Natürlich könnte man da auch ein Medikament nehmen«, fuhr sie nach einer kleinen Pause fort.

»Du meinst Viagra?«, erwiderte Tilmann in einem Tonfall, der verriet, dass er das schon probiert hatte und nicht allzu viel davon hielt.

»Nein, das ist nicht ganz zielführend, denke ich. Ich dachte eher an einen unselektiven Betablocker. Vor einer Beschneidung, die übrigens kaum schlimmer ist als eine kleine Hautnaht nach einer Schnittverletzung, kann man die Wirkung einer solchen mit einem Betablocker imitieren. Ich werde dir erst einmal so ein Präparat verordnen, und wenn es funktioniert, würde ich an deiner Stelle einen örtlichen Chirurgen aufsuchen und einen Termin ausmachen. Wirklich, ein völlig harmloser Eingriff. Senkt sogar die Häufigkeit eines Peniskarzinoms. Noch Fragen?«

Wenn Tilmann noch nicht überzeugt war, so konnte er es geschickt verbergen.

»Es ist an mir, mich zu bedanken. Wenn Fragen auftauchen, melde ich mich. Vielleicht sollten wir beide lieber ein Seminar für Partnerschaftsprobleme gründen, statt eines biotechnischen Institutes. Du bist wirklich eine gute Dozentin.«

»Abgemacht«, antwortete Susanne. »Wenn das Projekt scheitert, werden wir Sexualtherapeuten. Aber das ist eine anstrengende Klientel, sage ich dir. Da verschmelze ich doch lieber Gene und Zellbestandteile.«

»Da wird nichts scheitern, Susanne, glaub mir«, entgegnete Tilmann. »Es wird kein Spaziergang werden, und wir werden gut Gegenwind bekommen, aus allen Richtungen, aber wenn wir das Ziel nicht aus den Augen verlieren und uns nicht in ethische Diskussionen verstricken lassen, wird das ein Riesending. Das Diskutieren müssen wir anderen überlassen. Und die Firma so aufbauen, dass wir problemlos einen Ortswechsel vollziehen können, falls sie unseretwegen noch die Gesetze verschärfen wollten. Mir fällt auch schon eine Kanzlei ein, die sich damit auskennt. Es ist mir ein Bedürfnis, mich bei dir zu revanchieren. Ich nehme jetzt doch noch einen Ramazotti. Du auch?« Er winkte dem Kellner und gab die Bestellung auf.

Das Gespräch hatte sie wieder sehr vertraut miteinander gemacht, zu Verbündeten fast. Wenn sie zusammenarbeiten wollten, musste Susanne ehrlich sein, das war ihr klar. Zwischen ihnen beiden musste absolutes Vertrauen herrschen wie in einer Beziehung. Oder sogar noch enger. Die Basis hierzu war eben gelegt worden. Alle anderen dagegen waren Gegner, die sie mit geschickten Fragen, wie die Journalisten, oder mit Klagen und Intrigen, wie die Verbände und die Konkurrenz, bloßzustellen trachteten. Sie würde es ihm sagen.

»Nein, danke. Da ist noch etwas, das du wissen musst. Ich bin schwanger.«

Tilmann verschluckte sich fast. Dann hatte er sich wieder im Griff.

»Herzlichen Glückwunsch! Darf ich fragen, wie man das jetzt wieder unter Frauen schafft?«

Susanne antwortete, ohne lange zu überlegen.

»Wir hatten eigentlich vor, einen Vater in einer Samenbank auszuwählen, mussten dann aber erfahren, dass das in Deutschland gar nicht so einfach ist. Und bevor wir darüber nachdenken konnten, zu diesem Zweck ins Ausland zu fahren, hatte sich bereits eine«, Susanne lächelte, »eine natürliche Möglichkeit ergeben. Die weiteren Details und Verwicklungen erzähle ich dir ein andermal.« Der Kräuterlikör kam. Bei dem Geruch wurde Susanne leicht übel. Wie würde er darauf reagieren?

Doch Tilmann überlegte nicht, ja er zögerte nicht einmal. Das schlanke Glas mit der Hand zur Faust fest umschlossen, so als wollte er seinen Siegeswillen demonstrieren, erwiderte er:

»Da sehe ich nun überhaupt kein Problem. Im Gegenteil. So wirst du schon viel früher lernen müssen zu delegieren. Vernunft und Hartnäckigkeit haben dich zu deinem Erfolg gebracht. Gut, ein klein wenig auch der Zufall. Aber im Wesentlichen doch die selbstständige, hartnäckige Arbeit an deiner Sache. In einem Unternehmen musst du diese Arbeit jetzt aufgeben. Nein, nicht aufgeben, du musst sie umwidmen. Das Scheitern vieler Akademiker im eigenen Betrieb beruht auf deren Unfähigkeit zu delegieren. Sie wollen alles selbst machen. Das kannst du fortan nicht mehr. Deine neue Aufgabe heißt jetzt: Führung eines Unternehmens. Ihr musst du dich mit Beständigkeit widmen. Steht erst einmal der Zeitrahmen, muss das richtige Personal gefunden und die Arbeit verteilt werden. Unter Halbierung des Zeitrahmens, versteht sich. Und das«, er sah sie fest an, »geht über Telefon, Internet oder von jedem beliebigen Standpunkt aus, den du dir wählst, also auch vom Wochenbett aus.« Er nahm eine großen Schluck.

Jetzt bewunderte sie ihn. Was all sein Geld nicht vermochte, hatte seine kurze Ausführung geschafft: Ihr zu zeigen, dass er einen vernünftigen Plan nach seinen Vorstellungen durchzog, wenn er ihm sinnvoll erschien. Und seinen ersten Plan hatte er schon erfolgreich bis zum Börsengang und dem vergoldeten Jahr danach durchgezogen. Gegen alle Widerstände, sogar durch einen Konkurs hindurch. Und das ohne Staatsexamen.

»Und was machen wir jetzt mit dem angefangenen Abend?«, fragte sie ihn.

»Wir trinken jetzt aus, ich gehe in mein Hotel zurück und du fährst zu deiner Freundin. Bis bald, Susanne. Auf gute Zusammenarbeit.« Er leerte sein Glas und winkte dem Kellner.

Der Wind hatte an Stärke noch zugenommen.

Die weißen Laken waren zu Karton gestärkt. Über den Stöpsel schickte ihm der MP3-Player Elton John ins linke Ohr. »Daniel, my brother«, sang er. Mit dem Immunsystem seines Bruders würde er vielleicht überleben. Dessen Kraft würde Svens eigene entartete Tumorzellen eliminieren. Oder zumindest das, was nach der ultimativen Chemo- und Strahlentherapie noch davon übrig war. Eigenartig irgendwie. Da hatten sie eine ganze Jugend lang miteinander gekämpft, bevor jeder seinen eigenen Weg gegangen war. Der eine erfolgreich im Beruf, wenngleich im Nest des Vaters. Der andere auf seine Art das Leben auskostend, es ausreizend, bis zur Neige. Ginge es jetzt zu Ende, er hätte dennoch mehr erlebt, als sein Bruder in seinem restlichen Leben je nachholen konnte. Zudem wirkten in jungen Jahren gemachte Erfahrungen viel intensiver als die heutigen. Obwohl er sich zurzeit über Grenzerfahrungen auch nicht beklagen konnte. Es gelang ihm sogar ein Lächeln. So waren sie beide Konkurrenten bis in den Tod. Verwandte, geliebte, miteinander verbundene Konkurrenten. Dankbarkeit überschwemmte ihn. Dankbarkeit seinem Bruder gegenüber, seinen Eltern gegenüber. Vergangene Tage am See kamen ihm in den Sinn, die Familie gemeinsam im warmen grünen Wasser schwimmend, auf dem Surfbrett paddelnd, auf dem Boot herumlungernd, die Hände im Wasser. Er dachte an den Sommer, der das Felsklettern mit sich gebracht hatte. An das gemeinsame Zelten mit seinem Bruder in Arco, unter Olivenbäumen, direkt am Übungsfels. Dessen Angst im Vorstieg, einer Angst, die Sven mit Genugtuung ausgekostet hatte, bis Andreas einmal vorzeitig abreiste. Wie sie ein halbes Jahr nicht miteinander gesprochen hatten, im Eifer um die Gunst desselben Mädchens. Die dann mal mit dem einen, mal mit dem anderen und vielleicht auch mit beiden gleichzeitig liiert gewesen war. Wie er mit dem Wellenreiten angefangen hatte und sein Bruder ihm dafür am Gleitschirm imponieren wollte. Den er dann aber aus Angst oder Vernunft oder beidem doch bald wieder eingemottet hatte. Darüber musste er sogar jetzt noch lachen. So war er eben, sein Bruder. Bis Sven dann vollständig eigene Wege gegangen war, in München Heilpraktiker werden wollte, weil er einen Guru kennengelernt hatte, der ihm die Augen für die Kräfte der Natur hatte öffnen wollen. Kräfte, wie sie dem Eisenhut innewohnten. Dieser wunderbar tiefblauen Blüte mit einer ungemein halluzinatorischen Wirkung. Kräfte, die er erst auf der Intensivstation Rechts der Isar wieder hatte loswerden können. So gesehen musste die Schulmedizin ihn nun schon zum zweiten Mal aus den Klauen der Homöopathie retten.

Aber weiß ich das so genau?, fragte er sich. Vielleicht hätte mich der Inder sogar geheilt, wenn ich ihm weiter vertraut hätte. Schließlich war er es gewesen, der die Erkrankung als Erster benannt hatte. Er hatte jedenfalls mehr Ahnung vom Umgang mit Menschen, als jeder dieser Weißkittel hier drin. Susanne vielleicht ausgenommen. Susanne. Die hatte sich um ihn gekümmert. Gleichzeitig war sie die erste Frau, die ihn bewusst auf Distanz hielt, nachdem er mit ihr geschlafen hatte. Im Rausch, wenn er ehrlich war. Sonst kannte er keine, die ihn nicht weiter begehrt hätte. Er lächelte zum dritten Mal. Na klar, Susanne war ja auch lesbisch.

Was war das eigentlich, lesbisch? Hatten nicht die Mädchen schon mit zehn Jahren feste Busenfreundinnen, während die Jungs sich verächtlich Schwuli hinterherriefen? War nicht die Homosexualität unter Frauen viel natürlicher als unter Männern? Oder kam ihm das als Heteromann nur so vor? Er wusste von vielen berühmten Frauen, die nach einem jahrzehntelangen heterosexuellen Eheleben lesbische Beziehung hatten und sich auch offen dazu bekannten. Zumindest das gab es unter Männern nun sicher nicht. Vielleicht war das eine Form der Notsexualität, weil kein junger hübscher Mann sie mehr begehrte? Eine Antwort darauf gab es wahrscheinlich nicht. Auch die homosexuellen Männer waren wohl sehr unterschiedlich. Da gab es die Geschichten von den triebfixierten Musikern, die nicht genug Sex haben konnten, wie die feste Beziehung über ein ganzes Leben. Und bei den Griechen war die Liebe alter Gelehrter zu jungen Männern wohl sogar völlig normal gewesen, wenn die Quellen stimmten. Aber irgendwie wirkte Susanne auf ihn wie eine, die zu oft enttäuscht worden war und nun bei einer Frau Zuneigung und Zärtlichkeit empfing. Wie sonst war es zu erklären, dass sie mit ihm geschlafen hatte? Oder war nur sein Wunsch Vater des Gedankens? Er, der Macho, wie sie sagte? Er schaute aus dem Fenster. Die Lichter der Stadt erzeugten einen diffusen rötlichen Widerschein im Nachthimmel. In der Ferne war noch eine weitere Aufhellung der Dunkelheit erkennbar. War das Reutlingen? Oder Stuttgart? Er fingerte den Kopfhörer aus dem Ohr.

Wie viele andere lagen in dieser Klinik wohl im Moment wach wie er, um nicht die Zeit bis zum Tod zu verschlafen? Er sollte ihn nicht denken, diesen Gedanken. Er würde nicht sterben. Wahrscheinlich waren vor allem schwer Kranke hier untergebracht. Wie viele Menschen starben in so einer Klinik in einer Nacht? Krebskranke, Kinder, Herzkranke, Aidskranke? Er hatte gehört, dass die Ärzte zum Schluss die Morphiumdosis erhöhten. Das nahm die Schmerzen und führte hinüber in den Tod.

Aber woher wollten sie wissen, dass nicht doch noch ein Wunder geschah? Er wollte kein Morphium. Er wollte kämpfen. Konnte man das irgendwo dokumentieren? Einen Moment lang glaubte er, verrückt zu werden, so kreisten die Gedanken. Er zwang sich, an seine Wellen zu denken. An seine perfekte Welle, seine reine, türkisfarbene, klare, schimmernde Welle. Los Lobos, zum Beispiel. Nein, lieber Arrifana. Langsam fühlte er sich wieder besser. In seiner Nachttischschublade lag ein Flyer, der auf das Studium generale neugierig machen sollte. Gedicht und Interpretation.

Es dämmern im Bücherständer
die Bände in Gold und Braun;
und du denkst an durchfahrene Länder,
an Bilder, an die Gewänder
wiederverlorener Fraun.

Darüber schlief er ein.

D ie Wohnung war leer, trotz der fortgeschrittenen Uhrzeit. Evelyn war nicht zu Hause. Richtig, sie hatte Nachtdienst. Susanne schminkte sich ab, duschte, putzte sich ausgiebig die Zähne und kroch unter die Bettdecke. Draußen rüttelte der Wind an den Rollläden. Sie zog die Decke höher. Drinnen rumorte ihr Bauch. Ab welcher Schwangerschaftswoche spürte man die Kindsbewegungen? Noch zerrte der rohe Fisch an ihren Eingeweiden. Sie war viel zu aufgedreht, um zu schlafen. Ihr fehlte noch die Erstausstattung. Und eine Wickelkommode. Und eine Wiege. Und eine Badewanne oder diese Eimer, von denen sie gehört hatte, dass sie von Müttern den Badewannen vorgezogen würden. Und eine Marschroute für ihr Unternehmen brauchte sie auch. Schwindel erfasste sie und schüttelte sie wie der Wind die Fenster. Oder fehlte ihr der abendliche Rotwein zum Einschlafen? Was hatte Tilmann gesagt? Natürlich. Da war es schon, das Problem, alles selbst machen zu wollen.

Sie würde die Erstausstattung neben allem, was mit ihrem Kind zu tun hatte, an Eve delegieren. Zwei Fliegen mit einer Klappe. Jetzt weiter so, dachte sie. Schlafen kann ich sowieso nicht. Sie zog den Bademantel über und setzte sich an den Esstisch. Das

Notebook schluckte ihre Ideen in Excel-Tabellen. Überschrift um Überschrift, Diagramm um Diagramm, gelegentlich um Spalten und Zeilen erweitert, füllte sich mit Daten und Anweisungen. Jetzt bewährte sich auch ihr schneller Internetzugang. Als der Sturm nachließ, zeigte die Uhr fast fünf und es dämmerte längst, als sie die letzte Anfrage für ihre neuen Laborgeräte verschickte. Gefahrstoffschränke, Spektroskope, Schnellextraktion, Wasserdampfdestillation, Umlaufkühler. Susanne gähnte. Ein Espresso würde sie wach halten, bis Eve nach Hause kam. Sie dachte an Pete. Ausnahmsweise ahnte er noch nichts. Es sei denn, die Alte hätte ihn informiert. Ihr E-Mail-Messenger piepste. Wo konnte man den nur abstellen? Das waren jetzt die automatisch versandten Empfangsbestätigungen. Wenn sie an die aufdringlichen Vertreter der angeschriebenen Firmen dachte, wurde ihr auch ohne Schwindel und Übelkeit ganz anders. Das würde sie als Erstes delegieren. Doch an wen? An eine Zeitarbeitsfirma? Das würde helfen. Aber nicht für einen so sensiblen Bereich wie den Geräteeinkauf. Eher schon für die Laborroutinen. Genau. Sie komprimierte das Kaffeepulver in der stabilen Schale mangels Stempel mit einem Löffel, so gut es ging, und arretierte die stabile Schale mit einem kräftigen Ruck unter der Maschine. Die sollten ihr jemanden schicken, der den Stellenbedarf analysierte und ihn auch gleich besetzte. Aber für den Einkauf, für die Auswahl der Geräte benötigte sie jemand Erfahrenen. Ein Fingerdruck setzte den Apparat in Gang. Sie würde den Leiter aus Schmidts Labor fragen. Vielleicht gelang es ihr sogar, ihn abzuwerben. Wenn Sie ihm die Fortsetzung seiner Arbeit in ihrem Labor ermöglichte, käme der bestimmt. Die Biochemiker konnten schließlich frei wählen, wo sie ihre Forschung durchführten. Sie hatten dabei volle Rückendeckung seitens ihrer Fakultät. Jetzt lief die ölig schwarze Flüssigkeit in das Tässchen. Das ermöglichte ihr vielleicht sogar, ihn kostenfrei anzustellen, wurde ihr plötzlich bewusst. Schließlich bezog er sein Gehalt von der Uni. Euphorie erfasste sie, als sie die Crema vom Espresso schlürfte. Glücklicherweise war sie Nachtarbeit gewöhnt.

Ein Schlüssel drehte sich im Schloss der Eingangstür. Susanne schlich sich dahinter. Eve kam herein, warf ihren Rucksack auf den Boden und schnupperte.

»Mmmh. Frischer Kaffee? Und ich habe die ersten Brezeln geholt!«, rief sie in die Wohnung. Während sie am Boden hockte, um die Bäckertüte aus dem Rucksack zu angeln, beugte sich Susanne von hinten so über sie, dass ihre Haare über Evelyns Gesicht einen Vorhang bildeten und küsste sie auf die Stirn. »Guten Morgen, Liebste!« Sie zog Eve an sich, Evelyn verlor das Gleichgewicht, und einen Moment später schraubten sie sich wie zwei Bänder im Sturm auf dem Teppich des Eingangsflurs ineinander. Schließlich hielt Susanne inne, packte Eve an den Schultern und flüsterte: »Mir ist so schlecht.«

»Genau«, antwortete Eve. »Du bist mir noch was schuldig. Wie hast du das geschafft? Ich will alle Details wissen.«

»Also gut. Lass uns frühstücken. Und anschließend will ich mit dir ins Bett. Ich habe nämlich auch nicht geschlafen.«

Eve wandte misstrauisch den Kopf, nahm die Teller aus dem Küchenschrank und stellte sie auf das hölzerne Tablett.

»Nicht, dass du noch Gefallen daran findest, hoffe ich. Ich dachte, du warst mit Tilmann verabredet?«

»Immer der Reihe nach«, entgegnete Susanne, während sie die Saftgläser in der einen, die Marmelade und die getöpferte Butterschale in der anderen Hand zum Tisch balancierte. »Jetzt gehen wir erst mal sechs Wochen zurück, auf einen fürchterlich engen Katamaran der Luxusklasse.«

Evelyn brachte das Tablett. »Du willst doch nicht etwa sagen, dass du mit Pete ...?«

Susanne ging zurück in die Küche, drehte die Brezeltüte über dem Brotkorb um und schüttelte diesen heftig, während sie antwortete. »Och, warum nicht? Der will jedenfalls schon seit Längerem! Neulich erst im Labor wollte er mich von den Hetero-Vorteilen überzeugen. Aber lass mich – machst du noch einen Kaffee? – lass mich weitererzählen. Ich habe dir doch von dem Strudel im Nebel berichtet, der uns fast verschlungen hätte, als der Strom ausfiel.«

Susanne wurde von Evelyn unterbrochen, die aus der Küche rief: »Cappuccino oder Espresso? Die Geschichte mit dem Strudel nehme ich dir sowieso nicht ab!«

»Mach mir einen Cappuccino, bitte. Glaub, was du willst. Wir lagen jedenfalls völlig erschöpft im Hafen und pichelten und pichelten, und irgendwann in der Nacht kam dann der Sven zu mir rübergekrochen.«

In der Küche stieß Evelyn einen spitzen Schrei aus.

»Ich war so betrunken«, fuhr Susanne fort, ohne auf den Schrei zu achten, »ich hab kaum was gemerkt. Glaub mir, ich habe es für uns getan.«

»Immerhin warst du noch so nüchtern, ausrechnen zu können, dass es zu einer Befruchtung reicht«, kommentierte Eve spitz. »Ich glaube kaum, dass ich dir das nachsehen kann. Weiß er es denn?« »Hast du mir doch schon nachgesehen. Nein, er weiß nichts, und ich bin auch nicht sicher, ob …«, sie zögerte nur kurz, »ob wir ihm etwas sagen sollten. Jemand anderes habe ich dafür über meinen Zustand in Kenntnis gesetzt. Die Alte weiß jetzt Bescheid. Das heißt, ich habe jetzt noch vier Wochen Urlaub, dann bin ich draußen.«

»Dafür bist du aber erstaunlich gut gelaunt. Hast du deswegen heute Nacht durchgemacht?«, wollte Evelyn wissen. Sie goss die aufgeschäumte Milch erst am Tisch in zwei große Tassen, deren Boden vom Espresso gerade bedeckt war.

»Nein, ich gründe mein eigenes Labor. 300 Quadratmeter Fläche, sechs bis acht Angestellte zunächst. Investitionsvolumen etwa zwei Millionen im ersten Jahr. Gehälter inbegriffen, natürlich.«

Evelyn verschluckte sich fast. »Zunächst, natürlich«, wiederholte sie. »Die Schwangerschaftshormone scheinen dir nicht gut zu bekommen. Ich hoffe, du hast nicht auch gleich mein Konto mit überzogen?«

»Siehst du, das hatte ich noch gar nicht bedacht«, erwiderte Susanne. »Gut, dass wir keine gemeinsamen Konten haben. Ich beteilige dich natürlich trotzdem.« Sie nahm sich eine Brezel. »Keine Sorge. Tilmann macht Risikokapital locker. Alles ganz ohne persönliche Haftung.«

Evelyn starrte Susanne ungläubig an.

»Du meinst das alles im Ernst? Ganz ins Labor? In ein eigenes? – Und dein Facharzt? – Und das Kind? – Entschuldige, aber mir scheint, du entwickelst eine Schwangerschaftspsychose!«

»Diese Entscheidung hat mir die Alte glücklicherweise abgenommen. Sie wollte mich zur Abtreibung überreden und zur Radioplombenoperation einteilen, weißt du. Da musste ich es ihr sagen. Ich werde lieber Mutter als Augenärztin. Und aufgeschoben ist ja nicht aufgehoben. Und das mit dem Labor habe ich bis eben mit Tilmann besprochen. Du siehst, ich bin auch ziemlich müde. Meinst du, wir können nach dem Kaffee schlafen?«

»Das kommt ganz darauf an, was wir davor machen«, lächelte Evelyn. »Geh schon mal, ich komme gleich.« Sie machte sich wirklich Sorgen.

Das Klingeln des Telefons weckte beide aus dem Schlaf.

»Ja bitte?«, meldete sich Evelyn mit verschlafener Stimme.

»Aha. Ja, sie ist da, einen kleinen Moment bitte.« Evelyn bemühte sich, nicht allzu sehr mit der Bettdecke zu rascheln, während sie den Apparat an Susanne weiterreichte. »Deutsche Bank, für dich.«

»Riedel, guten Tag Frau Suter«, ließ sich eine wohlklingende Stimme am anderen Ende der Leitung vernehmen. »Entschuldigen Sie die Störung. Ich bin der Vizedirektor der Deutschen Bank hier vor Ort. Die Zentrale in Frankfurt bat mich, in einer offenbar dringenden Angelegenheit alsbald Kontakt mit Ihnen aufzunehmen. Ich hoffe, ich störe nicht?«

Susanne lächelte verschlafen.

»Nein, keineswegs. Fahren Sie fort.«

»Nun, ich wollte um einen Gesprächstermin nachsuchen. Da offenbar ein Verzugsmoment gegeben ist, wie mir die Privatabteilung aus Frankfurt mitteilte, kann ich auch gerne heute …«

»Also gut«, unterbrach ihn Susanne. »Sagen wir«, sie blickte auf die Uhr, »sagen wir gegen 16 Uhr. Wo kann ich Sie finden?«

Sie vereinbarten den Treffpunkt und Susanne sprang aus dem Bett, wobei sie die Übelkeit einholte. Sie krümmte sich.

»Der will mir Geld zur Verfügung stellen, für mein Labor, du weißt schon. Irgendwo muss ich meine Zellchen doch unterbringen.« Sie rannte zur Toilette und bückte sich über die Schüssel. Das Erbrechen blieb aus.

»Und unser Kind?«, rief Evelyn aus dem Bett zurück. »Hast du das schon ganz vergessen?«

»Keineswegs, wie könnte ich, bei dem Gefühl. Das ist ja schlimmer als auf dem Ärmelkanal. Könntest du dich nicht ein wenig umsehen, nach allem, was man so braucht?

»Das ist sicher kein Problem. Aber was ist mit dir los? Schwangerschaft ist doch keine Krankheit!« Statt einer Antwort rannte Susanne wieder zur Schüssel. Diesmal entleerte ihr Magen etwas seines sauren Inhalts. Sie spülte sich ausgiebig den Mund. Evelyn stand hinter ihr in der Tür.

»Also, entweder überholt mich hier etwas ganz rasend oder die Schwangerschaft hat dich in eine Wahrnehmungsstörung versetzt. Aber ich für meinen Teil muss jetzt jedenfalls wohl keinen Mutterschaftsurlaub beantragen, wenn du aus der Klinik raus bist. Schon aus rein wirtschaftlichen Gründen nicht. Irgendwoher muss schließlich das Geld für uns drei herkommen.«

»Wir können ja auch eine Kinderfrau anstellen«, wurde Evelyn ignoriert. »Oder besser einen Kindermann?« Susanne war unter der Dusche verschwunden und seifte sich ein. Eine Szene, die Eve immer milde stimmte.

»Geh du erst mal zu deinem Banker. Der wird dir bestimmt was erzählen.«

Genau das Gegenteil war der Fall. Langsam wurde es selbst Susanne unheimlich.

Er schätze sich glücklich, ein so bedeutendes Projekt betreuen zu dürfen, hatte Herr Riedel gemeint. Die Geldgeber hätten bereits eine Anzahlung in Höhe eines sechsstelligen Betrages geleistet, war er fortgefahren. Ob er sich erlauben dürfte, nach dem Zeitplan der nächsten Wochen zu fragen und wo er sich selbst dabei einbringen könnte, hatte er gefragt. Er wolle auch darauf hinweisen, dass möglichst bald der Patentanwalt der Gruppe eingeschaltet werde. Und da er wöchentliche Berichte zu erstellen habe, hätte er sich auch schon einmal nach Räumlichkeiten umgetan. Sein Institut sei da an einem Projekt der öffentlichen Hand in Reutlingen beteiligt, dort würden junge Unternehmen der Biotech-Branche gezielt gefördert. Welchen Raumbedarf sie denn etwa habe?

Die Entscheidung, die Nacht durchzuarbeiten, war richtig gewesen. So hatte sie souverän die Daten aus ihrem Notebook präsentieren können. Als Nächstes würde sie sich um einen Laborleiter kümmern müssen.

S eine Hand ertastete nur Haut. Glatte Haut. Er brauchte einige Sekunden, um zu realisieren, dass das sein Kopf war, den er da streichelte. Sven hatte geträumt. Er versuchte, den Traum noch zu fassen, war es Myriel gewesen? Plötzlich fühlte er sich unendlich leer. Die Übelkeit war verschwunden. Der Kampf ging seinem Ende zu. Seine Werte besserten sich, hatte der Stationsarzt gemeint. Und das, obwohl weder sein Bruder, noch ein anderer Spender für ihn als Lebensspender in Frage gekommen waren. Vier Zyklen Chemotherapie hatte er durchgekämpft. Hatte sich gewälzt, in seinen Krämpfen, seinen Schmerzen. Minuten waren zu Stunden, Tage zur Ewigkeit geworden. Unvorstellbar war ihm die Zeit erschienen, da er noch gesund war. Hatte keine klaren

Gedanken mehr fassen können. Sinnlos erschien ihm jetzt, was ihm in diesen Tagen immer wieder durch den Kopf gegangen war. Rückblickend ein Karussell immergleicher Ideen. Und jetzt fühlte er sich leer. Konnte nicht mehr kämpfen. Zum ersten Mal liefen ihm die Tränen über die Backen. Wer war er schon, dass er meinte, überleben zu müssen? Ein Herumtreiber, ein Lebemann. Sein Leben hatte nie einen Sinn ergeben. Ja, Andreas, der hatte Grund, zufrieden zu sein. Der hatte sein Leben organisiert, war erfolgreich, hatte eine intakte Familie, die für ihn da war, wenn er von der Arbeit nach Hause kam. Er, der kleine Sven, hatte nicht einmal Arbeit. Wer interessierte sich schon für ihn? Er war nur eine Hülle, nur ein Körper. Und der war jetzt nichts mehr. Sven konnte nicht einmal mehr weinen. Was sollte er auch schon machen, wenn er hier herauskam? Für ihn ergab alles keinen Sinn mehr. Wozu noch weiter leiden? Er war so wertlos geworden, fiel allen nur immerzu zur Last. Da näherte sich eine Idee. Eine tröstende Idee. Der Tod, gegen den er so lange gekämpft hatte, war kein Feind mehr. Er spürte, wie ihm dieser seine Hand reichte. Wie ihn auf der Gegenseite statt der befürchteten Finsternis nur strahlendes Licht erwartete. Die Schwester riss ihn aus seinen Träumen.

»Heute noch nicht die Zähne geputzt, Sven? Heute kommt der Mundschutz weg, du darfst auch wieder Besuch empfangen!«, begrüßte sie ihn, als gäbe es nichts Wichtigeres in seinem Leben.

»Wer soll mich schon besuchen?«, murmelte Sven mehr, als dass er antwortete.

»Das Leben hat dich wieder, Mann«, versuchte sie ihn aufzuheitern. »Lass dich doch von dem grauen Herbstwetter nicht unterkriegen«, missdeutete sie die Ursache seiner Stimmung. Nach der Kontrolle und gewissenhaften Dokumentation seines Blutdrucks und der Temperatur verließ sie sein Zimmer wieder.

Sven versuchte, zur tröstenden Todessehnsucht zurückzufinden. Sinnierte über verschiedene Varianten des Suizids. Immerhin fand er genug Antrieb, sich zu erheben, und die Fenster zu überprüfen, aber sie waren nur kippbar. Sein Kreislauf akzeptierte das schnelle Aufstehen noch nicht. Er kippte in den Stuhl. Er wusste nicht, wie lange er dort gesessen hatte, als sich die Tür wieder öffnete. Es war Evelyn, ganz in Arbeitskleidung. In den letzten Wochen war sie fast täglich bei ihm gewesen, manchmal war es ihm vorgekommen, sie horche ihn aus, versuchte ihn kennenzulernen. Dann wieder schien es ihm so, als hätte sie irgendwelche Tests mit ihm gemacht, so in der Art von Intelligenztests. Er konnte sich das nicht erklären. Jedenfalls hatte Susi sich rar gemacht und jeweils nur Grüße durch ihre Freundin übermittelt. »Sven, du hast es geschafft«, versuchte sie ihn aufzubauen. »Vorerst zumindest. Deine Werte stabilisieren sich nach der Therapie hervorragend, und bislang sind keine bösartigen Zellen mehr aufgetaucht.« In ihrer Stimme lag aufrichtige Freude.

»Die Schwestern haben mir von deiner Stimmungslage berichtet. Sie machen sich ernsthaft Sorgen und wir auch. Du musst wissen, dass eine sogenannte reaktive Depression, also sozusagen eine innere Leere nach dem, was du durchgemacht hast, ganz normal ist. Du darfst jetzt nicht den Fehler machen und dich gehen lassen, Sven. Du brauchst jemanden, der dich bei der Hand nimmt und dich wieder ins normale Leben führt.« Sie schwieg.

Sven reagierte nicht und fixierte den grauen Himmel vor seinem Fenster. Die schwäbische Alb, deren Silhouette so oft den Horizont gebildet und deren sanfte Schwingung ihn getröstet hatte, blieb heute hinter Nebelschwaden verschwunden.

Er setzte zu einer Antwort an, schwieg dann aber doch.

»Habe doch sowieso niemanden«, kam es schließlich leise zwischen den kaum geöffneten Zähnen hervor.

Eve schien nachzudenken. Sie entgegnete nichts. Lange saßen sie schweigend am Tisch. Schließlich nahm sie seine Hand:

»Ich weiß jemanden. Aber mach keine Dummheiten, versprochen?«

Sven nickte. Ärzte waren ihm, seit er hier drinnen war, noch unheimlicher geworden. Eigentlich hasste er sie alle.

Ohne ein weiteres Wort drückte Evelyn seine Hand, erhob sich, winkte noch einmal von der Tür aus und war verschwunden.

Die Leere hatte ihn wieder. Eigentlich bedeutete ihm nicht einmal die Zeit mehr etwas. Schwestern kamen, Schwestern gingen, die Putzfrauen, Studenten und gelegentlich ein Arzt. Er wusste nicht mehr, wie oft er geschlafen, wie oft er gegessen hatte, ob er im Bett oder im Stuhl schlief. Alles war ihm einerlei geworden.

»Hi, how are you?«, fragte da mitten in die Leere hinein eine Stimme. Eine, die noch etwas in ihm zu bewegen vermochte. Er drehte sich um.

In der Tür stand wieder das Leben. Das Meer, das nächtliche Meer. Der Geschmack des Salzwassers, die verlorenen Kleider.

Wieder konnte er die Tränen nicht zurückhalten. Tränen der Freude, diesmal. Das erste Gefühl seit Langem. Eine schlichte Freude über das wiedergewonnene Empfinden. Myriel strich ihm über den Kopf. Durch den Spalt, der sich an der Tür zum Krankenzimmer geöffnet hatte, schielte Evelyn hinein, winkte und verschwand.

»Ich bin gekommen, dich mitzunehmen. Wir müssen doch deinen Bus holen«, sagte sie auf Englisch.

Sven setzte ihr keinen Widerstand entgegen. Sie packte seine Sachen zusammen, half ihm beim Anziehen und fasste ihn unter.

»Unser Flugzeug geht in zwei Stunden. Evelyn hat das Ticket besorgt, mir deine Tabletten gegeben und alles erzählt. Ich werde auf dich aufpassen. Komm.«

Doch Sven konnte sein Zimmer nicht einfach so aufgeben. Zu lange war das hier seine Heimat gewesen, zu lange hatte er hier gekämpft. Wieder liefen die Tränen, ohne dass er sie zurückhalten konnte. Er ging zurück ans Fenster, legte die offene Hand auf das Glas und verharrte so lange, bis ihn Myriel energisch hinausbugsierte. Sie gingen am Schwesternzimmer vorbei, Sven spürte ein schlechtes Gewissen und schlagartig wurde ihm klar, dass schon die Dankbarkeit, die er am Fenster dem Ausblick, seinem Ausblick, diesem Bild der Alb gegenüber empfunden hatte, seine Rückkehr ins Leben bedeutete. Bereitwillig folgte er Myriels ziehendem Arm.

Die Stufen der Gangway hinauf wuchsen zu einer echten Herausforderung. Kurzatmig, mit Sternen vor den Augen, hielt er die vorbeidrängenden Passagiere auf, die sich verwundert nach ihm umsahen. Sven wischte sich den Schweiß von der Stirn. Jetzt hatte auch die Flugbegleiterin seinen Zustand bemerkt und eilte zu Hilfe. Schließlich saßen sie im Flugzeug, Myriel am Fenster, Sven neben ihr. Zu erschöpft, um sich zu fragen, weshalb sie das alles für ihn tat, und was Evelyn ihr wohl erzählt haben mochte. Anstelle einer Antwort auf die nicht gestellten Fragen nahm Myriel seine Hand in die ihre, fuhr mit den Fingerspitzen über die Innenfläche und tat das immer noch, als die Maschine ihre Reisehöhe erreicht und Sven eingeschlafen war.

Als er wieder aufwachte, lag schon die Insel unter ihnen. Lediglich der Flughafen, auf dem höchsten Plateau gelegen, ragte aus dem Nebel. Fast wie meine Glatze, dachte Sven. Der winzige Airport streckte ihnen seine kurze Betonpiste, die am Rande der

Hauptstadt begann und an den Klippen endete, entgegen. Beim Aussteigen fühlte er sich schon viel kräftiger.

»Zeigst du mir heute, wo du wohnst?«, mit dieser Frage fand er auch seinen Humor wieder, als sie aus dem kleinen Gebäude auf den schmalen Dauerparkplatz traten, der auf dem Kontinent nicht einmal für einen Supermarkt ausgereicht hätte.

Myriel führte ihn zu einem Mini-Cooper und lud die Tasche ein.

»Dein Bus ist doch inzwischen ein Fall für die Ratten, denke ich.«

»Nur gut, dass du nicht mit dem Roller zum Flughafen gefahren bist«, konterte er.

»Der Roller steht mir inzwischen nicht mehr zur Verfügung«, deutete sie an. »Daher kann ich dich jetzt in mein Haus mitnehmen.« Sie stieg ein und öffnete die Tür: »Spring rein, du kannst auch im Gästezimmer schlafen, wenn du meinst.«

Sven hatte dem nicht viel entgegenzusetzen. An weitere Schritte hatte er aber tatsächlich noch nicht gedacht.

Ihr Haus war eines dieser typischen winzigen Reihenhäuser aus Granitquadern, englisch, mit antik anmutendem Mobiliar, violetten Flokatiteppichen und rosa Tapeten ausgestattet. Von seinem Gästezimmer aus, wohl ihrem Arbeitszimmer, wie er überlegte, konnte er aus einem gleichfalls winzigen einfach verglasten Rund das Meer sehen. Als er am Fenster stand, kam Myriel hinein.

»Das dachte ich mir, dass dir das gefällt. Wir können später noch ans Wasser gehen, wenn du willst. Die Flut kommt gerade.« Einen Moment lang sahen sie beide aus dem Fenster.

»Ich habe einen Tee gemacht. Sonst gibt es leider nur Toast und Marmelade. Komm!«

Im Sitzen spürt er wieder die Müdigkeit in sich aufsteigen. Der Drang, sich hinzulegen, wurde immer stärker. Er merkte aber auch, wie er wieder bereit war, sich dagegen zu wehren. Das war er Myriel schuldig.

»Ich weiß gar nicht, womit ich das verdient habe. Ich fühle mich tief in deiner Schuld«, stammelte er, nach Worten suchend.

»Nicht bei mir«, entgegnete Myriel, und er bemerkte wieder die kokette Geste, mit der sie beim Lachen den Kopf zurückwarf, »das verdankst du alles deinen Freundinnen. Sie haben sogar das Ticket übernommen.«

Sven knabberte an seinem Keks. Er hatte sein Leben lang nur

genommen, genossen, gelebt. Und dennoch wurde ihm jetzt, wo er nicht mehr allein zurecht kam, von allen Seiten Hilfe zu Teil.

»Würde es dir etwas ausmachen, wenn ich mich jetzt etwas schlafen lege?«, fragte er.

»Nein, du musst dich doch erholen. Ich gehe noch etwas einkaufen. Morgen muss ich übrigens wieder zur Arbeit. Ich lege dir einen Schlüssel auf den Tisch. Aber nicht wieder abhauen, versprochen?«

Sven nickte. Noch erinnerte er sich sehr genau an die Verheißungen des Lichts der Finsternis.

Tage und Wochen vergingen. Sven kam wieder zu Kräften, und wenn auch das stürmische Herbstwetter Regenfront um Regenfront an der Küste ablud, versäumten sie es nicht, wenigstens einmal am Tag den Sand unter den nackten Füßen zu spüren. Auch den Bus hatten sie geholt, nachdem Sven eine neue Batterie gekauft und die verschimmelten Teile der Ausrüstung dem Müll übereignet hatte. Langsam spürte er auch wieder das Verlangen, sich auf sein Brett zu legen und hinauszupaddeln. Eines Abends sprach er mit Myriel darüber. Ihre Augen blitzen auf, als er davon anfing. Irgendwie war ihm, als vollzog sich eine Veränderung mit ihr, als hätte sie darauf nur gewartet.

»Natürlich musst du wieder raus. Aber denk an die Wassertemperatur. Wir haben etwa elf Grad zur Zeit. Und vor drei Wochen warst du noch kurzatmig, wenn du aus dem Bett aufgestanden bist. Ich würde erst einmal hinter der Mole anfangen zu paddeln.«

Tatsächlich schreckte ihn die Vorstellung, bei diesen Temperaturen das Paddeln zu trainieren. So richtig war das Verlangen offensichtlich noch nicht wieder erwacht, stellte er fest.

In derselben Nacht erwachte er, weil jemand am Rand seines Bettes saß. Der Mond schien ins Zimmer. Myriel. Sie betrachtete ihn, nur mit einem Shirt bekleidet, eine Zigarette in der Hand. Sie musste bemerkt haben, dass er erwacht war, denn jetzt schoben sich ihre Finger unter seine Decke. Hatte sie ihn geweckt? Sven ließ sie gewähren. Nicht ungern, wie er feststellte. Den Fingern folgte der ganze Körper. Ohne Zigarette. Und ohne Hemd.

Am nächsten Morgen markierten zwei im Spiegel klar erkennbarer Handflächen die Stellen seiner Brust, auf denen Myriel sich bei ihm abgestützt hatte. Belustigt rief er sie ins Bad. Zart berührten ihre Lippen die Stellen, aber als sie wieder zu ihm aufblickte sah er, dass sie weinte.

»Ich muss Eve anrufen, Sven. Die Krebszellen kommen wieder.« Die Nachricht traf ihn wie ein Schlag. Natürlich, wie konnte er so dumm sein. Myriel hatte recht. Daran hatte er gar nicht gedacht. Die Krankheit war zurück. Hatte ihn eingeholt. Oder vielleicht doch nicht? Er überlegte. Schließlich hießen solche Male nicht umsonst auch Knutschflecken. Das Wort würde er nachschlagen müssen. Und genau betrachtet fühlte er sich heute morgen gesünder denn je.

Wenn überhaupt, dann würde er zu seinem Inder gehen. Was soll ich auch schon wieder in Deutschland?, dachte er. Und selbst wenn es so sein sollte, helfen konnten die ihm dort auch nicht mehr. Leben und sterben. So war das nun einmal. Wie im Ameisenhaufen. Es gab genug andere Menschen. Sein Verlust würde im Haufen gar nicht auffallen.

Er war gerade dabei sich zu rasieren, als Myriel hereinkam. Ihre Haare kitzelten ihn am Kinn, während sie ihrer Gesprächspartnerin exakt die winzigen roten Pünktchen auf seiner Brust beschrieb.

»Bestelle ihr schöne Grüße und sag ihr, ich erhole mich bestens. Im Frühjahr starten wir einen neuen Segeltörn. Plus Zusatzkurs im Wellenreiten. Wer ist es denn, Susi oder Eve?« Noch während er sprach, verließ sie ohne weitere Reaktion das Zimmer.

Als er aus dem Bad kam, hatte Myriel schon aufgelegt. Weder Blick noch Diktion duldeten einen Widerspruch: »Du kommst jetzt mit mir mit. Wir fahren zur Blutabnahme in die Klinik.«

Sven machte einen zaghaften Versuch der Gegenwehr:

»Lass doch zuerst Dr. Narenthiranathan entscheiden. Er wird mir sicher helfen.«

Doch Myriel zeigte sich faktisch orientiert und kämpferisch.

»Erstens ist er nie Doktor gewesen, sondern ein Heilpraktiker und Scharlatan, und zweitens hat er die Insel verlassen. Über die Gründe wird noch spekuliert. Du jedenfalls fährst jetzt mit mir zur Klinik.« Sie hielt ihm seine Jacke entgegen. Sven betrachtete sie bewundernd und registrierte schon wieder ein Pulsieren in der Beckengegend. Dem konnte er keinen Widerstand entgegensetzen.

Die Notstromschaltung war natürlich nicht aktiviert. Alles muss ich selbst überprüfen, dachte Susanne verärgert. Zwar hatte die USV den Server sicher heruntergefahren, die übrigen Geräte, insbesondere die Kühl- und Wärmeschränke jedoch, waren für die Zeit der mutwillig per Sicherungskasten herbeigeführten Stromunterbrechung unversorgt geblieben. Im Ernstfall hätte das ihre Zellen das Leben gekostet. Um solche Dinge hatte sie sich in der Uni nicht kümmern müssen. Da gab es Steckdosen, auf die man sich nicht verlassen konnte, und solche mit rotem Punkt, die waren an den Notstrom angeschlossen. Susanne telefonierte mit dem Elektriker, der die Installationen des Labors übernommen hatte.

Wenn sie nur nicht dauernd aufstoßen müsste. Inzwischen war sie sich sicher. Schwangerschaft war doch eine Krankheit. Während sie mit dem Elektriker sprach, meldete ihr Telefon einen Zweitanruf. Aus Gründen der Stressreduktion hatte sie sich angewöhnt, diese Störungen zu missachten. Andererseits war sie bislang aber auch noch nicht dazu gekommen, den Anklopfton auszuschalten. Ich werde das Gerät der Sekretärin geben, dachte sie, während sie das Gespräch beendete. Die würde sie auch daran erinnern, dass heute der Kontrolltermin beim Frauenarzt war. Noch bevor die Idee zur Ausführung kam, klingelte der Apparat schon wieder. Es war Eve.

»Hi, Susi. Eben hat mich Myriel angerufen. Du weißt schon, die Frau, die Sven mitgenommen hat. Schlechte Nachrichten, Susi. Sven hat wahrscheinlich einen neuen Blastenschub. Sie wollte die Laborwerte gleich durchfaxen. Klang übrigens ziemlich fertig, diese Myriel. Ich glaube, dein Plan ist aufgegangen, alte Kupplerin.«

Susanne war zwischen Freude und Entsetzen hin und her gerissen.

»Du meinst, die bösartigen Zellen produzieren wieder?«

»Ja, genau. Der zweite Schub lässt sich ohne Spender eigentlich nicht mehr aufhalten. Während der Chemotherapie überleben immer einige wenige bösartige Zellen. Mit denen muss dann das Immunsystem selbst fertig werden. Tut es das nicht, gelingt es dem Körper also nicht, diesen Rest selbst zu eliminieren, vermehren sie sich wieder. Nur, dass sich jetzt Nachkommen einer

Zellreihe vermehren, die schon die Therapie überlebt haben. Die sind jetzt sozusagen resistenter geworden.«

»Dann hilft jetzt nur noch die Stammzellspende?«, fragte Susanne, obwohl sie die Antwort schon kannte.

»So ist es. Aber wie du weißt, haben wir ja keinen Spender gefunden.« Susanne hörte, wie Eve schluckte.

»Ich komme jetzt nach Hause. Wir haben doch noch den Termin bei Reinhold. Bis gleich, Liebste.«

Doktor Beneikas Praxis lag mitten in der Stadt. Wären die Scheiben nicht aus Milchglas, hätte man gegenüber die Stiftskirche über den Neckar wachen sehen. Susanne lag auf der weißen Untersuchungsliege, Evelyn hielt ihre Hand. Neben ihnen wartete das große Ultraschallgerät mit ihnen auf seinen Bediener.

»Rollentausch. Ist doch zur Abwechslung mal ganz heilsam so, der Blickwinkel als Patient«, meinte Eve.

»Solange alles in Ordnung ist, habe ich auch nichts dagegen. Sonst sitze ich lieber auf der gewohnten Seite.«

Dr. Beneika kam herein. Er wirkte abgespannt und in Eile. Als er sie beide sah, hellte sich seine Miene auf.

»Welch Glanz in meiner kleinen Hütte!«

Susanne kam es so vor, als hätte er diesen Satz heute nicht zum ersten Mal gesagt.

»Wie geht es euch, was macht die Forschung?«

»Uns geht es sehr gut«, erwiderte Susanne. »Ich bin deinem Rat gefolgt und habe mich mit einem kleinen Labor selbstständig gemacht. Aber heute wollten wir eher wissen, wie es dem Kleinen da drinnen geht.« Sie zeigte auf ihren Bauch.

»Ich fasse es nicht.« Er wirkte tatsächlich sehr erstaunt. »Du hast eine Praxis aufgemacht? Davon habe ich gar nichts erfahren! Gab es etwa eine Einweihungsfeier?« Und er fuhr fort: »Mach mal den Pulli etwas hoch und die ersten Knöpfe auf, danke.« Noch während er sprach, hatte er die Flasche mit dem durchsichtigen Gel von der Wärmeplatte genommen und einen Teil des Inhalts auf dem Schallkopf verteilt, den er jetzt auf ihren Unterbauch aufsetzte. Offensichtlich hatte er noch nicht genug Einblick in die Gebärmutter, denn jetzt nahm er Evelyns Hand und hängte ihren Zeigefinger in den Gummibund von Susannes Slip, um ihn noch ein wenig nach unten zu ziehen.

»Keine Praxis, Reinhold. Ich habe eine Biotechnologiefirma

im Forscherpark eröffnet. Stammzellforschung. Siehst du schon was?« Susanne platzte fast vor Aufregung.

Beneika hielt inne und schaute erst zu ihr, dann wieder auf den Monitor. Er wirkte nicht so, als ob er das vernünftig fand. »Da kann ich dich ja nur beglückwünschen. So wie zu eurem Sohn hier«, er zeigte auf den Bildschirm. »Oder hätte ich das nicht sagen dürfen? Seht ihr die Hände? Er winkt gerade. Wartet, er dreht sich.« Er kippte den Schallkopf etwas stärker und bemerkte offenbar gar nicht, wie stark er jetzt drückte, denn Susanne spürte plötzlich einen enormen Druck auf der Blase.

»Weggedreht hat er sich. Ich sehe nur noch Nabelschnur. Überall Nabelschnur. Aber kräftige Pulsation, gute Gefäße. Auch hier, die Plazenta, kräftig, groß, gut durchblutet, an der richtigen Stelle. Leider will er sich jetzt nicht mehr umdrehen, der Kleine. Ich stimme dir zu«, fuhr er übergangslos fort, »mit Medizin ist in Deutschland sowieso nichts mehr zu verdienen. Die wollen uns Fachärzte abschaffen und loshaben. Alles zu teuer. Ich muss auch hier weg. Österreich, oder Luxemburg vielleicht. Brain Drain, ihr versteht?« Jetzt grinste er aufrichtig.

Susanne folgte ihm nur mit halbem Ohr. Noch immer hatte sie das Bild der winkenden Hand vor Augen. Und das in ihrem Bauch! Ein Junge! Sie war fasziniert. Ihr Blick fiel auf Evelyn. Deren Augen leuchteten.

»Kann man den Mutterkuchen kindlicherseits eigentlich punktieren?«, fragte sie Reinhold.

Susanne blickte sie verwundert an. Was hatte sie jetzt schon wieder vor?

»Kann man schon«, antwortete Reinhold. »Aber da punktiert man lieber die Nabelschnurvene. Das geht ganz gut und ist komplikationsloser. Noch einfacher bekommt man die Zellen für die Untersuchungen aber direkt aus dem Fruchtwasser. Aber was erklär ich euch Spezialisten da für Banalitäten. Genug Baby-Kino für heute. Alles in bester Ordnung.« Er stand auf, um Susanne ein frisches Frottiertuch zu reichen.

»Bis zum nächsten Mal. Und denkt an die Einladung zur Einweihung!« Er schüttelte ihnen die Hand und war schon wieder aus dem Zimmer verschwunden, noch bevor sich Susanne wieder ganz angezogen hatte. Sollte er eine Meinung darüber haben, wie ein Junge mit zwei Müttern groß werden sollte, so hatte er sie für sich behalten.

»Hast du gesehen, wie er gewinkt hat?« Susanne war immer noch ganz begeistert.

»Er hat uns gewinkt und uns ein Zeichen gegeben«, sagte Evelyn ebenfalls ganz verzückt.

»Ein Zeichen? Bist du jetzt auch unter die Esoteriker gegangen? Wie Sven?« Susanne ließ sich an den Anmeldung einen neuen Termin geben.

Evelyn reagierte nicht sofort. »Wir haben beide einen Sohn von ihm und jetzt können wir uns revanchieren«, meinte sie ernst.

»Du sprichst in Rätseln«, entgegnete Susanne. »Kannst du mich nicht bei dir in der Klinik auch sonographieren?« Sie gingen die Treppen hinunter. Die schwere Tür öffnete sich automatisch. Trotz des leichten Nieselregens waren die Sättel ihrer Fahrräder unter dem Dachvorsprung des Hauses trocken geblieben.

»Natürlich. Nur mit der Interpretation haperte es wahrscheinlich. Was ist das für ein ekliges Wetter?«, lenkte Evelyn ab.

»Jetzt sag schon. Wie hast du das eben gemeint?«

Sie waren aufgestiegen und fuhren eine Weile langsam nebeneinander über das nasse Kopfsteinpflaster der Altstadt.

Evelyn zögerte: »Als der Kleine eben gewinkt und uns anschließend nur noch Nabelschnur gezeigt hat, hatte ich plötzlich eine Idee. Nur er hat just die Stammzellen, die seinem Vater fehlen. Ob man diese in ausreichender Zahl vermehren kann?«

Die ruckartig angezogene Bremse brachte Susannes Fahrrad fast zum Stehen. Nur, um gleich darauf umso fester die Tritte der Pedale zu spüren zu bekommen. Daher wehte also der Wind. Nabelschnur punktieren. Erst war sie die Mutterkuh, gut genug ihrer beider Kind auszutragen, dann sollte sie es auch noch punktieren lassen. Stammzellproduktion vor Ort. Besser als jede Biotech-Firma. Voller Wut erhöhte sie die Trittfrequenz noch ein wenig. Sofort kam sie ins Schwitzen, fühlte, wie die Atemzüge nicht mehr ausreichten, die gewohnte Geschwindigkeit zu erreichen. Doch die Anstrengung tat ihr gut. Ihr Zorn verrauchte schon.

Man müsste wieder mehr Fahrrad fahren, dachte sie. Sie nahm sich vor, gleich morgen die Fahrradwege nach Reutlingen auszukundschaften.

Vielleicht sollte sie alles als Ironie des Schicksals begreifen. Oder gab es etwa doch jemanden, der ihre Geschicke lenkte? Erst wurde ihr als Lesbe ein Kind geschenkt, dann konnte sie mit dessen Hilfe Leben retten?

Susanne hatte sich in ihrer Schulzeit zu intensiv mit vergleichender Religionswissenschaft beschäftigt, um den Kanon der Bibel, deren Übersetzungen und erst recht deren Auslegungen als alleinige Regeln Gottes zu begreifen. Sie bewunderte das Neue Testament eher im Sinne einer philosophischen Quintessenz. Einer Lehre, nach der die Menschen zu ihrem eigenen Vorteil friedvoll zusammenleben konnten. Dennoch war sie von der Existenz einer Macht überzeugt, die größer war, als es der menschliche Verstand begreifen konnte.

Und sie musste zugeben, dass sie nach jenen Regeln die Pflicht hatte, Sven zu helfen. Ihrem Kind würde dabei nichts passieren. Auch die Fruchtwasserpunktion hatte ihre Risiken gehabt. Und davor hatte sie nicht gezögert. Ganz kurz nur hatte sich ein weiterer Aspekt dabei in ihrem Hinterkopf gemeldet. Nur gezuckt sozusagen. Sie stellte ihr Fahrrad ganz gegen ihre Gewohnheit vor dem Hauseingang ab und wartete. Evelyn war kaum hinterhergekommen. Susanne versuchte, sich zurückzuhalten. Doch ihr Stolz erlaubte es nicht, ihren Gedankenblitz vor Eve zu verheimlichen: »Du hast wie immer recht. Wir müssen es versuchen. Und wahrscheinlich reichen sogar Fruchtwasserzellen aus und wir brauchen gar kein Nabelschnurblut. Zudem hätte ich dann«, Susanne genoss die kleine Ergänzung, »eine neue Zellreihe für mein Labor.«

Sollte Eve selbst herausfinden, wie ernst sie es damit meinte.

Im Schneidersitz vom Sofa aus organisierte Evelyn Svens Aufnahme in die entsprechende Abteilung ihrer Klinik. Susanne saß währenddessen in einem Ikea-Sessel, die Beine auf einem Basthocker gelagert. Seit einigen Tagen hatte sie das Gefühl, ihre Beine würden mit jeder Stunde, die der Tag fortschritt, ein Pfund schwerer. Von den Telefonaten bekam sie nur Eves Antworten und Erläuterungen mit, und offensichtlich war die Aufnahme in die Klinik das kleinste Problem gewesen. Seit einer Viertelstunde versuchte sie, den leitenden Oberarzt zu überzeugen. Von der englischen Klassifikation, die da in der Beschreibung von Svens Krankheit, der akuten myeloischen Leukämie, durchdiskutiert wurde, hatte Susanne noch nie etwas gehört. Doch schließlich bedankte sich Evelyn knapp bei ihrem Gesprächspartner und legte das Mobilteil zu Seite.

»Erst ist er mich angegangen, als wollte ich Sven umbringen. Aber ich habe ihn überzeugt. Noch eine Analyse zur Bestätigung, wenn er ankommt, und danach fangen wir an. Hochdosistherapie. Eine Chemo-Infusion und eine Bestrahlung. Zwölf Gray Ganzkörperbestrahlung. Hiroshima-Umgebungs-Dosis. Vernichtung aller sich rasch teilenden Zellen. Aber nur, wenn deine Anzüchtung klappt.«

Susanne schlug das Herz plötzlich bis zum Hals. Und wenn nun ihrem Kind bei der Punktion etwas passierte? Sie versuchte den Gedanken an die lange Nadel zu verdrängen. Zudem hatte sie ihre Stammzellen bisher nur an der Uni tiefgefroren. Sie würde gleich morgen eine Testreihe in ihrem eigenen Labor in Auftrag geben. Oder besser noch heute Abend. Für die Nachtschicht.

»Wir sagen Sven erst mal nicht, von wem die Spende kommt, bitte.« Susanne sah Evelyn flehentlich an. Die Nacht im Boot tauchte wieder vor ihr auf. Einzelne Erinnerungsinseln vergrößerten sich. Sie sah seinen breiten kräftigen Rücken vor sich. Die schönen, vom Meerwasser ausgeblichenen verfilzten Surferhaare. Die schlanke Taille. Es gab sie immer noch, die Momente, in denen sie an ihrer Homosexualität zweifelte. Musste bei ihr immer alles so kompliziert sein?

Evelyn antwortete nicht. Schaute sie nur lange an. Um dann langsam den Kopf zu schütteln. Ihre Stimme gewann eine sehr bestimmte Strenge, als sie sagte:»Alles wird gut, Susanne. Er hat jetzt eine Freundin, die sich um ihn kümmert. Du musst dir keine Vorwürfe machen. Im Gegenteil. Du hast es für uns getan. Und für ihn, in gewisser Weise. Auch wenn es nur die Triebe waren, die ihn führten. Jetzt wissen wir, wozu es gut war. Ich werde es ihm sagen.«

Susanne nickte nur. Fasste Evelyn bei der Hand und zog sie aufs Sofa. »Ich muss mich ablenken. Ich drehe sonst noch durch. Lass uns den Fernseher rausholen, irgendeinen Mist anschauen. Eine Talkshow zum Beispiel. Jauch oder Gottschalk. Oder gibt es den Harald Schmidt noch?« Evelyn nickte zustimmend.

»Ich weiß nur nicht mehr, wo ich das Antennenkabel hingeräumt habe. Ich glaube, es ist im Keller. Sollen wir nicht zu meinen Eltern raufgehen?«

»Ach nein, lieber nicht. Wer macht eigentlich die Punktion?«

»Frieder hat den Schuler von der Gyn vorgeschlagen. Der macht den ganzen Tag nichts anderes. Und die Vermehrung und Anzüchtung machen wir auch bei uns. Besser, du hast damit nichts zu tun. Du würdest dich doch auch nicht selbst operieren, oder?«

Sie musste ihr zustimmen. Also dann. Noch 48 Stunden. Und danach? Wenn ihrem Kind etwas zustieß, Blutung, oder ein Amnionleck …

»Wie lange hätte Sven denn noch, wenn«, sie zögerte kurz, »wenn die Typisierung nicht übereinstimmt?«

»Schwer zu sagen«, antwortete Evelyn. »Vielleicht vier Wochen? Das geht dann ziemlich schnell, der Tumor gibt jetzt richtig Gas, weißt du. Aber die Typisierung ist wohl nicht das Problem. Was ich mir vorgestellt habe, geht laut meinem Oberarzt vielmehr gar nicht. Dazu sind die Stammzellen bei dem Kleinen zu unreif. Das wäre richtiges Neuland, was wir da machen. Würde auch vor keiner Ethikkommission genehmigt werden. Wenn es aber klappt, dann hast du ein weiteres Leben gerettet und ich mein Habilitationsthema gefunden. Und das wird klappen. Ganz sicher. Aber jetzt gehe ich das Antennenkabel suchen.«

N atürlich. Hätte er sich ja denken können. Andere Abteilung, anderes Zimmer. Die Fenster waren nicht zu öffnen, der Blick ging nach Westen, der Alb abgewandt, auch das Bett sah ganz anders aus. Alles Kunststoff. Selbst der kleine Hocker neben dem Stuhl. Dass die Vorhänge fehlten, fand er dagegen sympathisch. Er hatte seine Sachen im Vorraum abgeben müssen. Der Schleuse, wie ihm erklärt wurde. Hier würde er also die nächsten Wochen verbringen. Ohne Kontakt zur Außenwelt. Aber noch war Myriel bei ihm. Wenngleich sie hier nicht ganz so selbstbewusst wirkte wie in ihrer Heimat.

»Hi, ihr beiden!« Evelyn war hereingeplatzt. »Seid ihr gut durchgekommen? Ich will nicht lange herumreden. Jetzt geht es ums Ganze.« Sie umarmte Myriel und Sven und erläuterte dann das weitere Vorgehen. »Im Grunde genommen«, fasste sie nochmals zusammen, »geht es darum, sämtliche blutbildenden Zellen abzutöten. Leider ist es bei der Hochdosistherapie aber unmöglich, die gesunden darunter zu schonen. Deshalb erhältst du schon 20 Stunden später, sobald die Medikamente abgebaut sind, neue Stammzellen. Allerdings darfst du in dieser Phase, so lange die neuen Zellen noch nicht angesprungen sind, mit fast niemandem Kontakt haben. Du hast in dieser Zeit kein Immunsystem. Das baut sich erst später nach und nach wieder auf. Du wirst in den nächsten Jahren sogar alle Kinderkrankheiten noch mal durchmachen.«

»Und von wem kommen die Zellen auf einmal?«, wollte Sven wissen. »Ich dachte, ihr hättet keinen Spender gefunden?«

»Von deinem ungeborenen Sohn.«

Sven lachte. »Die Weihnachtsgeschichte?«

»Nein, ehrlich. Susanne ist schwanger von dir. Und, wenn du einverstanden bist, würden wir beide deinen Sohn gerne«, sie zögerte, suchte, fand nicht gleich die richtigen Worte, setzte wieder an, »würden wir ihn auch gerne behalten.« Jetzt war es heraus.

Sven betrachtete sich distanziert mit einigem Amusement. Damit hatte er gerechnet. Irgendwann musste das ja mal passieren. Er wollte gar nicht wissen, wie viele Kinder von ihm noch überall herumkrabbelten. In diesem Fall allerdings war das ganz positiv. Denkbar günstige Umstände sozusagen. Er hätte ja selbst darauf kommen können, wo man am besten nach Spendern suchte. Wenn er sich die Recherche vorstellte ... Womöglich hatte sich Susanne sogar ganz gezielt an ihn herangemacht.

»Dann ist mir plötzlich auch klar, warum euch so viel an mir liegt. Aber ich habe gar kein Geld mehr«, versuchte er zu scherzen. Sie hatten sich auf Deutsch unterhalten. Sven spürte keine Veranlassung zu übersetzen. Er hatte größere Sorgen als diese.

»Du wirst mir helfen müssen«, wandte er sich jetzt auf Englisch Myriel zu. »Spätestens am dritten Tag bekomme ich meine Depression. Wenn ich daran denke, wie hilflos ich mich schon gefühlt habe. Das ist, wie eine Decke, die über dir zugezogen wird. Da willst du gar nichts mehr, fühlst gar nichts mehr, atmest nur einfach so automatisch weiter. Dann musst du mich einfach an der Hand nehmen und mir sagen, was als Nächstes zu tun ist. Auch die einfachsten Dinge erscheinen dann plötzlich wie Felsen, wie Berge vor einem. Ich darf gar nicht daran denken.« Aber tatsächlich fühlte er sich noch stark, fast euphorisch schon. Ob das der Beginn der Stimmungsschwankungen war? Er war wieder fest entschlossen zu kämpfen. Jetzt wusste er schließlich auch wofür. Zu Evelyn gewandt meinte er:

»Macht euch keine Sorgen. Ich tauge nicht zum Vater. Schon allein der mangelnden Sesshaftigkeit wegen. Und wartet erst einmal ab, ob ich es überhaupt packe. Und bestelle Susi liebe Grüße, sie kann sich ruhig wieder bei mir vorbeitrauen. Ich bin da nicht nachtragend. Vor allem, wenn es so glimpflich abgeht.«

Die Tage bis zur Bestrahlung vergingen ohne Besonderheiten. Sven machte sich über den Pfarrer lustig, irritierte den Psychologen und verstörte die Krankenschwestern. Neben einem Internetzugang mit MP3-Stick hatte er um ein einziges Buch gebeten. Myriel hatte es ihm bei Osiander, der ortsansässigen Buchhandlung besorgt. Es war »Klingsors letzter Sommer«.

Offensichtlich verlief auch die Anzüchtung der Fruchtwasserzellen positiv, denn schon nach fünf Tagen kam der leitende Oberarzt, um ihn ohne viel Aufhebens vom Beginn des Experiments zu unterrichten, ihn mit den vielen Unterschriften, mit denen er alle und jeden bis zu seinem Tod hin von jeglicher Verantwortung entband, zu traktieren.

»Herr Muschg, morgen geht es los. Wann immer Sie Fragen haben oder Hilfe brauchen, und die Hilflosigkeit ist das schlimmste Gefühl in der nun anstehenden Situation für Sie, wenden Sie sich an uns.« Schon war er wieder verschwunden.

Auch die Bestrahlung war völlig unspektakulär. Er hatte sich als Strahler eine Art Scheinwerfer vorgestellt, dicke Bunkerwände, weiße Kellerräume. Stattdessen lag er in einer eigens für ihn eingeschäumten Matte, hinter versteckten Lautsprechern verausgabte sich Meat Loaf, und ohne dass er etwas besonderes festgestellt hätte, wurde er nach nicht einmal zwei Minuten unter dem schwenkbaren Zylinder wieder auf sein Zimmer gebracht, ganz ohne dass er etwas Besonderes bemerkt hätte. Allerdings trugen nun alle, die mit ihm zu tun hatten, Handschuhe, blaue Mäntel und Mundschutz, so, wie er es aus den Filmen über OP-Säle kannte. Erst als der Stationsarzt, den er bislang kaum wahrgenommen hatte, ein kleiner untersetzter schwarzhaariger Mann mit Lederabsätzen, die auf dem Flur noch lange nachhallten, erst als dieser den Infusionsbeutel mit dem tiefblauen Inhalt brachte, musste er den schlagartig einsetzenden Würgereiz unterdrücken. Sein Daumennagel grub sich tief zwischen die Sehnen in die beugeseitige Kuhle, drei Querfinger oberhalb des Handgelenkes. KS 6. Akupunkturpunkt gegen die Übelkeit. Hatte er sich auch nur gemerkt, weil KS für Kreislauf/Sexualität stand, der Himmel wusste warum, und sich damit die Schwangerschaftsübelkeit behandeln ließ. Das war eine einfache Eselsbrücke gewesen. Bald tropfte die blaue Lösung langsam in die kleine Kammer des Infusionssystems, suchte und fand von dort den vorgegebenen Weg in den Port und seine Vene. Als ihr Geschmack in seinem Mund ankam, setzte sich der Brechreiz doch gegen seinen Willen durch. Der Stationsarzt hatte wohl damit gerechnet, denn in dem Bruchteil einer Sekunde hatte er die bislang verborgene Nierenschale bereit, in der sich jetzt sein Frühstück wiederfand.

»Kein Ultimalin heute?«, fragte Sven, und wischte sich mit den grauen, dünnen Zellfaserblättern, die wohl die Kleenex-Tücher ersetzen sollten oder dem Umweltschutz ihre Verwendung dankten, den Mund ab, bevor er zu seinem Wasserglas griff.

»Doch, doch«, versicherte Dr. Severin, wie ihn sein Schildchen auswies, »alles schon im Beutel.«

Sven verzichtete auf die Gegenfrage, warum er das Ultimalin nicht schon heute morgen bekommen hatte. Er würde diesen Severin wahrscheinlich noch brauchen. Im Übrigen unterschied sich die blaue Lösung sonst nicht von den anderen, die er schon bekommen hatte. Nur, dass er jetzt wusste, was ihn erwartete. Warum konnte man das alles nicht unter Narkose durchführen, im künstlichen Koma sozusagen? Er hatte gehört, dass man auch den Drogenentzug unter Narkose haben konnte. War da wieder Geld im Spiel? Zu teuer, sozusagen? Wahrscheinlich fiel Übelkeit nicht in das Ressort der Schmerztherapeuten. Sven war sich sicher: Übelkeit war schlimmer als Schmerzen.

Nach einer Viertelstunde kamen die Darmkrämpfe. Dann löste sich die Mundschleimhaut in kleinen Fetzen ab. Sven lag auf dem Rücken und konzentrierte sich. Er versuchte, sich ganz in sein Gehirn zurückzuziehen, sich wie bei einer Meditation autosuggestiv von seinem Körper zu trennen. Die Geschichte des Mannes, der als funktionierendes Gehirn mit verbliebenem Auge im Nährstoffglas aufbewahrt wurde, kam ihm in den Sinn, war das nicht von Poe? Er war das Gehirn mit Auge. Unfähig, sich zu wehren.

Alle zwölf Stunden wurde ihm Blut abgenommen. Blut, das noch da war, aber jetzt nicht mehr nachgebildet wurde. Wie konnte man da so oft Blut nehmen? Was wäre, wenn sie die Zellen verwechselten? Wenn sie einfach irgendwo runterfielen? Konnten die nicht zerbrechen, so tiefgefroren? Würde man es ihm überhaupt sagen, wenn die Zellzüchtung versagte? Er wäre dann binnen weniger Tage fort von dieser Welt, da machte er sich keine Illusionen. Und packte sich dann doch wieder am Schopf, dem nicht existenten, um sich solche Gedanken zu verbieten, sich wieder herauszuziehen aus dem Loch, dem Morast, dem dunklen, den die Depression, die Selbstaufgabe darstellte.

Als er wieder erwachte, fühlte er sich besser. Eigenartig gut sogar. Auch darüber war er informiert worden. Wandernden Geist nannte man diese Phase der Behandlung. Sein Geist wanderte schon länger umher, als die hier ahnten. Jetzt konnte ihm niemand mehr helfen. Oder halt. Doch, es gab da jemanden. Seinen Sohn. Seinen eigenen Sohn.

Severin brachte den Beutel. Einen ganz gewöhnlichen Infusionsbeutel. Beschriftet. Barcodes, neben gewöhnlichem Edding. Inhalt: eine fast farblose Flüssigkeit. Jetzt, da dieser Beutel da einfach so an seinem Ständer hing, einem ganz gewöhnlichen metallenen Infusionsständer, einem Ständer, dessen Rollen schlecht liefen, weil die Bremshebelchen die Rollen blockierten, diesem Ständer, dessen Haken bei der Betrachtung von unten, vom Bett aus an einer Stelle sogar etwas Rost angesetzt hatten, jetzt, da dieser lebensspendende Beutel einfach so da hing, ergriff ihn eine panische, eine zutiefst existenzielle Angst um diese Zellen. Ihm war, als hielte die ganze Welt den Atem an. Wie konnte man seine Lebensretter einfach so an einen so gewöhnlichen, verchromten Ständer hängen? Wie konnte man in diesen Beutel einfach so ein Infusionssystem stecken, ein ganz gewöhnliches Infusionssystem?

»Wie«, seine Stimme brach, er hob neu an: »Wie habt ihr die denn aufgetaut?« Er fürchtete sich vor der Antwort. Warum musste er auch fragen? Warum, in aller Welt musste er immer alles hinterfragen?

»Im Wasserbad«, antwortete Severin lapidar. »Im ganz normalen Wasserbad.«

Sven wurde schwindlig. Er konnte nicht mehr zusehen. Schloss die Augen und nützte den Schwindel, um sich vorzustellen, er läge auf seinem Surfbrett. Das half. Er wurde ruhiger. Jetzt kamen sie. Liefen in ihn hinein. Unheimlich beruhigend. Trost spendend. Leben spendend. Ein ganzes Leben. In einem Beutel. An einem Ständer, dessen Rollen klemmten.

Er öffnete die Augen wieder. Hinter der kleinen Scheibe, die in die Tür eingelassen war, bemerkte er drei Köpfe, die sich um den besten Platz drückten. Immer wieder schob ein Kopf den anderen beiseite, hingen die Haare der einen ins Gesicht der anderen. Er erkannte seine drei Frauen: Myriel, Evelyn und Susanne. War er etwa im Theater? Dafür hatte er kein Verständnis. Am liebsten hätte er Severin gebeten, sie wegzuschicken. Aber der sollte mal besser das Einlaufen der Zellen in seine Vene beaufsichtigen. War zum Glück schon fast alles drinnen. Jetzt mussten sie sich nur noch ihren Platz im Knochenmark suchen. Nur noch. Wie sollte er diese Tage des Wartens, der Übelkeit und der Bauchkrämpfe verbringen?

Er würde kämpfen. Verbissen kämpfen. Als wenn er sein ganzes Leben dafür trainiert hätte. Sein ganzes Leben lang nichts anderes getan hätte. Da hielt Myriel ein Bild ans Fenster. Ein vergrößertes Schwarzweißbild. Mit roter Farbe war ein Kopf umkreist. Jetzt erkannte er auch eine Hand. Plötzlich wusste er, was da auf dem Bild war. Das musste sein Sohn sein. Sven würde nicht untergehen. Er würde weiterkämpfen. Wenn er überhaupt etwas gelernt hatte in seinem Leben, dann war es die Fähigkeit, die Luft anzuhalten. Bislang war es noch immer wieder hell geworden. Bislang war er noch jedes Mal wieder an die Oberfläche gelangt.

Da wurde es dunkel um ihn herum.

D er ganze Raum erhellte sich blitzartig, als die Sonne hinter den Wolken hervorkam und durch die gläsernen Wände in die oberste Etage des Laborkomplexes fiel. Susannes Handy summte. Eine SMS. Sie klappte den Deckel auf und las die Kurznachricht:

»Eure Zellen leben. Die Werte steigen. Sven geht es besser! Umarmung, Eve.«

Susanne holte tief Luft und trat ans Fenster. In herbstlichem Farbenspiel leuchteten die Obstbaumwiesen am Fuß der schwäbischen Alb im schnell wechselnden Licht. Die Kraft des Windes war sogar durch die Scheiben hindurch spürbar. In kurzen Abständen strahlte die in rascher Folge von Wolkenfetzen verdeckte und wieder freigegebene Sonne auf das farbige Laub und bot eine Lichtschau, wie sie es noch nie wahrgenommen hatte. Hinter den knorrigen Bäumen und vor dem dunkelgrün bewaldeten Horizont erhob sich majestätisch und frei der Kegel der Achalm.

Susanne seufzte. Im selben Moment spürte sie zum ersten Mal die Bewegungen ihres Kindes.